EN
DEMI-TEINTE

J. KENNER

AUTEURE DE BEST-SELLERS CLASSÉS AU NEW YORK TIMES

Mon Ange Déchu

Mon Doux Péché

Ma Cruelle Rédemption

Te désirer

T'enflammer

T'envoûter

En mille éclats

En mémoire de nous

En demi-teinte

Droit au cœur - Mister Janvier

Vague à l'âme - Mister Février

Raison d'être - Mister Mars

Coup de sang - Mister Avril

État d'âme - Mister Mai

Droit au but - Mister Juin

Au beau fixe - Mister Juillet

Diable au corps - Mister Août

Cri du cœur - Mister Septembre

Corps à corps - Mister Octobre

État d'esprit - Mister Novembre

Force d'âme... - Mister Décembre

Nos adorables mensonges

Nos drôles de jeux

Nos belles erreurs

EN DEMI-TEINTE

J. KENNER

AUTEURE DE BEST-SELLERS CLASSÉS AU NEW YORK TIMES

Traduit de l'anglais par Laure Valentin

**Charismatiques. Dangereux.
Terriblement Sexy.**

Découvrez les hommes de Stark Sécurité.
En mille éclats
Dans ton ombre (prequelle)
En mémoire de nous
En demi-teinte
En haute voltige
En ton nom
En crescendo (nouvelle)
En plein cœur

En demi-teinte © 2019, 2021 par Julie Kenner
Conception graphique de la couverture par Michele Catalano, Catalano Creative
Image de couverture par Annie Ray/Passion Pages
ISBN :
Digital: 978-1-953572-46-2
Print: 978-1-953572-47-9

Publié par Martini & Olive Books
V-2021-9-16A-P

REMERCIEMENTS

Pour Keanna

Merci beaucoup pour ton aide et ton soutien…
    et merci de supporter mes e-mails fous et complète-
ment subjectifs !

Je n'ai été proche de personne depuis des années. Comment le pourrais-je alors que toutes les conversations sont teintées par la peur que quelqu'un découvre la vérité ? Que mon passé revienne me hanter, malgré tout le soin que j'ai mis à disparaître, et qu'il jette la vie que je me suis bâtie aux oubliettes pour me ramener droit en enfer ?

Au début, je portais ma peur comme une cape, bien serrée autour de moi pour me protéger. Maintenant, elle fait partie de moi, aussi nécessaire à ma survie que mon sang et l'oxygène. Elle est une constante. Familière.

Elle est au cœur des remparts que j'ai construits pour rester cachée, et jamais je n'ai cru que quiconque percerait mes défenses.

Et puis, il est arrivé dans ma vie, tel un coup de tonnerre, ses bras forts aussi rassurants que son regard est perspicace. Parce qu'il voit tout. Plus il perce à travers la carapace qui m'entoure, plus j'ai peur qu'il découvre mes secrets et que la vérité détruise tout.

CHAPITRE UN

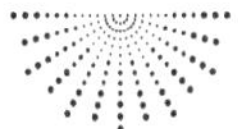

Liam Foster mit une paire de lunettes de style aviateur sur son nez, pour protéger ses yeux du soleil brutal du Nevada en sortant du jet privé de Stark Sécurité. Il espérait ne pas avoir commis d'erreurs la semaine passée en mettant sa cliente en danger.

Il s'arrêta en haut de l'escalier, puis balaya du regard l'aire de repos de l'aéroport international McCarran de Las Vegas avant de descendre. Il ne s'attendait pas à ce que l'ennemi fasse feu, mais il avait passé trop d'années à éviter des balles et poursuivi trop de malfaiteurs pour perdre cette habitude.

Alors qu'il posait le pied sur le tarmac, un mur de chaleur étouffante l'engloutit, comme pour le mettre au défi de garder son manteau. C'était la fin d'après-midi, en été, et il faisait aussi chaud que dans l'antre d'Hadès. Liam était venu à Las Vegas plus de fois qu'il ne pourrait les compter, mais jamais en de bonnes circonstances. Aujourd'hui ne faisait pas exception, et il se maudissait en essayant d'identifier le moment exact où il avait cessé de protéger Ellie Love pour la précipiter vers le danger.

Encore maintenant, sa tête résonnait des paroles sévères que lui avait envoyées Xena Morgan, l'assistante personnelle d'Ellie. Il faisait la fête avec des amis quelques heures auparavant, riant et buvant au cours d'un brunch quand son téléphone avait sonné. Le nom de Xena était apparu et il avait ressenti une torsion familière dans ses tripes. Du désir mêlé à de la peur. Il était tellement effrayé qu'il avait presque laissé la messagerie prendre le relais. Il aurait alors enfreint sa propre règle en esquivant une situation plutôt que de lui faire face.

Il s'était repris et avait appuyé sur le bouton pour prendre l'appel, en s'attendant à ce que… au fond, il ne savait même pas à quoi il s'attendait. Surtout après la dernière heure qu'ils avaient passée sur la véranda d'Ellie à Hollywood Hills, elle un peu ivre après avoir bu du vin, lui un peu ivre d'elle, et toute la ville illuminée sous leurs pieds.

Il ne savait peut-être pas à quoi s'attendre avec cet appel, mais certainement pas à la voix tendue et mesurée qu'il avait eue à l'autre bout du fil, lui annonçant qu'Ellie avait été agressée pendant son jogging matinal. Xena avait parlé avec les émotions contrôlées d'un officier de police chevronnée, refusant de lui donner de plus amples détails.

— Elle va bien, et vous aurez toute l'histoire une fois que vous serez sur place, parce que pour une raison que j'ignore, elle ne veut personne d'autre pour s'occuper de cette affaire. C'est fou, non ? C'est pourtant vous qui lui avez dit qu'il n'y avait pas de réelle menace. Qu'elle était en sécurité, l'informa-t-elle avec des trémolos dans la voix qui la trahissaient. Je suis peut-être naïve, mais pour moi, la sécurité ne ressemble pas à ça.

— Xena…

Son nom franchissait à peine ses lèvres qu'elle avait déjà donné le téléphone à sa patronne. La pop-star montante s'était contentée de lui dire :

— Ramenez vos fesses à Vegas, Agent Foster. J'ai besoin de vous sur cette affaire. Vous êtes le seul en qui je puisse avoir confiance.

Confiance.

Il ne pensait pas pouvoir se sentir plus mal après le discours véhément de Xena, pourtant ce simple mot avait eu cet effet.

En soupirant, il passa la main sur son crâne rasé. Il ne prenait pas l'échec à la légère, et il ne comptait pas commencer maintenant. D'une manière ou d'une autre, il allait arranger les choses. D'une manière ou d'une autre, il allait mériter cette confiance.

Une Range Rover gris métallisé arriva dans son champ de vision près du hangar et Liam alla à sa rencontre. La voiture ralentit devant lui, et le chauffeur, un homme serein d'une vingtaine d'années avec un début de barbe, en sortit. Liam leva une main et ouvrit lui-même la portière arrière. Il y avait des moments où le rang et la position étaient importants, mais en l'occurrence, ce n'était pas le cas.

— Au Starfire, Monsieur Foster ?

C'était une supposition raisonnable. Propriété de Stark International, le Starfire Resort et Casino étaient parfaitement équipés pour appuyer toutes les opérations de Stark Sécurité dans la région de Las Vegas.

— Non, au Delphi. Emmenez-moi à l'entrée de service. Je suis en retard pour une réunion.

Au moins aussi imposant que le Starfire, son concurrent, l'Hôtel et Casino Delphi, possédait également un auditorium où se tenaient parmi les meilleurs spectacles de la ville.

— Tout de suite, monsieur.

Liam s'installa confortablement et croisa le regard du chauffeur dans le rétroviseur.

— Quel est votre nom ?

— Frederick.

— Job d'été ?

Frederick acquiesça.

— Oui, monsieur. Je suis chauffeur au Starfire, mais je remplace à la réception lorsque c'est nécessaire. J'entre en deuxième année l'an prochain. Université de Californie de Los Angeles.

— Vous avez pu voir le concert d'Ellie Love hier soir ?

Son visage s'illumina.

— Oh, oui. C'était grave b… je veux dire fantastique.

— Pas de pépin ? Rien qui sortait de l'ordinaire ?

Les sourcils du jeune se froncèrent, mais Liam ne savait pas si c'était de la perplexité ou de la réflexion.

— Euh, non. Peut-être quelque chose en coulisse, mais rien que le public a pu remarquer.

— Bon à savoir.

Il s'entretiendrait avec tout le monde dans le groupe et l'équipe d'Ellie, ainsi que les employés présents à l'Auditorium Delphi. S'il ne se trompait pas, le spectacle s'était déroulé à merveille, sans le moindre accroc. Du moins, jusqu'à ce matin.

— Hmm… Monsieur ? Est-ce que les rumeurs sont vraies ?

— Quelles rumeurs ? fit Liam, sachant pertinemment de quoi parlait Frederick.

— Mon pote, il est portier au Delphi, il m'a dit qu'Ellie, enfin, mademoiselle Love, a été agressée ce matin.

— Qu'est-ce qui vous fait croire que je sais quelque chose ?

Il vit le jeune déglutir dans le rétroviseur.

— Oh. Je supposais que… Parce que vous travaillez pour Stark Sécurité. En plus, vous allez à une réunion à l'Auditorium Delphi, là ou mademoiselle Love donne un spectacle ce soir. Alors, j'en ai déduit que vous pourriez le savoir.

— Ce que je sais, c'est que vous seriez un atout dans ma branche, dit Liam en riant.

— Non, je lis tout simplement beaucoup de thrillers et de romans policiers. Je m'oriente vers la fac de droit.

— Un homme avec un projet. Encore mieux.

Son téléphone tinta, annonçant la réception d'un message. Il provenait de Rye Callahan, le fiancé d'Ellie et son manager, qui lui donnait le code d'accès pour l'entrée des artistes.

Les répétitions sont en cours. Vous pouvez regarder ou attendre dans la loge d'El. Nous vous retrouverons.

Liam renvoya un pouce vers le haut, puis il utilisa le reste du trajet pour regarder ses nouveaux e-mails. Il sourit à une photo que son ami Dallas Sykes lui avait envoyée de Jane, enceinte et clouée au lit. Connaissant Jane, Liam était certain qu'elle devenait folle, mais cela n'altérait pas l'air béat qu'elle avait sur son beau visage.

Étant donné tout ce que le couple avait traversé, ils méritaient leur fin heureuse… et un nouveau départ.

Une vague d'envie à laquelle il ne s'attendait pas le frappa, et ce n'était pas la première fois. Dallas et Jane étaient ses amis les plus proches, et il ne jalousait pas un instant leur bonheur. Il se disait qu'il ne voulait pas ce qu'ils avaient, mais ce n'était pas vrai. Il le voulait. Et pendant quelques mois merveilleux, il l'avait eu.

Il savait très bien qu'il ne l'aurait jamais plus.

Merde.

— Monsieur ?

Il ravala un juron, il n'avait pas réalisé qu'il parlait à voix haute.

— Ce n'est rien, dit-il à Frederick. Je regarde seulement mes messages.

Le reste de sa messagerie concernait le travail. Les dernières nouvelles de ses équipes, les rapports qu'il avait demandés, des informations sur des clients potentiels ou de nouvelles affaires. Il renvoya une demi-douzaine de réponses, y compris une à Ryan Hunter, le directeur des opérations de Stark Sécurité et le supérieur direct de Liam, qui lui avait demandé des nouvelles sur plusieurs affaires courantes.

Il y avait un message de Quince Radcliffe. Comme Liam, Quince avait travaillé pour son gouvernement avant de signer chez Délivrance, un groupe de miliciens à présent dissous, financé et géré par Dallas, et qui avait pour but de retrouver et secourir les victimes dans des cas d'enlèvements à travers le monde et de s'assurer qu'elles obtiennent justice. Également comme Liam, il avait rejoint l'agence Stark Sécurité quand Délivrance avait cessé ses activités.

Les deux hommes voulaient rester de la partie et la déclaration de mission de l'organisation leur correspondait. Formée après la tragédie qui avait frappé la maison du milliardaire Damien Stark, l'Agence existait pour fournir de l'aide là où c'était nécessaire, quelle que soit l'ampleur de la mission. De plus, grâce aux apports des autres départements des entreprises Stark, comme celui des Technologies Appliquées, l'organisation était au moins aussi bien équipée que les opérations de renseignements du gouvernement. Probablement mieux.

Liam aimait son travail. Il vivait pour ça. Il respectait ses collègues et ne refusait jamais sans bonne raison de leur divulguer des informations sur un cas.

La semaine passée, pourtant, il avait eu une bonne raison.

À la requête d'Ellie Love, Liam n'avait parlé à personne sauf à Ryan de l'absurde issue de sa mission. Quince était un ancien du Mi6 et rien ne lui échappait. Le message disait : *Ellie Love. Tu veux partager le dossier classifié ?*

Liam fronça les sourcils. *Bientôt*, répondit-il. Le reste de l'Agence méritait de savoir pour la menace bidon de la semaine passée à Los Angeles, et surtout, que les événements de ce matin suggéraient que cette fois, c'était peut-être très sérieux. Ce qui voudrait dire que Liam avait commis une erreur. Il avait écarté le danger à Los Angeles et avait annoncé à l'entourage d'Ellie Love qu'elle pouvait se rendre sur son prochain lieu de concert en toute sécurité, et les suivants aussi.

Le dossier avait été ouvert et refermé presque aussitôt,

ou du moins c'était ce qu'il croyait. La pop-star avait reçu des messages et des mots de menaces, causant des bouleversements dans son équipe. Des déclarations vagues, disant que mademoiselle Love allait « payer » et qu'elle devait surveiller ses arrières.

Effrayantes, oui, mais Liam n'avait pas mis longtemps à se rendre compte que ce n'était qu'un coup de pub organisé par un agent de publicité un peu trop enthousiaste, qui voulait qu'Ellie fasse un maximum de buzz au cours de sa tournée.

Il avait tout avoué et avait démissionné, heureusement avant que les menaces ne soient diffusées sur les réseaux sociaux. Après avoir conclu que ce n'était que du vent, Liam avait clos le dossier et promis à mademoiselle Love qu'il ne ferait un rapport qu'auprès des personnes qui avaient besoin de savoir au sein de l'Agence. Finalement, les seuls à connaître l'existence de ces menaces bidon étaient Ellie Love elle-même, son ancien agent publicitaire, son fiancé, son assistante personnelle, Liam et Ryan Hunter.

Conclusion, ce n'était rien.

Pourtant, mademoiselle Love avait été agressée ce matin même.

Alors, qu'avait-il raté ? Qu'est-ce qu'il n'avait pas vu, bon sang ?

C'était peut-être un imitateur ? Quelqu'un qui avait sauté sur l'occasion, profitant que la mise en scène soit déjà prête ?

À moins qu'il s'agisse d'une agression tout à fait fortuite ?

Il n'en savait rien, mais il allait le découvrir. Parce que, peu importe les raisonnements et les excuses qu'il pouvait se trouver, l'agression de ce matin était clairement dans son domaine de compétences. Il ne trouverait pas le repos avant de pincer l'agresseur, prouvant ainsi qu'il ne s'était pas trompé et qu'il n'avait pas jeté Ellie Love par faute professionnelle sur le chemin de son agresseur.

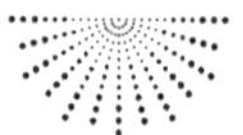

De là où il était, sur un côté de la salle, Liam regardait Ellie Love se pavaner à travers la scène sur ses talons de dix centimètres, son corps bronzé et dynamique se pliant et virevoltant au son de la musique hip-hop pendant qu'elle entonnait les paroles de la dernière chanson du spectacle. Prenant en considération l'agression du matin et le stress auquel elle était soumise depuis que les menaces avaient commencé à Los Angeles, Liam devait reconnaître que la pop-star était digne d'admiration. Si elle avait autre chose à l'esprit que le concert de ce soir, ça ne se voyait absolument pas.

Elle était professionnelle jusqu'au bout des ongles. Plus que ça, c'était une vraie star.

Une star narcissique et obstinée, mais selon l'expérience de Liam, cela avait tendance à faire partie du lot de la célébrité. À dire vrai, il l'aimait bien malgré ces traits de personnalité. Ou peut-être même à cause de cela. Fille d'un Irlandais mécanicien automobile et d'une mère latino-américaine de troisième génération qui avait fait l'école d'infirmières, Ellie était une femme qui travaillait beaucoup, qui croyait en son propre talent et qui savait ce qu'elle voulait. Voilà pourquoi son dernier album l'avait projetée en haut du hit-parade. C'était aussi pour cela que tous les yeux étaient rivés sur elle dans le théâtre, ceux de son équipe et des quelques fans invités, pendant les dernières minutes de la répétition.

Tous, sauf les siens.

Même s'il admirait son talent et son professionnalisme, ce n'était pas Ellie qui attirait son attention. Cet honneur douteux revenait à une femme de l'autre côté de la scène. La femme blanche grande et svelte, aux yeux bleu vif. La blonde à la langue acérée qui avait passé la plus grande partie de la semaine dernière à jouer les chiens de garde entre Ellie et lui.

En tant qu'assistante personnelle de la star, Xena avait pour mission de dresser un mur entre Ellie et le reste du monde. Étant donné qu'elle était plus souvent aux côtés de sa patronne que Rye lui-même, Liam savait qu'elle prenait son travail très au sérieux. Assez sérieusement pour remettre en question tout ce qu'il faisait et tous les ordres qu'il avait adressés à l'équipe et au personnel d'Ellie Love.

Jusqu'à un certain point, elle l'irritait. Elle avait réussi à s'immiscer en lui d'une façon qu'il n'avait pas prévue, et il avait été soulagé de s'enfuir une fois le dossier terminé. Parce que même s'il était un agent de sécurité professionnel qui avait roulé sa bosse partout à travers le globe et qui avait passé plus d'un an dans les renseignements, son cœur s'était trop souvent emballé devant le canon d'une arme à feu. Il n'avait pas besoin de complications supplémentaires dans la vie. Certes, il ne l'avait pas vu venir, mais il avait rapidement compris que Xena avait le potentiel de devenir une sérieuse complication, et pas seulement parce qu'il était inexplicablement attiré par elle alors qu'elle n'était pas du tout son type de femme.

Si tant est qu'un homme comme lui, qui sortait rarement et qui évitait toutes les relations, puisse prétendre avoir un type. Il avait commencé à construire cette barrière il y a des années, jusqu'à ce qu'elle devienne une forteresse. Cela dit, les rares fois où il laissait des brèches dans le mur, parce que la tentation ou le désir le prenait par les bourses, il se choisissait plutôt une femme qui avait des courbes et non une brindille comme Xena. De plus, elle était blonde, et les blondes ne lui avaient jamais réussi. Il avait passé trop de soirées à faire la conversation à des blondes platines, dans le flot sans fin de fêtes auxquelles Dallas l'avait traîné dans les Hamptons, quand ils avaient tous les deux la vingtaine et le début de la trentaine.

S'il devait avoir des fantasmes sur une femme inaccessible, ça aurait dû être Ellie. Pourtant non, il était fixé sur la blonde menue à la langue acérée qui semblait voir à travers lui.

Il se disait qu'il ne savait pas pourquoi, mais ce n'était pas entièrement vrai. Elle était intelligente et déterminée. Elle parlait peu, mais quand elle le faisait, c'était important. Sa loyauté pour Ellie brillait telle une balise.

Rien que des qualités admirables, mais Xena Morgan était plus que cela, il en était certain. C'était un mystère qui l'intriguait. Quelque chose de cru. D'aigu. Il ne savait pas exactement ce qui était terré au fond de son être, mais il avait vu assez de gens meurtris pour savoir que son âme comportait autant de cicatrices que la sienne.

À cause de cela, ils n'étaient pas compatibles. Au contraire, ils étaient comme du combustible, prêts à s'enflammer à la première étincelle.

En un mot, Xena Morgan était une complication dont il n'avait pas besoin. Plus tôt il arriverait à la sortir de ses pensées, mieux ce serait.

Un flot de lumière blanche jaillit de l'arrière-scène et Liam prit conscience que la répétition était terminée. Ellie était appuyée contre la scène, à discuter avec l'un de ses machinistes et il n'y avait plus personne dans l'aile en face de lui.

Les sourcils froncés, il commença à s'approcher de la scène, mais il hésita. Rye préférait peut-être qu'il se rende directement dans la loge. Il se tourna pour chercher le manager, mais il tomba sur Xena à la place, la tête légèrement penchée, sa belle bouche si attirante esquissant un petit sourire suffisant.

Bien trop attirante, cette bouche ! Il remerciait sa bonne étoile et une bonne dose de retenue personnelle pour avoir réussi à se contrôler lors de cette dernière nuit, après la fête chez Ellie, quand ils s'étaient tenus trop près l'un de l'autre alors que l'alcool coulait à flots et que la ville brillait en contrebas.

Ses cheveux étaient défaits et ses boucles douces ondulaient au vent, ce soir-là. Aujourd'hui, ses mèches blondes étaient attachées en une sévère queue de cheval, un style qui mettait en valeur son visage.

Elle avait de beaux traits, quoique différents. Le type de visage sans doute très photogénique, mais qui, dans la vie de tous les jours, était trop anguleux, un effet néanmoins adouci par les taches de rousseur qui parsemaient son nez et ses joues ainsi que ses yeux bleus hypnotiques.

Elle portait un jean bleu ajusté et un débardeur blanc révélant qu'elle était aussi plate qu'une fillette de douze ans. Même dans la robe noire sexy qu'elle portait à la fête d'Ellie, elle avait l'air fragile et délicate. Éphémère. Comme s'il pouvait la briser seulement en la serrant dans ses bras. Il l'avait imaginée dans ses bras, leurs membres entrelacés. Sa peau sombre contrastant avec sa peau blanche, si diaphane qu'il lui suffisait certainement de penser au soleil pour brûler. Il la voulait dans son lit, son corps fragile écrasé par le sien, son cœur battant avec passion alors qu'elle s'abandonnerait, certaine qu'il ne lui ferait pas de mal même s'il en avait la capacité physique.

Elle le désirait aussi, il en était convaincu. Il l'avait vu dans ses yeux. Il l'avait entendu dans son souffle. En revanche, il ne prendrait jamais le risque d'être avec elle, sans savoir où cela les mènerait et quels démons ils pourraient relâcher. Il avait appris la leçon à ses dépens et il était fier d'être parti, cette nuit-là, emportant seulement son souvenir dans son lit malgré tout le désir qu'il ressentait.

Il y était de nouveau, fixant sa tentation droit dans les yeux, en se demandant si elle le savait.

Face à lui, elle bascula son poids d'une jambe à l'autre, puis elle rit.

— Vous avez perdu votre langue, Monsieur Foster ?

Ou bien, vous ne savez tout simplement pas quoi dire après cette erreur monumentale ?

Il inspira quand une vague de colère le saisit. Apparemment, elle ne savait pas ce qu'il se passait dans sa tête. Tout ce qu'elle voyait, c'étaient ses erreurs.

— C'est un plaisir de vous revoir, Xena. Allons chercher le fin mot de cette histoire.

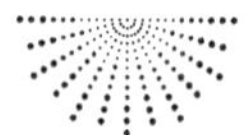

CHAPITRE TROIS

Ils entrèrent dans la loge et trouvèrent Ellie Love assise sur son tabouret rembourré, ses cheveux aux pointes roses maintenant tirés en arrière avec un bandeau de la même couleur, le visage enduit de démaquillant.

— Mes admirateurs aiment mon look, dit-elle à son reflet dans le miroir, faisant référence au maquillage spectaculaire qui était devenu sa marque de commerce. Mais ça m'abîme la peau.

Elle se retourna, dirigeant son sourire éclatant vers Liam.

— Salut, Foster. Heureuse de te revoir.

— Vraiment ?

Il la rejoignit près de la table pour prendre sa main tendue, puis il s'adossa contre le mur pendant qu'elle essuyait les résidus de crème avec une serviette.

— Bien sûr. Je ne devrais pas ?

Liam fronça les sourcils, les yeux sur Xena qui demeurait impassible.

Il se racla la gorge.

— Ellie, je…

— C'est Ella, tu te souviens ? Ellie c'est pour la scène.
Ella pour mes amis, et mademoiselle Love pour tous les
autres. Toi, mister, tu es maintenant mon ami. N'est-ce
pas ? ajouta-t-elle en se tournant vers son assistante.

— Garde tes amis près de toi, mais tes ennemis encore
plus près, rétorqua Xena.

Ellie – ou plutôt Ella – répondit en levant les yeux au
ciel.

— Mon assistante veut prendre ma place. Si ce n'est
pas sur scène, du moins dans son attitude de garce.

— Xena est inquiète pour vous, lui dit Liam en jetant
un coup d'œil en coin vers Xena quand la porte s'ouvrit
pour laisser passer Rye Callahan. Elle a raison.

— Je suis inquiet aussi, dit Rye en s'approchant d'Ella
pour poser une main sur son épaule.

— Exactement, dit Liam en hochant la tête vers le
nouveau venu. Gordon a avoué et j'ai fermé le dossier.
Sauf que, dès la date suivante sur votre calendrier de tournée, vous êtes agressée. Ce n'est pas normal.

Ella s'écarta de la coiffeuse et le regarda droit dans les
yeux.

— Non, en effet. Ça veut dire que c'est ta faute ?

— C'est possible. Je n'ai peut-être pas assez creusé. Il y
avait peut-être une menace enfouie et je l'ai ratée.

— Alors, tu ne serais pas un pauvre martyr ?

— Ella…

— Il a raison, lui dit Xena. Gordon avait de toute
évidence de plus gros projets que son coup de pub débile.
Toute cette histoire de fausses menaces qu'il voulait divulguer aux médias. Et si c'était une couverture pour cacher

quelque chose de plus important ? Et que monsieur Foster soit passé à côté ?

Ses mots si vrais tourmentèrent Liam.

— C'est exactement ce que j'essayais de dire, expliqua-t-il à Ella.

Il ne pourrait pas se regarder dans le miroir s'il ne l'admettait pas.

Il trouvait de la fierté dans son travail. C'était toute sa vie, et la pensée qu'il ait pu rater quelque chose d'aussi important, que son erreur ait pu laisser cette femme seule face aux agressions…

Elle fit un signe de la main en se levant, balayant ses pensées sens dessus dessous.

— C'est peut-être le cas, je n'en sais rien. Ce que je sais, c'est qu'à Los Angeles, monsieur Foster a fait quelque chose pour moi que peu d'hommes auraient pu faire.

— Un instant, là, s'exclama Rye en feignant d'être vexé. Tu portes ma bague, chérie. Est-ce que je dois m'inquiéter ?

Elle fit courir ses doigts le long du col en V du t-shirt de concert « Love Hurts » que portait Rye, jusqu'au bouton de son jean.

— Jamais, *mo chroí*, dit-elle en gaélique.

Ils se sourirent, puis elle reporta son attention sur Liam.

— Blague à part, j'étais une épave à Los Angeles avec toutes ces notes et ces messages. Heureusement que tu as découvert le pot aux roses avec Gordon. Je me suis sentie en sécurité. Je veux retrouver cette sensation.

Sans réfléchir, il jeta un œil vers Xena, qui le regardait

sans sourciller. Son expression le défiait sans qu'il soit nécessaire de parler.

Il glissa les mains dans ses poches et hocha la tête.

— Très bien, alors. Soit l'agression de ce matin était un hasard, soit c'était orchestré, peut-être lié aux bêtises de Gordon, peut-être pas. Essayons de le découvrir.

Le sourire éclatant d'Ella fit concurrence aux lumières de sa coiffeuse.

— Voilà ! Qu'est-ce que tu as besoin de savoir ?

— Absolument tout, dit-il. Nous allons remonter le fil des événements.

— D'accord.

Elle fronça les sourcils en regardant son petit canapé couvert de costumes.

— Foutue Christy, marmonna-t-elle, faisant référence à sa costumière, à laquelle Liam avait déjà été présenté. Xena, va nous chercher des chaises. Je sais qu'elle range les tenues dans un ordre particulier et je n'ai pas fini d'en entendre parler si je le perturbe.

— On commence maintenant ? protesta Xena. Tu as un spectacle dans trois heures, tu as besoin de te reposer et de revoir les notes avec les techniciens. On ne peut pas attendre demain matin ? Ou au moins après le concert ?

Ella fronça les sourcils et pinça les lèvres en se rasseyant sur son tabouret. Elle poussa un long soupir avant de se pencher, concentrée sur ce problème épineux.

— Rappelle-moi qui travaille pour qui ? Je pense que l'une de nous n'est pas au clair là-dessus.

Liam réprima un sourire quand Xena se renfrogna, puis se dirigea vers un tas de chaises pliées dans un coin. Il la suivit et en prit deux.

— Je peux prendre la mienne, dit-elle sèchement.

— Je n'en doute pas. Celles-là sont pour Rye et moi.

Elle plissa les yeux, mais ne dit rien. Elle revint avec sa chaise pendant que Liam apportait les deux autres. Il se sentait plus fier que de raison après cette petite victoire.

— Voici la situation telle que je la vois, commença-t-il sans laisser à personne d'autre le soin de prendre les choses en main. Vous m'avez appelé à l'aide, ce qui suggère que j'ai ma part de responsabilité. Aucun d'entre vous ne m'a donné de détails au téléphone, au-delà du fait qu'Ella est partie faire son jogging et qu'elle a été agressée. Je me débrouille comment, pour le moment ?

Ella se tordit les mains.

— Continue.

— Je suis venu, prêt à faire tout mon possible pour découvrir qui vous a agressée, et si nécessaire faire amende honorable pour ne pas avoir détecté correctement la menace, malgré des aveux complets et des preuves accablantes à la pelle. Ensuite, vous m'annoncez que vous ne m'accusez de rien, ce que vous n'avez pas mentionné au téléphone, alors que vous, ajouta-t-il en se tournant vers Xena, suggérez que vous n'avez jamais rencontré quelqu'un de moins compétent que moi.

Il ouvrit la chaise en plastique fragile et s'assit, un peu comme un géant sur un tabouret en allumettes.

— Pour être honnête, je n'ai aucune idée de ce que vous pensez.

— En fait…

Liam leva la main.

— Ce n'est pas ce qui nous intéresse pour le moment.

Il étendit les jambes, espérant que la chaise ne le ferait pas basculer en arrière.

— Dites-moi seulement ce qui s'est passé. Pas ce que vous pensez, mais ce que vous savez.

— Bien, dit Ella. Alors, je suis sortie faire mon jogging ce matin, peu après six heures. L'hôtel a un beau parc avec un sentier et je voulais y aller pendant que les températures étaient toujours fraîches.

Elle fit une pause assez longue pour que Liam puisse hocher la tête.

— Ma photo est partout en ville en ce moment, ce qui est super parce que c'est l'objectif de ma carrière, mais je ne voulais pas que tout le monde me voie en train de transpirer, pas du tout à mon avantage. Alors, j'ai pris la perruque d'une des danseuses dans le placard…

— Ella ! s'exclama Xena, indignée. Tu ne m'avais pas dit ça.

— Ce n'est rien, Liam veut connaître les détails.

— Non, ce n'est pas rien.

— Pourquoi ? demanda Ella.

Liam s'attendait à ce que la réponse franchisse les lèvres de Xena, de toute évidence irritée, mais elle resta inerte comme une mouche prisonnière de l'ambre, les lèvres entrouvertes et les sourcils légèrement froncés. Ce fut seulement un bref instant, assez étrange d'ailleurs, avant que son froncement de sourcils s'accentue.

— Parce que toutes ces perruques sont coiffées et ajustées. Christy va devoir la retravailler et c'est moi qui vais avoir droit à un sermon.

Ella balaya ses inquiétudes.

— Vu ma position, je pense que je peux te protéger. En

plus, je l'ai prise dans l'armoire de remplacement. Une perruque blonde qui n'était pas assignée à l'une des danseuses. Franchement, ça ne dérangera pas Christy.

Xena s'adossa, les bras croisés sur sa poitrine.

— Si tu le dis.

Liam hésita, dévisageant Xena tout en posant la question suivante à Ella.

— Vous êtes allée courir avec la perruque. Que portiez-vous d'autre ? Un short ?

— Eh bien, un de mes t-shirts de concert et un short noir. J'ai mis une casquette de baseball par-dessus la perruque, parce qu'elle ne tenait pas bien, et je me suis dit que ça la maintiendrait en place.

— Une casquette de concert, ou…

— Une casquette « Love Hurts ». C'est tout ce que j'avais, alors je l'ai prise et je suis sortie. Le sentier fait un kilomètre et demi, mais il serpente à travers le parc sur le domaine du Delphi.

— Je le connais. Où avez-vous été agressée ?

— Juste après l'étang. Le sentier passe près des arbres et il y a une aire de jeux pour enfants. Il était trop tôt pour qu'il y ait des enfants, et quand j'ai contourné les arbres, deux mecs se sont jetés sur moi.

— Qu'est-ce qu'ils portaient ?

— Des shorts et des t-shirts. Tout noirs, je pense. Je ne me souviens pas d'avoir vu un logo. Un des deux avait un tatouage sur le haut du bras. Je n'ai pas pu le voir en entier, parce qu'il était couvert par le t-shirt, mais je pense que c'était un serpent.

— Vous les aviez déjà vus avant ?

— Non, enfin, je n'en suis pas sûre. J'ai pris l'entrée du

centre de fitness pour aller sur le sentier. Ils étaient peut-être sur les machines ou au bar à jus de fruits, à ce moment-là. Il y avait une dizaine de personnes quand je suis passée.

— Vous n'avez remarqué personne qui vous aurait suivie à l'extérieur ? Il n'y avait pas d'autre joggeur avec vous sur le sentier ?

— J'ai vu deux femmes un peu plus tôt, mais personne d'autre avant d'arriver à l'aire de jeux. Pour être honnête, j'avais mes écouteurs avec de la musique et je me laissais entraîner à ce moment-là. Donc, je ne peux pas en être vraiment certaine.

Liam hocha la tête tout en prenant des notes mentales. Il irait vérifier les caméras de sécurité de l'hôtel pour voir si quelqu'un correspondant à la description aurait pu suivre Ella à l'extérieur.

— Continuez.

— Ils… ils étaient derrière moi, l'un d'eux m'a attrapée par les cheveux, ou plutôt la perruque. Je l'ai entendu dire : « je pense que tu ne l'as pas vu venir », et c'est à ce moment-là que j'ai tiré brusquement et que la perruque s'est enlevée avec la casquette. Heureusement que je ne l'avais pas collée. Ça m'aurait fait un mal de chien.

À côté de lui, Xena laissa échapper un « oh » de stupeur, suivi par :

— Je suis… je suis désolée. Je viens de me souvenir. Je dois parler à Tommy. Merde !

Elle se leva d'un bond et se précipita vers la porte.

— Tu n'as pas à t'inquiéter, mais si je ne le croise pas avant qu'il vérifie les tableaux, ce sera… Bref, on se retrouve sur la scène. Tu vas revoir le rappel avec les danseurs une fois de plus, d'accord ?

Elle était partie sans laisser à Ella l'occasion de lui répondre.

Liam regarda la porte claquer derrière elle, ses pensées dans tous les sens quand il se tourna à nouveau vers Ella.

— Elle va bien ?

— Des histoires avec les micros. Rien qui interrompra le spectacle, mais elle veut vérifier que tout va bien.

Il hocha la tête. L'explication était cohérente, mais elle sonnait faux. Il n'arrivait tout simplement pas à mettre le doigt sur ce qui le perturbait. Pas encore, du moins.

— Nous devons nous dépêcher, dit Rye. Il y a beaucoup à faire avant le spectacle.

— Qu'est-ce qui s'est passé quand la perruque s'est détachée ?

— J'ai commencé à courir, mais j'ai trébuché. Je m'attendais à ce qu'ils me rattrapent, mais ils ne l'ont pas fait. L'un des deux a poussé un juron, je pense qu'il venait du New Jersey, puis ils se sont regardés. Je n'avais pas récupéré suffisamment de souffle pour crier quand ils ont filé, ajouta-t-elle en haussant les épaules. Moi aussi, j'ai filé, mais dans la direction opposée. J'ai piqué un sprint jusqu'à l'hôtel.

— La perruque ?

— Je… commença-t-elle en fronçant les sourcils. Je ne sais pas. Je ne pense pas qu'ils l'aient prise. Elle est peut-être toujours là-bas.

— En avez-vous parlé à la sécurité ?

Elle secoua la tête.

— Je t'ai appelé directement.

Il passa la main sur sa tête.

— Nous en avons déjà discuté. Vous avez besoin d'une équipe de sécurité permanente.

— Liam a raison. Même si c'est seulement un seul gars. Peut-être même lui, ajouta Rye en le désignant du pouce.

— Ce n'est pas mon travail, mais je peux vous recommander d'excellents professionnels.

— Ce n'est pas ce qui nous préoccupe. Je ne vais pas engager de garde du corps pour me suivre comme une ombre tous les jours, et le Delphi fournit une équipe de sécurité pendant les spectacles. C'était un hasard, j'imagine. Des voyous qui essayaient d'agresser une femme au hasard et qui ont pris peur quand la perruque est partie.

— C'est une théorie solide, approuva Liam, mais je ne présume de rien.

Il pensa à la réaction de Xena quand elle avait appris l'existence de la perruque. Il se dit aussi que la couleur de ses cheveux était assez similaire à celle des perruques des danseurs.

— Liam ? À quoi penses-tu ?

Il secoua la tête.

— Je passe en revue plusieurs éléments. Pour le moment, je vais…

— Attends un peu, mec, dit Rye. Peu importe ce que tu fais, ça me va, mais Ella a un concert et elle doit se préparer.

Malgré son enfance dans une ferme du Nebraska, Rye avait perdu toute l'innocence des petites villes pour la remplacer par un sens des affaires affûté et une attitude faussement décontractée. Avec tous les accès qu'il avait auprès d'Ella, Rye avait été son premier suspect, la semaine passée. L'enquête sur ses antécédents était revenue sans rien révéler, et quand Gordon avait tout avoué, Liam avait innocenté le manager, le rayant de sa liste de suspects mentale.

Maintenant, il allait devoir pousser ses investigations plus avant. C'était certainement une agression au hasard, et si c'était le cas, il pourrait enfin arrêter de culpabiliser, mais il ne risquerait pas la vie d'Ella sur des suppositions.

Il était temps pour la star de se remettre au travail et pour Liam de commencer son enquête. Il allait creuser davantage dans le passé de Rye Callahan et de Xena Morgan.

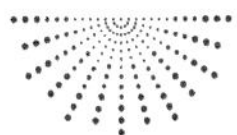

CHAPITRE QUATRE

Merde, *merde, merde.*

Je fais les cent pas dans le couloir devant le box vide du studio d'enregistrement, heureuse que Tommy ne soit pas là. Au moins, j'ai le temps de me ressaisir en espérant qu'il arrivera bientôt, histoire de ne pas donner l'impression que j'ai inventé une excuse pour filer.

Ce qui est le cas. Bien sûr, c'était une excuse.

Parce que je ne pouvais pas rester une minute de plus dans cette pièce sans tout mettre en péril. J'étais déjà sur les nerfs de revoir Liam Foster, un homme que je ne pensais pas revoir quand l'équipe était partie pour Las Vegas. Un homme qui me remue, pour des raisons que j'ignore et que je n'ai pas réussi à comprendre.

Et puis, il y a la perruque.

Mon Dieu, cette foutue perruque.

Pourquoi Ella ne l'a-t-elle pas mentionnée quand elle m'en a parlé ? Je n'aurais jamais accepté son plan de faire venir Liam si j'avais su. J'aurais dit que c'était un travail pour la sécurité de l'hôtel. Une agression comme une autre sur leur propriété. Une agression qui n'avait sûrement rien à voir avec son identité.

Parce que c'est le cas. Elle n'a rien à voir avec elle du tout. Et au contraire, tout à voir avec moi.

Calme-toi, Xena. Prends une grande inspiration et calme-toi, merde.

J'essaie d'appliquer mon propre conseil, m'intimant de me calmer, me disant que ce n'est qu'une coïncidence. Seulement l'une de ces coïncidences complètement folles, à cause de ma paranoïa.

Après tout, ça fait six ans. Six longues années, à la fois merveilleuses et horribles. Même si je sais qu'ils m'ont cherchée pendant la première année, ils ne se sont jamais approchés de moi. Ça, c'était à l'époque, quand j'étais une épave sans ressources, sans compétences et sans soutien. Et pourtant, ils ne m'avaient pas trouvée. Alors, pourquoi les choses changeraient-elles maintenant que j'ai un nouveau nom, un nouveau look et une nouvelle vie pour me protéger ?

Rien ne devrait changer. D'ailleurs, rien n'a changé. Il n'y a aucune raison de penser qu'ils m'ont trouvée. Aucune raison de croire qu'ils me cherchent.

Malheureusement, ce sont des conneries.

Bien sûr qu'ils cherchent toujours. Je sais très bien qu'ils n'ont jamais cessé. Pas des hommes comme eux. Jamais.

Mon cœur bat la chamade et ma tête tourne. Le monde commence à glisser vers le rouge et je sens une vague de panique, préambule à la crise qui arrive. Ce n'est vraiment pas le bon moment.

J'inspire profondément pour me calmer les nerfs. Il n'y a aucune raison de paniquer. Ce n'est pas possible qu'ils m'aient retrouvée. Après tout, je suis une fille de l'ombre, dans les coulisses. Pas une femme qui se met en avant. Il aurait fallu qu'ils sachent où me chercher. Pourquoi auraient-ils fouillé dans l'entourage d'une pop-star ?

Ils ne le feraient pas. Je vais bien. Je suis en sécurité.

— Xena ?

Je sursaute jusqu'au plafond, puis je me retourne vers Tommy en criant :

— Nom de Dieu !

— Oh là, désolé.

Il lève les mains avec un sourire chaleureux. Tommy est dans le milieu depuis l'aube des temps et je sais que nous avons de la chance de l'avoir comme ingénieur du son. Mais bon sang, mon cœur s'est arrêté pendant une fraction de seconde.

— Je ne voulais pas te faire peur, dit-il en riant. Apparemment, tu étais dans la lune.

— Apparemment.

Il fait un pas vers moi et je vois ses traits réguliers se froncer avec inquiétude.

— Que se passe-t-il, petite ? On dirait que tu as couru un kilomètre.

— Seulement un millier de choses à faire avant le spectacle de ce soir.

Je lui lance l'un de mes sourires éclatants que je me suis entraînée à faire. Je suis une experte pour avoir l'air heureuse et satisfaite même quand c'est loin d'être le cas.

— Je voulais savoir si le problème du micro des choristes était réglé.

Il me lance un regard condescendant.

— Mince, alors. Je n'y avais pas pensé.

Je ne relève pas son sarcasme.

— Je sais que tu as certainement corrigé ça environ trente secondes après la fin du spectacle d'hier soir, mais c'est mon travail de tout envisager.

— Bien joué. Maintenant, va dire à mademoiselle Love que nous sommes prêts pour les tests de sons quand elle veut.

J'acquiesce et, avec un signe de la main, je détale en sortant mon téléphone pour envoyer un message à Ella et tous les choristes, leur annonçant que Tommy est prêt.

Je suis presque au bout de ce que nous appelons l'allée technique quand je lève les yeux. J'aperçois un homme qui s'approche de moi. Liam Foster. Quelques rayons de lumière le frappent sur la gauche, et avec sa magnifique peau noire partiellement illuminée, ses épaules larges et son costume gris, il ressemble à un conquérant sortant de l'ombre.

Je déglutis quand la panique refait surface dans ma poitrine. Non parce que j'ai peur de ce que Liam pourrait me faire. Au contraire, j'ai peur de ce qu'il me fait déjà. Cet homme a bien failli percer mes défenses. J'ai baissé ma garde avec lui une fois… Quand nous avons failli nous embrasser à la fête d'Ella. C'était stupide et je ne peux pas me permettre d'aller sur ce terrain à nouveau. Pas maintenant. Pas plus tard. Ni jamais.

Ce qui fait donc de Liam Foster un homme très, très dangereux.

Je me force à sourire et je lève la main pour lui faire signe, tout en ignorant la goutte de sueur entre mes seins.

— Tiens, Liam. Vous cherchez Tommy ? Ou Grant ?

J'ajoute le second prénom, car nous sommes juste au niveau de la cabine des projecteurs et que Grant est notre régisseur lumière.

— C'est vous que je cherche, en fait.

— Waouh. Je suis flattée, dis-je en ajoutant une pointe de sarcasme à ma voix. On pourrait remettre ça à plus tard ? J'ai beaucoup à faire avant ce soir.

— Vous pensez que j'ai commis une erreur.

Je croise les bras et je penche la tête.

— Merci pour ce rappel. Vous croyez que j'aurais oublié ?

— Vous pensez que je me suis trompé, ou du moins, vous le pensiez avant qu'Ella mentionne la perruque.

Je déglutis, mais ne dis rien.

— Allez, Xena. Pourquoi est-ce que cela vous a ébranlée ?

— J'ai vraiment beaucoup de travail.

J'essaie de forcer le passage, mais il lève un bras et me bloque le chemin.

— Euh, Liam ? C'est quoi, cette histoire ?

— S'il vous plaît. Seulement dix minutes. Cinq.

Il baisse le bras et je sais que si je continue d'avancer, il ne m'arrêtera plus.

Je devrais continuer. Je suis ridicule de ne pas le faire. Si je trouve les bons mots, il reculera peut-être.

— Merci, dit-il.

Sa voix est si douce que pendant un moment insensé, je me demande ce que ce serait si je lui racontais mes secrets. Mais c'est un désir dangereux. Comme ces personnes qui doivent refréner la pulsion constante de sauter dès qu'ils s'approchent du vide. Je m'efforce de la garder sous contrôle, puis je croise son regard.

— Bien. Que voulez-vous savoir ?

Comme si je ne me rappelais plus ce qu'il m'a demandé il y a cinq secondes. Comme si la question ne me faisait pas peur.

Est-il au courant ?

Non, je ne pense pas, vraiment pas. Depuis des années, je cache mes sentiments et mes peurs. Je suis douée pour ça. Je pourrais gagner un Oscar s'il ne fallait pas que je m'expose aux regards du public pour cela. Cet aspect-là est rédhibitoire pour moi.

— La perruque, Xena, reprend-il avec une patience infinie. Quand vous avez appris son existence, vous avez pris peur.

Il a bien raison.

— Peur, moi ? Non, pas du tout. C'est que… enfin…

Je n'arrive pas à trouver les mots. Je cherche à gagner du temps pour peaufiner mon mensonge. Finalement, je prends une grande inspiration, puis je hoche la tête.

— Bon, vous savez quoi ? Vous avez raison. Ça m'a vraiment fait peur. Parce que c'est futile, vous savez.

Je soutiens son regard. Il essaie de voir clair dans mon jeu.

— La célébrité, je veux dire. Elle travaille d'arrache-pied pour l'atteindre et ça devrait être génial. C'est ce que tout le monde imagine. Tout le monde la soutient. Mais il y a toujours un revers de la médaille. Ça fait partie du prix à payer. Pour la célébrité. Vous ne pensez pas ?

Il hoche la tête, pourtant je vois bien qu'il ne

comprend pas. Pas étonnant, étant donné que j'invente tout au fur et à mesure.

— Elle a essayé de le contourner. Elle a pris des précautions. Elle a porté un déguisement. Mais elle s'est quand même fait agresser. C'était peut-être un hasard, comme vous l'avez dit. Cela voudrait dire que personne n'est en sécurité, dans ce cas. Ou peut-être qu'ils savaient que c'était elle, et alors, à quoi bon se déguiser ? On devient célèbre, et ensuite, on est foutu. C'est totalement injuste. Personne ne peut vivre dans une bulle. Alors, je suppose… Je suppose que tout ça me rend terriblement triste et inquiète pour elle en même temps.

Je lève une épaule en signe d'impuissance, et Liam répond avec un hochement de tête pensif. Je m'efforce de garder une expression impassible. Je pense qu'il a gobé toutes les âneries que je lui ai dites. Si on considère que j'ai sorti tout ça de nulle part, ce n'est pas si mal. Mais ce n'est sûrement pas suffisant pour Liam Foster.

— Je comprends, dit-il en faisant un pas vers moi.

Il est fort. Je le sens dans l'atmosphère. D'un côté, je voudrais le supplier de me serrer contre lui pour me permettre d'absorber sa force. Mais je ne peux pas me montrer vulnérable. Pas avec lui. Pas avec qui que ce soit.

— J'imagine le choc que cela a dû être après les tensions de la semaine dernière, surtout quand on sait à quel point Ella et vous, vous êtes proches.

J'acquiesce. Même s'il ne connaît pas toute la vérité, ce qu'il vient de dire est exact. Surtout la partie à propos d'Ella et moi. C'est peut-être la star la plus capricieuse du monde, mais à mes yeux, cette femme est une déesse et la semaine dernière j'ai dit à Liam ce que je pensais d'elle. Pas toute l'histoire, mais une bonne partie. Tout était vrai.

J'ai quand même laissé beaucoup de zones d'ombre.

— Merci, dis-je.

Il lève les yeux au ciel et sourit. Un beau sourire pour un homme qui pourrait être vraiment effrayant s'il le voulait. J'ai connu des hommes comme lui. Plus que je ne le voudrais, en fait, et leurs sourires redoutables me hantent. À tel point que, pendant des années, j'ai consulté un psychologue dans une des cliniques gratuites de Los Angeles. J'ai utilisé une fausse identité, encore une fois, et je portais une perruque, des vêtements trop amples, parce qu'on n'est jamais trop prudent. Ça ne m'a pas empêchée de le faire. Les séances m'ont aidée. Un peu. Peut-être.

En fait, très certainement, parce que Liam est exactement le genre d'homme qui m'aurait fait reculer en temps normal. Grand. Fort. Déterminé. Assez costaud pour me lancer de l'autre côté de la pièce s'il le voulait. Ou me faire un bleu sur le bras rien qu'en me retenant.

Le genre d'homme que je fuis d'habitude, même après tout ce temps et toutes ces séances, mais pour une raison quelconque, je me suis rapprochée de lui, de plus en plus, jusqu'à ce que la semaine dernière, nous soyons à deux doigts de nous jeter dans les flammes.

Je ne peux pas me le permettre.

— Nous…

Je laisse la phrase en suspens en secouant la tête.

— Laissez tomber.

— Quoi ?

— C'est seulement… Je pensais seulement à Ella, dis-je en détournant la vérité. D'une manière ou d'une autre, il faut la convaincre que nous avons besoin de quelqu'un pour surveiller ses arrières.

— Je suis d'accord, dit-il.

Je m'apprête à soupirer de soulagement quand il ajoute :

— Mais ce n'est pas ce que vous alliez dire.

Je déglutis.

— Ah bon ?

Je reste silencieuse. Je devrais lui dire que je suis en retard et que je dois y aller.

— Qu'est-ce que j'allais dire, alors ? demandé-je à la place.

Il n'hésite pas, ne détourne pas le regard.

— Que c'était une erreur.

Il me regarde droit dans les yeux, avec une telle intensité que je ne peux pas détourner les miens.

— Que nous avions trop bu et que nous le voulions tous les deux, mais que nous sommes trop professionnels pour avoir franchi cette ligne et que nous n'avons pas envie de pousser les choses plus loin.

Vraiment ?

Évidemment, nous ne voulons pas, parce que les intentions et les désirs sont deux choses différentes. Il a tort, je n'étais pas ivre, mais il a visé juste sur mes intentions.

J'inspire, les yeux toujours rivés sur les siens.

— Je ne vois même pas de quoi vous parlez.

— Si, dit-il. Vous le savez. Vous savez exactement de quoi je parle, parce que vous le vouliez autant que moi.

Je commence à protester, mais il continue avant que je puisse émettre le moindre son.

— Vous vouliez que je vous embrasse. Ou peut-être

que vous vouliez m'embrasser. Je ne pense pas que ça ait de l'importance. Tout ce qui importe, c'est que nous le voulions tous les deux. Nous nous désirions. Nous voulions nous perdre pendant un moment sur ce coin de véranda, avec les étoiles au-dessus de nous et les lumières en contrebas. Lèvres contre lèvres, peau contre peau. Nous laisser aller, même si nous ne devions jamais nous reparler ensuite.

J'ai le souffle court quand il fait un autre pas vers moi pour incliner mon menton du bout des doigts. C'est à ce moment que je prends conscience que j'ai cessé de le regarder et que mes yeux sont rivés au sol. Maintenant, je n'ai pas d'autre choix que de le regarder. Sa peau semble absorber la lumière tamisée, le faisant briller de l'intérieur, alors que ses yeux m'invitent à me laisser emporter avec lui dans un endroit chaud et sauvage. Je n'ai plus qu'une pensée en tête : cet homme est un ange noir venu pour me tenter.

Lorsqu'il parle, c'est à peine un murmure.

— Alors, dites-moi, Xena. Est-ce que j'ai rafraîchi votre mémoire ?

— Vous avez rafraîchi quelque chose, je l'admets. Nous ne pouvons pas. Nous ne le ferons pas. Ce n'est pas… Ce n'est pas ce que je veux.

Je me maudis en silence, parce qu'après ce qu'il vient d'avouer, il mérite la vérité.

— D'accord, peut-être que j'en ai envie. Mais je ne le ferai pas.

— Vous ne croyez pas que je le comprends ?

— Je n'en sais rien.

J'ai la tête qui tourne et je baisse la voix, consciente du

vacarme que commencent à faire l'équipe et les artistes qui entrent dans les lieux pour les vérifications précédant le concert.

— Je sais que vous le comprenez. Alors, pourquoi en parlons-nous ? Pourquoi nous torturer tous les deux ?

— Tout le monde respecte certaines règles de conduite.

Il hausse les épaules avant de poursuivre :

— Les miennes consistent à ne jamais détourner les yeux de la vérité. Ce qui veut dire que je vous vois. Je vois tout ça, ajoute-t-il en faisant un geste entre nous. Je sais que je le veux, et que j'emprunte pourtant la direction opposée.

J'inspire, sans trop savoir quoi dire.

— Peut-être que j'ai tort, dit-il tout doucement, mais je pense que ça fait partie de vos règles de conduite aussi.

— Non, dis-je en pensant au passé que je fuis. La plupart du temps, j'évite justement de regarder.

Il se penche en avant et je vois les questionnements dans ses yeux. Il se demande ce que je ne veux pas affronter et j'ai envie de me frapper pour en avoir laissé transparaître autant. Qu'arrive-t-il à ma carapace ?

— Je vous crois, dit-il. C'est pourquoi on se ressemble. Peu importe ce qu'il y a derrière vous que vous ne vouliez pas voir, vous vous retournez quand même, Xena. Et vous regardez.

Les mots ricochent en moi, pleins de vérité, de danger et de peur. Je déglutis, m'attendant au pire. J'ai peur qu'il me demande quel monstre est tapi derrière moi.

— Je… je devrais y aller. Ils vont commencer et je dois être sur scène avec Ellie…

— Je sais. Allez-y. On se voit après le spectacle.

— Oh, non. Nous ne ferons pas…

— À la fête, dit-il doucement. Dans la suite d'Ella.

— Ah, oui.

Heureusement que je suis dans la pénombre, parce que je suis certaine d'être en train de rougir.

— Je vous vois là-bas. J'ai hâte, ajouté-je imprudemment.

Je suis surprise de constater que c'est vraiment le cas.

Il reste là où il est et je passe à côté de lui, pressant le pas vers les escaliers qui mènent aux gradins de l'auditorium et à la scène. J'ai fait environ trois mètres quand je m'arrête et me retourne. Il est au même endroit, le dos tourné.

— Monsieur Foster.

Il se retourne.

— Liam.

Mes lèvres se recourbent en un semblant de sourire.

— Merci.

Il fait sombre, mais je pense le voir froncer les sourcils, petit indice prouvant que je l'ai troublé.

— Pourquoi ?

— Parce que vous n'avez pas posé de questions auxquelles je n'ai pas envie de répondre.

— Ne me remerciez pas pour ça. J'en ai toute une liste que j'aimerais vous poser.

— Je sais. C'est justement pour cela que je vous remercie. Vous voulez peut-être vous confronter à la réalité, mais vous avez aussi de la retenue. C'est quelque chose que j'admire chez un homme.

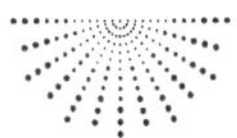

CHAPITRE CINQ

R*etenue.*

Liam fronça les sourcils alors que le mot résonnait dans sa tête.

Il avait fait preuve de retenue, elle avait raison. Cette fois-ci, mais pas toujours. Il y avait des moments où il ne se retenait pas. Lorsqu'il travaillait d'arrache-pied et jouait gros. La fois où il était tombé amoureux, aussi.

Ça, bien sûr, c'était une erreur.

Une douleur familière le traversa quand il pensa au doux sourire de Dion. Comment son cœur s'était gonflé quand il avait murmuré son nom et comment son corps s'était enflammé quand elle l'avait touché. Il pensa à Franklin, ce connard qui lui avait volé cette belle âme. Elle n'était plus de ce monde.

Ils étaient tous les deux partis, maintenant. Dion, assassinée parce que Liam l'aimait. Franklin, parce que Liam l'avait tué.

Il n'avait montré aucune retenue par cette nuit sans

lune. Pas un soupçon de retenue. Et il s'était senti incroyablement bien d'avoir vengé la femme qu'il aimait.

Mais maintenant…

Eh bien, maintenant, en matière de relations, il avait beaucoup de retenue. Il ne pouvait pas s'engager. Une passade, une nuit ou une rencontre pour faire baisser la tension, pourquoi pas ? Mais donner son cœur ? S'accrocher à l'amour d'une femme ? Étant donné la vie qu'il menait, c'était bien trop dangereux. Elle serait une cible. Un point faible. Une blessure sur laquelle ses ennemis pourraient mettre du sel.

Après tout, une balle dans la tête ne ferait que le tuer. En revanche, une balle dans la tête d'une femme qu'il aimait ?

Il avait à peine survécu la première fois. Une seconde fois le détruirait.

Avec un soupir frustré, il secoua la tête, forçant son esprit à se recentrer. Franklin et Dion faisaient partie du passé. À présent, il avait une seule mission à laquelle se consacrer et il était déterminé à trouver la raison de l'agression d'Ella. Qui étaient les suspects ? Était-ce un hasard ? Si ce n'était pas le cas, alors qui était la victime visée ?

Parce que malgré l'histoire fabriquée minutieusement par Xena à propos de son inquiétude pour le bien-être d'Ella et son statut de célébrité, Liam n'en croyait pas un mot. Ce qu'il ne savait pas, c'était pourquoi elle avait menti. Pensait-elle que les agresseurs avaient confondu Ella avec elle ? C'était le plus plausible. Cette conclusion était basée seulement sur les éléments qu'il avait devant lui. La perruque. La voix de Xena et son comportement.

Le fait que les suspects se soient enfuis quand la perruque s'était détachée.

Toutes les preuves suggéraient qu'ils ne pensaient pas que la joggeuse était Ella. La conclusion que l'on pouvait alors en tirer, c'était que leur cible n'était autre que Xena. Liam savait bien qu'il ne fallait pas sauter aux conclusions trop hâtives et il ne pouvait pas écarter les autres possibilités.

Il soupira, les mains dans ses poches. Il ne connaissait pas le fin mot de l'histoire. Cependant, il avait la ferme intention de le découvrir.

Il était toujours debout au fond de l'auditorium, près des régies du son et de la lumière. Il jeta un œil autour de lui et vit Tommy qui le regardait, son visage anguleux tordu par l'inquiétude. Pas surprenant. Toute l'équipe d'Ella était soucieuse. Seulement quelques personnes triées sur le volet savaient que Gordon était à l'origine des événements de la semaine précédente. Les autres pensaient que c'était une fausse information, que Liam avait dévoilée avant qu'elle ne soit rendue publique.

Quant à l'équipe de Liam, chez Stark Sécurité, il leur avait servi le même mensonge gênant. Qu'Ellie Love était une prima donna capricieuse et qu'elle et son petit ami Rye avaient réagi excessivement à une fausse information que Liam avait démentie. Puisque personne chez Stark Sécurité n'avait de relations avec la tournée, le subterfuge avait été simple.

Ryan et lui avaient l'esprit tranquille malgré ce mensonge. Même s'il ne tenait pas entièrement la route, une bonne partie était vraie. Ella était très exigeante et elle pouvait être une véritable dictatrice vis-à-vis de son spectacle, ce qu'elle prouvait à ce moment précis, puisqu'elle était sur scène, menant une répétition technique avec son équipe à grand renfort de félicitations motivantes, mais aussi de jurons bien placés.

Toutefois, c'était une patronne juste et son personnel semblait l'apprécier. Elle travaillait dur et elle était entièrement dévouée à son équipe, comme elle l'avait montré en insistant pour que Gordon ne subisse pas trop les foudres de Liam.

Il leva une main vers Tommy, pour dire au revoir, mais il s'arrêta après avoir fait un seul pas vers la sortie.

Ella était loyale, cela ne faisait aucun doute. Son équipe était importante pour elle.

Xena était importante.

Qu'Ella le veuille ou non, il était temps qu'elle lui raconte toute l'histoire de la femme qui avait gravi les échelons dans l'organisation et qui était devenue son amie, sa confidente et son assistante personnelle.

Il changea de direction. Cette fois, il n'allait plus vers la porte, mais vers la scène. Il savait qu'il ne pourrait pas parler à Ella tout de suite, mais il pouvait lui laisser un message pour qu'elle le rejoigne immédiatement après le concert.

Il ne vit pas Xena et il supposa qu'elle était en pause pour profiter du repas léger que l'on servait aux artistes en coulisse. En revanche, Rye discutait avec l'un des chorégraphes. Il se dirigea vers lui.

— Je vais au poste de sécurité de l'hôtel pour voir les vidéos du centre de fitness. Pouvez-vous dire à Ellie que j'aimerais la voir dans sa loge après le spectacle ?

— Oui, bien sûr. Sans problème. Je te demande seulement de ne pas lui prendre trop de temps. Elle sera épuisée et tout le monde vient dans notre suite pour la fête après le concert.

— Ce sera rapide. Et, Rye, je veux lui parler seul à seule.

Il écarquilla les yeux.

— Waouh. Est-ce que j'ai des ennuis, coach ?

Liam croisa les bras en le dévisageant.

— Qu'en pensez-vous ?

— Si tu penses que j'ai quelque chose à voir avec ce qui s'est passé ce matin, alors tu es vraiment à côté de tes pompes. Je pourrais frapper ceux qui lui ont fait du mal, mais je n'ai jamais levé la main sur elle.

— Bon à savoir.

— Tu me fais marcher, hein ? Je ne suis pas dans le collimateur ?

— Tout le monde l'est, précisa Liam avec un sourire. Mais vous n'êtes pas en haut de la liste.

— Waouh. Heureusement, dit-il en ricanant. Tu sais que je n'ai jamais eu la moindre contravention pour excès de vitesse ? La seule pensée que quelqu'un puisse croire que je…

Il ne termina pas sa phrase et secoua la tête.

— C'est surréaliste.

Liam s'éloigna.

— Vous transmettrez le message ?

— Oui. Euh, il y a autre… laisse tomber. Je vais le dire à El.

— Qu'est-ce qui vous tracasse ?

Rye haussa les épaules, passant une main dans ses cheveux blonds ébouriffés.

— Ce n'est rien. Honnêtement. Seulement… non, rien.

— Rye, votre fiancée a été agressée, et en ces circonstances, je suis mieux équipé pour savoir ce qui mérite ou non qu'on y prête attention. Alors, dites-moi.

— C'est seulement que je t'ai vu parler à Xena là-haut… Merde, je déteste balancer. Je suis peut-être complètement à l'ouest.

— Dites quand même.

Il expira bruyamment.

— Bon, d'accord. J'ai fait une recherche de ses antécédents.

— Quand ? Aujourd'hui ?

— Non, non, il y a des années, quand Ella l'a embauchée. On commençait à peine à sortir ensemble, mais j'étais son manager, et quelque chose me dérangeait.

— Qu'avez-vous trouvé ?

Il croisa le regard de Liam.

— Rien du tout. C'est ça, le truc. Rien. Pas de crédits. Pas de propriétés. Aucune trace. Enfin, si, je l'ai trouvée dans le système. On avait son numéro de sécurité sociale. Susan Morgan. Je me demande bien pourquoi elle se fait appeler Xena. En tout cas, il n'y a rien de plus. Née dans l'Idaho. Ses deux parents sont morts. C'est tout.

Il haussa les épaules.

— Alors, j'ai dit à Ella que ça m'inquiétait. Cette fille a commencé comme employée dans la maison d'Ella. Tu vois, à faire les courses, trier le courrier. J'avais peur qu'elle l'arnaque. Qu'elle récupère ses données financières. Ce genre de choses.

— Qu'est-ce qu'elle a répondu ?

— Elle m'a demandé d'arrêter de fureter partout. Qu'il n'y avait rien à trouver, si ce n'est que Xena avait eu une vie difficile, l'informa-t-il en haussant les épaules. J'ai pensé qu'elle était peut-être en fuite. Après l'accident de ses parents, elle se serait retrouvée propulsée dans le système et elle aurait traversé une mauvaise passe. El a un grand cœur, alors je me suis dit qu'elle voulait seulement aider la pauvre fille.

— Mais maintenant ?

Il expira à nouveau.

— Écoute, El a une haute estime de Xena. Moi aussi. C'est une employée géniale. Elle aime El, j'en suis sûr. Par contre, j'ai peur qu'il y ait autre chose dans son passé qu'une vie de famille compliquée et une fugue de foyer d'accueil.

Liam était d'accord, mais il répondit sur un ton impassible :

— Merci de m'avoir prévenu.

— Pas de problème.

— Je veux quand même voir Ella. Dites-lui que je passerai dans sa loge juste après le spectacle.

— Oui, je le ferai. Tout ce dont tu auras besoin. Je veux seulement qu'elle soit en sécurité.

— C'est pour ça que je suis ici.

Rye soupira.

— Oui. Sans vouloir te vexer, j'aurais préféré qu'on n'ait pas à faire appel à toi.

Le sourire en coin de Xena revint à l'esprit de Liam.

— Peut-être, mais je suis content d'être là. Nous aurons le fin mot de l'histoire.

— Le plus tôt sera le mieux. Est-ce que tu vas regarder

le concert ? Nous avons quelques sièges VIP au premier rang.

— Non, merci. Je vais aller examiner les vidéos de surveillance. Avec un peu de chance, je pourrai repérer l'un des agresseurs.

CHAPITRE SIX

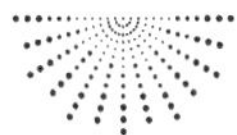

Carlos Martinez, chef de la sécurité du Casino et de l'Hôtel Delphi, était en réunion. Liam finit par aller manger un morceau, son premier repas de la journée, dans l'un des nombreux restaurants de la propriété, avant de rencontrer Carlos au moment où Ella montait sur scène.

— C'est bon de te revoir, dit Carlos en levant les yeux de la console de sécurité où il était assis, un endroit habituellement réservé à l'un de ses techniciens.

Liam avait déjà travaillé avec lui auparavant et il n'était pas surpris de voir que l'homme était sur le terrain. Une femme avait été agressée sous sa surveillance et il tenait à trouver le coupable tout autant que Liam.

— Tu as commencé à regarder ? demanda ce dernier en jetant un œil par-dessus l'épaule de son ami.

— Ça te dérange ?

— Bien sûr que non. Plus on a d'yeux pour le visionnage, mieux c'est.

Carlos se moqua gentiment.

— Si elle avait signalé l'agression, nous aurions pu avoir les yeux sur le direct. En l'état des choses, tu connais nos chances. Impossible de regarder toutes les vidéos en même temps.

— Personne ne reproche quoi que ce soit à ton équipe, affirma Liam.

Il le savait, bien sûr. Il prenait tout de même cette histoire très personnellement.

— Qu'est-ce que tu as pour moi ?

Martinez désigna une chaise pour qu'il s'assoie, et le technicien installé de l'autre côté déplaça un peu son siège pour lui faire de la place.

— J'ai remonté jusqu'au moment où mademoiselle Love entre dans le centre de fitness pour commencer son jogging.

Il manœuvra les commandes et la vidéo en question apparut sur l'écran.

— Bel équipement, commenta Liam.

Il avait dirigé officiellement la sécurité de la chaîne de grands magasins Sykes, en parallèle de son poste dans la société secrète Délivrance. La famille Sykes ne faisait pas les choses à moitié, et pourtant leur système de sécurité ressemblait à des jouets pour enfants en comparaison avec ce matériel.

— C'est le dernier cri, dit Carlos avec autant de fierté qu'un père. En plus, avec le cloud, on peut conserver les enregistrements indéfiniment. Nous avons appris que certaines femmes avaient besoin de temps pour se convaincre de dénoncer des comportements déplacés, et avant, les vidéos risquaient d'être effacées rapidement, expliqua-t-il en posant sur Liam un regard sérieux. Nous voyons beaucoup de choses en travaillant dans cette ville, et parfois les clients de l'hôtel interprètent mal ce que prendre du bon temps signifie. Tu vois ce que je veux dire ?

— Malheureusement, oui.

Pendant qu'ils parlaient, Carlos avançait sur les images. Ella qui traversait le centre de fitness. Ella qui faisait une pause au bar à jus, près de la porte extérieure. Ella qui remplissait sa bouteille d'eau. Puis Ella qui sortait par la porte vitrée. Ainsi, surtout avec la casquette, ses cheveux ressemblaient à s'y méprendre à ceux de Xena.

Bien sûr, Ella portait un short et un débardeur qui révélaient ses courbes affriolantes. Un trait de physionomie que Xena ne partageait pas du tout avec la star et qui faisait pencher pour l'éventualité d'une agression fortuite.

Sur l'écran, Carlos passa au moment qu'il avait marqué sur le sentier de jogging.

— Malheureusement, nous n'avons pas une couverture complète à l'extérieur, mais nous en avons assez pour confirmer la version d'Ella.

— Est-ce que nous pouvons avoir une image plus précise de son bras ? demanda Liam en tapant la gomme de son crayon contre l'écran.

Carlos tenta sa chance, mais l'image ne devint jamais plus claire qu'une tache floue.

— Un tatouage ? demanda Carlos.

— Un serpent, certainement. Mademoiselle Love a dit qu'elle avait pu en voir seulement une partie.

Il s'adossa, les doigts croisés derrière la tête.

— Montre-moi encore le passage dans le centre de

fitness. S'ils la surveillaient, il y a des chances qu'ils y soient aussi.

— Je suis d'accord.

Carlos ressortit l'enregistrement qu'ils avaient déjà regardé, puis mit la seconde caméra de la pièce sur l'écran d'à côté. Les deux couvraient l'aire ouverte du centre. La première montrait la porte qui menait à l'intérieur de l'hôtel. La seconde, celle conduisant au sentier.

Ensemble, avec Carlos aux commandes d'un côté et Liam de l'autre, ils repassèrent l'enregistrement image par image, commençant cinq minutes avant son arrivée et terminant cinq minutes après.

— Ce mec, indiqua Liam au cours de leur troisième passage.

Il tapa l'écran à nouveau, désignant un homme trapu en short et débardeur noir.

— Il laisse le tapis de course pour aller remplir sa bouteille au distributeur. Il ne lève pas la tête une seule fois.

— Comme s'il savait où se trouvent les caméras, mentionna Carlos, faisant écho aux pensées de Liam.

— Continue de regarder.

L'homme se tournait ensuite vers la porte intérieure, le côté de son bras bien visible devant la caméra.

— Bingo, murmura Liam.

— C'est bien un serpent. Par contre, notre homme sort du côté de l'hôtel. Ella sort au même moment vers l'extérieur, ajouta-t-il en pointant l'autre écran qui montrait, en parallèle, la sortie vers le domaine.

Un autre homme habillé en noir suivit le tatoué, la tête baissée lui aussi.

— Est-ce que tu peux me sortir un plan de l'étage ?

— Sans problème.

En quelques secondes, Carlos remplaça la porte extérieure par un plan qui montrait les abords du centre de fitness.

— Là, fit Liam en désignant une porte, quelques mètres plus loin. Une sortie extérieure ?

— C'est ça. Le trottoir mène au bar de la piscine. Par contre, il n'y a rien qui empêcherait quelqu'un de marcher sur la pelouse pour rejoindre mademoiselle Love.

— C'est exactement ce que je pensais. Je crois aussi que ces gars sont des professionnels.

— Aucune image de leur visage.

— Aucune, approuva Liam en fronçant les sourcils.

Une idée lui vint.

— Tu pourrais remettre le passage où ils sortent ?

Comme souvent dans les salles de sport des hôtels, la porte avait une vitre à hauteur des yeux. En l'occurrence, elle était ornée d'un D pour Delphi.

— Il s'est retourné, non ? L'homme qui suit celui au tatouage de serpent.

Liam acquiesça.

— La porte était déjà en train de se refermer, et il est dans l'ombre, mais oui. Il l'a fait.

— Est-ce qu'il a levé les yeux ?

— Je pense. Voyons voir si j'ai raison.

C'était le cas, mais ce n'était pas une victoire complète. Une grande partie du visage de cet enfoiré était dissimulée par la lettre sur la vitre.

— Je ne suis pas certain que nous puissions obtenir quelque chose d'utile.

Carlos se pencha en avant, la mine renfrognée, et agrandit lentement l'image.

— Est-ce que tu peux m'en faire une copie ? Si quelqu'un peut retirer assez d'informations d'une image par reconnaissance faciale, c'est bien Mario.

Liam pensait au jeune analyste brillant qui supervisait les techniciens, chez Stark Sécurité. Le gamin disait tout le temps qu'il était un génie. Peut-être qu'aujourd'hui, il aurait une chance de le prouver.

— Je vais la mettre sur un serveur partagé. Il pourra récupérer l'enregistrement directement.

Il appuya sur quelques touches, puis afficha une fenêtre pour saisir un mot de passe et une adresse URL. Un moment plus tard, le téléphone de Liam sonna.

— Envoie-le ici. S'il a des soucis, donne-lui mon numéro de téléphone. Tu peux aussi te connecter, dans le cas où tu voudrais les visionner sur ton appareil.

— Parfait, dit Liam en reculant sa chaise pour se lever. Je t'en dois une.

— Je m'en souviendrai, promit Carlos. C'est toujours bon d'avoir des faveurs en réserve.

Liam souriait quand il quitta le poste de sécurité du Delphi. Il n'avait pas encore de réponses, mais au moins il pouvait dire à Ella qu'il avançait. C'était une bonne chose en soit, mais c'était aussi un bon moyen d'amortir la question qu'il avait l'intention de poser au sujet de Xena.

Il jeta un œil à sa montre, surpris de constater que l'heure avait tourné. Le concert serait bientôt fini. Il décida de se rendre directement dans la loge pour attendre Ella, et d'appeler Mario.

— Liam, mon vieux, fit Mario en décrochant, peu de

temps après. Comment ça se passe dans la ville de tous les vices ?

— Je suis plus préoccupé par une agression, je dois t'avouer.

— Je t'écoute.

— Où es-tu ? Devant un ordinateur ?

— Depuis quand on se connaît ?

Liam ricana.

— Tu marques un point. J'ai besoin que tu manipules un enregistrement pour moi.

— Super. Est-ce qu'on arnaque quelqu'un ?

— Pas comme ça. Attends, je te transfère un message. Il est possible que tu doives utiliser les ordis du bureau. Je suppose que nous avons encore quelques trucs que tu n'as pas à la maison ?

— Pas beaucoup. Ryan a été cool pour améliorer mon système à la maison, tant que la sécurité et les pare-feu restent à la pointe. Ce n'est pas le problème, de toute façon. Je suis à mon bureau, là. Je faisais des trucs pour Denny.

Liam fronça les sourcils.

— Denny ? Elle prend un mois de congé avec Mason.

Agent chez Stark Sécurité depuis sa création, Denny avait passé le plus clair de son temps, depuis qu'il la connaissait, à faire le deuil de son mari, disparu depuis des années au cours d'une mission secrète. Il était revenu récemment, mais sans aucun souvenir de Denny, de lui ou de son passé.

Leur relation était solide, heureusement, mais Liam ne pouvait pas mesurer l'ampleur de leur angoisse… Et les défis auxquels ils devaient toujours faire face.

Il comprenait encore moins ce que Mario avait à voir avec tout ça.

— Denny veut créer des souvenirs, expliqua-t-il. Alors, elle m'envoie des images et des vidéos quotidiennes de leur voyage pour les compiler dans un album virtuel. Modifiable… Je pense qu'elle garde le plus croustillant de côté pour l'ajouter plus tard.

— À part toi, je n'ai jamais rencontré quelqu'un de plus doué en matière de technologie que Denny. Pourquoi c'est toi qui le fais et pas elle ?

— Primo, je pense qu'elle préfère se créer des souvenirs plutôt que les traiter.

— Bien vu.

— Et deuxio, je travaillais à distance depuis Austin quand il y a eu toutes ces histoires avec le retour de Masson. Alors, je veux aider.

— C'est cool de ta part, dit Liam, sincère.

Il aimait Denny comme une petite sœur et il avait apprécié Jack, enfin Mason, dès qu'il l'avait rencontré.

— En tout cas, j'ai besoin que tu fasses une pause dans tes vacances par procuration avec eux, pour voir si tu peux recréer une image. Je t'envoie par message les codes d'accès et le moment exact de la partie qui m'intéresse.

— Attends, dit Mario.

Au même instant, Liam entendit son téléphone tinter en arrière-plan.

— Ah, oui. Ce mec derrière la vitre. Difficile.

Il émit un sifflement.

— Trop difficile ?

— Je n'ai pas dit ça. Laisse-moi une chance d'exercer

ma magie. Tu veux qu'on puisse faire une reconnaissance faciale, c'est ça ?

— C'est l'objectif.

Stark Sécurité bénéficiait de connexions de haut niveau qui permettaient aux agents d'avoir accès à plusieurs bases de données inaccessibles aux civils. Bien que Mario soit capable d'outrepasser les barrières informatiques du gouvernement, c'était toujours mieux de rester dans la légalité, autant que possible.

— Je t'appelle dès que j'ai quelque chose. Je ne te promets pas de résultats rapides, en revanche. Je préfère te prévenir.

— Tout ce que tu peux faire et dès que tu le peux, répondit-il quand la porte s'ouvrit pour laisser passer Ella.

Il la salua d'un geste tout en terminant son appel avec Mario, puis il lui sourit.

— Merci de me laisser envahir votre espace.

— Je te l'ai déjà dit. Fais comme chez toi. Je veux savoir ce qui se passe.

Elle passa à côté de lui pour s'asseoir à sa coiffeuse.

— Rye dit que tu es allé au poste de sécurité pour voir les vidéos. Celles du centre de fitness ? Tu as trouvé quelque chose ?

— Peut-être. Je vous tiendrai au courant.

Elle se tortilla, prête à protester, mais elle se ravisa.

— Il m'a aussi dit que tu voulais me parler et que ça devait être ce soir. Avant la fête d'après concert.

— Je n'ai vu aucun avantage à attendre.

— J'admets que ça m'intrigue. Ça ressemble à de l'espionnage, tout ça. Est-ce que tu vas m'interroger sur mon passé sombre ?

Il ricana, puis il s'assit sur le canapé enfin débarrassé de ses montagnes de costumes.

— Sauf si vous êtes plus douée que la Protection des Témoins pour vous créer un passé, je sais presque tout ce dont j'ai besoin de savoir. Vous avez mis en colère quelques producteurs ici et là au fil des ans, mais je ne crois pas que l'un d'eux vous agresserait.

— Tu penses que c'était la faute à pas de chance ?

Il s'installa confortablement, ses bras sur le dossier du canapé.

— Je pense que nous savons tous les deux que ce n'est pas le cas.

Jusque-là, elle le regardait droit dans les yeux, mais elle les détourna momentanément avant de revenir vers son visage.

— Ce n'est pas le cas ?

— Ne jouez pas avec moi. Nous sommes tous les deux trop vieux et trop intelligents pour ça.

Elle s'humecta les lèvres.

— Alors, arrête d'essayer de me piéger et dis-moi ce que tu veux savoir.

Il en rit presque. Cette femme lui plaisait vraiment.

— Ce n'était pas un pur hasard, mais ça n'avait rien à voir avec vous non plus. La personne visée était Xena. Mais vous l'aviez déjà compris, j'imagine ?

Leurs yeux se croisèrent à nouveau et il les soutint sans ciller.

Elle leva le menton, puis défia Liam du regard.

— Pas au début. J'ai compris après sa réaction à propos de la perruque. Comme toi, je suppose.

Il hocha la tête.

— Alors, appelons-la pour avoir des réponses.

Enfin, ils faisaient des progrès. Si Xena savait qui étaient ses agresseurs, peut-être pourraient-ils conclure tout cela avant le lendemain matin.

Ella plissa le nez.

— En fait, nous avons un petit problème. Xena est partie.

CHAPITRE SEPT

Le bruit d'un moteur qui vrombit me réveille et je saute du lit, terrifiée à l'idée qu'ils m'aient retrouvée. Je me rue vers mon arme, dans mon sac, puis je jette un œil au réveil sur la table de chevet. Deux heures du matin.

Merde. Je me trouve dans une petite cabane, dans la montagne, au bout d'une impasse où les maisons sont rares. Alors, c'est mauvais signe.

Je me rappelle qu'ils ne peuvent pas savoir que je suis là. Je suis venue par la route la plus inimaginable et je suis certaine d'avoir bien couvert mes traces. Il n'y a pas de voiture à l'extérieur qui suggère ma présence, et l'intérieur est complètement sombre à l'exception des lumières bleues des différentes pièces d'équipements qui tournent toujours, même quand il n'y a personne.

En plus, tout est calme maintenant. Ce n'est sans doute rien. Seulement une coïncidence. Quelqu'un qui s'est perdu et qui a fait demi-tour au bout de la rue. Rien de grave.

Au moins, c'est ce que je me dis en traversant la maison sur la pointe des pieds, en pantalon de yoga et débardeur en guise de pyjama. Habituellement, je dors nue, mais cette nuit, je suis trop nerveuse et je veux être prête à fuir. Je vérifie la porte et regarde attentivement par la fenêtre, essayant de voir autre chose que l'ombre des arbres. Il n'y a rien. Pas de voiture, rien.

Je me dis que tout va bien et je reste sur la théorie du chauffeur égaré. Ce n'est rien, je ferais mieux de retourner dormir.

Je me décide plutôt à enfiler mes chaussures, au cas où, puis je commence à faire un autre tour du refuge privé d'Ella. Un endroit cher à son cœur. Je lui suis reconnaissante de me faire confiance malgré tout.

Je suis venue ici deux fois déjà, chaque fois après que notre relation de travail fut devenue amicale. Nous sommes presque comme des sœurs. J'avais aimé l'endroit à l'époque, avec sa salle de bain rénovée et sa véranda rustique à l'arrière.

Ce soir, je l'aime encore plus. C'est ma cachette, et quand on voit où elle est située, pas étonnant que je sois parano sur les bruits de la rue.

Est-ce vraiment de la paranoïa ou cherchent-ils à m'avoir ?

Je me renfrogne. Non, personne d'autre qu'Ella ne sait que je suis ici. De plus, seule une poignée de ses plus proches collaborateurs et conseillers connaissent l'existence de cette cabane. Elle appartient à une société-écran, elle-même protégée par une société-écran. Elle voulait un endroit pour s'évader. Une véritable échappatoire. Alors, elle a demandé à quelqu'un de l'acheter pour le compte d'une prétendue agence de location, qui la laisse inoccupée en permanence. Un gardien vient l'entretenir une fois par mois et chaque fois qu'elle appelle pour annoncer qu'elle passera.

C'est son sanctuaire. Son endroit préféré.

Je l'aime encore plus pour m'avoir autorisée à venir ici. Et pour m'avoir juré qu'elle comprenait pourquoi je devais partir.

J'essuie mes yeux du revers de la main, me forçant à ne pas pleurer. Je déteste devoir fuir, me cacher. J'adore mon travail et j'ai l'impression de l'abandonner.

C'est la deuxième ronde que je fais, mais rien ne suggère qu'il y a quelqu'un. Je vérifie à nouveau le système de sécurité. Activé. Je le désactive pour le remettre à nouveau, histoire d'en avoir le cœur net.

Encore une raison d'aimer Ella. Elle m'a expliqué comment reprogrammer le système en me disant que je n'étais pas obligée de lui donner le nouveau code. Ainsi, je suis la seule à le connaître.

— Tu me le diras quand tu reviendras, m'a-t-elle dit.

— Et si je ne revenais jamais ?

— Dans ce cas, nous aurons toutes les deux de plus gros problèmes, et contacter la compagnie du système de sécurité sera bien le dernier de nos soucis.

Une brindille craque vers la porte arrière et je retiens un cri. Cette fois, je suis certaine que ce n'est pas mon imagination qui me joue des tours.

Les mains tremblantes, je brandis mon arme.

— Partez, lancé-je. Je suis armée. C'est une propriété privée.

— Xena, c'est Liam.

Liam ?

Mon pouls s'accélère, mais pas de peur cette fois. Soulagement ? Espoir ?

Ou peut-être quelque chose de plus compliqué encore.

Je pose mon arme sur la table près de la porte. Mes mains tremblent toujours et je ne veux pas prendre de risques.

— Xena, insiste-t-il. Ouvrez la porte.

— Comment m'avez-vous retrouvée ?

— Vous savez comment, dit-il, d'une voix à la fois ferme et rassurante.

Je le sais ?

Oui, bien sûr que je le sais.

— Ella vous l'a dit.

J'entends l'accusation dans ma voix. Elle m'avait promis de garder le secret. Auprès de tout le monde.

— C'est Ella qui *m'envoie*.

Non, mais, je rêve ?

— Je ne lui ai pas demandé de le faire. Je vais bien. Je n'ai pas besoin de baby-sitter. Je ne veux pas… Je ne veux pas qu'elle soit mêlée à mes problèmes.

— Puisqu'elle a été agressée à cause de vos problèmes, je dirais qu'elle l'est déjà.

La colère s'embrase en moi, froide et mordante.

— Je pense ce que je dis. Allez-vous-en.

Je l'entends soupirer.

— Xena, s'il vous plaît. Ella est inquiète pour vous. Je suis inquiet pour vous. J'ai vu votre visage quand elle a parlé de la perruque, alors je suis sûr de moi quand je pense que vous l'êtes aussi.

Je ne dis rien. Il a raison, mais je ne vais pas lui donner la satisfaction de l'admettre.

— Xena, s'il vous plaît. On est au beau milieu de la nuit.

J'inspire, saisis le code pour désactiver le système et ouvre juste assez la porte pour qu'il puisse se glisser à l'intérieur. Ensuite, j'entre à nouveau le code, j'attends que la lumière verte apparaisse pour avoir la certitude que l'alarme est activée, puis je me retourne pour dévisager Liam.

Avec son jean, son t-shirt noir et sa veste de sport, il est tout aussi sexy et impressionnant qu'en costume la dernière fois que je l'ai vu.

Étrangement, ça me donne confiance en moi. Je n'aurais pas ouvert la porte à n'importe qui, mais un homme avec autant de maîtrise de soi ? Quelqu'un en qui Ella a confiance ? Ce ne serait peut-être pas si mal d'avoir un homme comme lui pour surveiller mes arrières.

Enfin, bien sûr, il pourrait se faire tuer.

— Xena ?

Il lève la main et caresse doucement mes cheveux.

Je me dérobe, resserre mes bras autour de mon buste. Immédiatement, il fait un pas en arrière.

— Allons nous asseoir.

Il fait un signe en direction du canapé dans le petit séjour. Je prends le fauteuil et me roule en boule sous la couverture violette.

— Que voulez-vous ? fait-il.

Avant que j'aie le temps de lui demander ce qu'il veut dire, il poursuit.

— De l'eau ? Du vin ? Quelque chose de plus fort ?

— Quelque chose de plus fort, dis-je en passant la main dans mes cheveux récemment coupés. Un café.

Son visage s'illumine et il rit. J'adore ce son si doux. Pour un gaillard costaud, il a un rire tendre.

— Un café, c'est parfait. Je reviens tout de suite.

Il s'en va, et l'espace d'un instant, je me dis que je devrais le suivre, puisque je connais la maison. Pourtant, je reste là. Même si je lui ai demandé de partir cinq secondes plus tôt, je ne désire rien de plus, maintenant, que de rester dans ce fauteuil rembourré et laisser Liam s'occuper de moi.

Je ne dois pas céder à ce désir, je le sais. Qui connaît mieux que moi les dangers que l'on court en accordant sa confiance ? Le seul moyen de rester en vie dans ce monde, c'est de surveiller ses arrières et de ne faire confiance à personne. Il y a des conséquences, aussi. Si je laisse des gens fourrer le nez dans mes problèmes, je pourrais les tuer. J'ai appris ces deux leçons à la dure, et ça ne s'oublie pas facilement.

À vrai dire, j'ai fait une entorse à ma propre règle pour Ella. Je lui ai donné ma confiance, comme un chiot blessé devant un humain plein de bonté. Je l'ai laissée s'occuper de moi, être gentille malgré la peur qui me tenaillait les premiers mois, sous son toit. Mon esprit a fini par croire ce que mon instinct savait déjà. Ella est une femme au bon cœur et elle ne me trahira jamais.

Je lui fais confiance. Ce qui veut dire que je peux faire confiance à Liam. Ou du moins, essayer.

— Du lait ? demande-t-il depuis la cuisine, où j'entends la cafetière Keurig fonctionner.

— Oui, s'il vous plaît.

Je n'ai pas vraiment pensé aux réserves de nourriture dans les placards quand je suis arrivée, mais maintenant, je comprends qu'Ella a dû appeler le gardien pendant que j'étais sur la route. Je lui en suis reconnaissante. Je peux boire mon café noir, mais c'est tellement plus réconfortant avec un nuage de lait.

Il revient avec deux grandes tasses, m'en donne une, puis il s'assoit sur le canapé en face de moi.

Je prends une gorgée, savourant la chaleur qui me redonne des forces.

— Alors, et maintenant ?

— Maintenant, parlons.

— D'accord. D'accord.

Je prends une autre gorgée, mais je ne me porte pas volontaire pour donner plus d'informations.

— J'aime votre nouvelle coupe. Une envie subite de changement ?

Je me renfrogne. Je ne suis pas naturellement platine, mais j'ai été très blonde pendant les trois dernières années, me cachant derrière un rideau de boucles claires. Maintenant, mes cheveux sont coupés à la hauteur du menton et couleur ébène, aux antipodes de ma teinte naturelle, dans les tons dorés.

J'ai pris une bouteille de teinture et du maquillage avant de partir de Las Vegas, puis j'ai utilisé les douches d'un relais routier pour me transformer en brune. Pour la coupe, je me suis arrêtée chez un coiffeur à San Bernardino avant de changer de taxi et de faire cap vers les montagnes.

Je ne peux pas dire que j'adore mon nouveau look, mais avec ma peau naturellement claire, ça me va bien, même si c'est un peu mélodramatique. Je me sens comme une fille délurée dans un film muet. Aucune importance, cela dit, ce n'est pas comme si j'avais une session photo au programme. Mon unique objectif est de rester en vie.

— C'est à cause des cheveux, c'est ça ? demande-t-il. Ils ont pensé que c'était vous à cause des cheveux.

Mon instinct me dicte de nier, bien sûr. Pourtant, j'acquiesce. Ella lui fait confiance, alors je lui réponds en toute franchise. Cependant, je ne lui donnerai pas volontairement des informations.

Il s'adosse contre les coussins du canapé. Ses yeux noirs m'examinent, mais j'y vois de la compassion.

— Qu'est-ce qui s'est passé, Susan ? Qui fuyez-vous ?

J'ai froid en entendant mon prénom.

— Je suis Xena maintenant, et je ne veux vraiment pas en parler.

— Je sais que vous ne voulez pas, mais j'ai besoin de savoir pour pouvoir vous aider.

Mon corps se tend, ma mâchoire est si serrée qu'elle me fait mal. J'inspire profondément pour me forcer à me clamer.

— Je n'ai pas demandé votre aide.

— Vous la recevez quand même. Dites-moi la vérité et je pourrai vous être utile. Au contraire, si vous résistez, je serai peut-être plus une gêne qu'un atout. Est-ce un risque que vous êtes prête à prendre ?

— Ce que je veux, c'est que vous partiez.

Il me dévisage, puis se lève.

— Pourquoi ?

Je resserre la couverture autour de moi.

— Je ne vous dois aucune explication. Pourquoi tenez-vous tant à rester ? Le monde est dangereux. Je suis certaine qu'une autre personne paiera volontiers la Stark Sécurité à votre taux horaire.

— Premièrement, l'Agence ne facture pas à l'heure. Deuxièmement, personne ne me paie pour être ici.

Je cligne des yeux, réellement surprise.

— Oh.

— Xena, dit-il doucement. Racontez-moi votre histoire. Laissez-moi vous aider.

Je ne dis rien. Mon esprit tourne à plein régime alors que je garde les lèvres fermées, effrayée à l'idée que, si je me détends ne serait-ce qu'une seconde, tous mes secrets m'échappent.

Je regarde ses épaules s'affaisser et je ressens une douleur profonde. Je l'ai déçu.

— Vous êtes une fugitive, dit-il.

C'est assez proche de la vérité pour que j'acquiesce.

— Alors, comment se fait-il que vous travailliez pour Ella ?

Je retourne la question dans ma tête. Je ne suis pas certaine que je devrais ouvrir la porte à cet homme, même légèrement. Je ne peux pas nier que j'ai besoin d'aide, même si ce n'est que pour m'enfuir, avoir une nouvelle identité et m'installer. Est-ce qu'il ferait ça pour moi ? Je n'en suis pas sûre. Comment savoir ? Cependant, s'il est là parce qu'Ella lui a demandé de m'aider, alors il le fera peut-être.

Même si elle ne connaît pas toute la vérité, elle sait l'essentiel. Elle sait que j'étais en fuite. Elle sait que je me cachais. Elle sait que je crains pour ma vie.

Et elle sait que je dois retourner me cacher.

— Xena, insiste-t-il. Expliquez-moi ce changement de nom. Comment Xena est devenu le surnom de Susan ?

— Je ne peux pas sans vous en dire plus sur le reste de l'histoire.

— Je ne suis attendu nulle part et je ne suis pas particulièrement fatigué.

— Moi non plus.

Ma terreur due à l'adrénaline s'est estompée, mais je suis toujours bien éveillée et pas seulement à cause du café.

— Nous pouvons rester là, à bavarder.

Je termine mon café, puis je soupire.

— Bon, je suis presque certaine que je ne vais pas me débarrasser de vous, alors autant vous parler.

— Je pourrais parler avec vous en toutes circonstances.

Je sais qu'il se montre seulement agréable, qu'il m'apaise comme si j'étais un poulain capricieux, mais je fonds quand même à ces mots.

Devant mon silence, il se racle la gorge.

— Pourquoi êtes-vous en fuite ?

Je me lèche les lèvres tout en me demandant quelle part de fiction je devrais mêler à la réalité.

— Les choses allaient mal, dis-je simplement. Étant donné votre enfance, je ne suis pas certaine que vous pourrez comprendre.

Je vois ses yeux s'arrondir et je sais que je l'ai surpris.

— Que savez-vous de mon enfance ?

Je hausse les épaules.

— J'ai fait des recherches sur vous quand vous êtes venu travailler pour Ella, à Los Angeles. Je savais que l'Agence avait une bonne réputation, mais…

— Vous veillez sur elle.

J'acquiesce.

— Maintenant, vous m'intriguez. Qu'avez-vous découvert ?

— Que vous avez grandi dans un manoir de Southampton. Que votre mère était gouvernante pour la famille Sykes, que vous avez déménagé là-bas quand vous étiez bébé et que vous avez été élevé comme un membre de la famille. Oh, et ils ont plus d'argent que Dieu lui-même.

— Je n'ai pas vérifié les comptes de Dieu, mais je pense que c'est une déclaration assez juste.

— Je sais aussi que Dallas Sykes est votre meilleur ami, et que la famille vous a envoyé à l'école avec lui, du moins jusqu'à ce qu'il aille en outre-mer dans un pensionnat. Je sais que vous avez servi dans l'armée et que pendant des années vous avez été responsable de la sécurité pour la chaîne de magasins Sykes.

Je vois le torse de Liam s'élargir quand il inspire profondément.

— Alors, c'est tout ?

Son intonation désinvolte me fait sourire.

— Je n'ai pas pu trouver beaucoup d'éléments récents. Je ne sais pas comment vous avez atterri chez Stark Sécurité.

— Pas mal, les recherches.

— Ce n'était pas très difficile. Vous côtoyez beaucoup la famille Sykes, alors vous ne pouviez pas rester invisible.

— Non, sans doute.

— Je pourrais vous raconter mon histoire, mais ça n'a

pas d'importance. Vous ne comprendriez pas. Je ne suis pas le genre de fille que l'on trouve dans les Hamptons.

— Non, vous êtes née dans l'Idaho et vous avez déménagé à Los Angeles. Vos parents sont morts, et jusqu'à votre rencontre avec Ella, vous n'avez pas eu beaucoup de soutien. Je n'ai pas eu l'occasion d'approfondir tout ça, mais je suppose que vous vous êtes enfuie et que vous avez vécu dans les rues pendant un moment. Vous avez peut-être même fait des passes.

Mes joues s'empourprent. Il est tellement loin de la vérité, et en même temps si proche.

— Quelque part au cours de cette période, vous avez croisé les mauvaises personnes.

Il penche la tête, comme s'il m'examinait sous un autre angle.

— Peut-être de la drogue, du blanchiment d'argent, ou autre chose. Je ne sais pas. Par contre, c'était assez grave pour qu'ils veuillent s'assurer de votre silence, même après toutes ces années.

Il se redressa, puis se pencha en avant, les coudes sur les genoux.

— Je m'en sors comment pour le moment ? demande-t-il.

— Assez bien pour prouver que j'ai vu juste.

Ma voix est plus froide que je n'en ai l'intention. Au fond de moi, je sais qu'il veut vraiment me venir en aide. Mais malgré mon désir d'avoir quelqu'un à mes côtés qui me propose son aide, je sais que c'est impossible. Il ne se doute pas du pétrin dans lequel nous tomberions tous les deux si je le laissais faire.

— C'est-à-dire ?

— Vous n'avez aucune idée de ce qu'est ma vie.

Il me dévisage un moment, assez longtemps pour que je commence à me trémousser sous son regard scrutateur. Il finit par reprendre la parole.

— Vous êtes au courant pour le kidnapping des Sykes ?

Je hoche la tête. Dallas Sykes et sa sœur ont été kidnappés quand ils étaient adolescents. Environ quinze ans, je pense. Ils ont tous les deux été relâchés. Je ne sais pas grand-chose sur cette période. Mes recherches étaient concentrées sur Liam, pas la famille Sykes. Dallas est une célébrité en raison de sa fortune familiale, son attitude de play-boy et les fêtes qu'il organise et auxquelles il assiste. Je n'ai jamais trop fréquenté les réseaux sociaux, et pendant longtemps, je n'ai pas pu m'offrir de smartphone, mais à une époque, tout le monde l'appelait le Roi de la Baise. Il aurait fallu avoir de super-pouvoirs pour éviter complètement les rumeurs.

— C'étaient tous les deux mes meilleurs amis quand j'étais petit, dit Liam. Dallas et Jane. Ils le sont toujours et je les aime comme s'ils étaient de la famille. Je ferais n'importe quoi pour eux. Ils ont enduré plus qu'aucun être humain ne le devrait, et je ne leur envie aucun moment de bonheur.

J'imagine qu'il parle du fait qu'ils sont mariés, aujourd'hui, ce que je trouve assez étrange.

— C'est moi qui ai dit à Jane d'aller voir Dallas, ce soir-là.

Je secoue la tête, incapable de le suivre.

— Quel soir ?

— À Londres. Le soir où ils ont été enlevés. Dallas était dans le pensionnat et Jane voulait lui parler. Elle m'avait appelé avant de faire le mur, pour me demander si elle devait le faire.

Il déglutit.

— Je lui ai dit oui. Cette nuit-là, ils ont été enlevés tous les deux.

Je passe la langue sur mes lèvres.

— Je suis vraiment désolée. Ce n'est pas votre faute.

— Non, mais ils ont quand même été enlevés. Ils ont été torturés.

— Torturés ?

— C'était horrible et barbare. Les pires sévices que vous puissiez imaginer.

Au vu de ma propre histoire, je peux imaginer beaucoup de choses.

— Sexuellement, murmuré-je.

C'est une déclaration, pas une question.

— Et moi, j'étais en sécurité et en bonne santé aux États-Unis, sans savoir ce qui se passait et complètement impuissant quand j'ai appris la vérité. Je voulais arranger les choses. Je ne pouvais rien faire pour eux.

— Non, dis-je en secouant la tête. Non, vous ne pouviez rien pour eux.

— J'ai rejoint l'armée. À l'époque, je ne savais même pas pourquoi. Dieu sait que je ne faisais pas partie d'une famille de militaires. Mon père est mort avant ma naissance. Une affaire de drogue qui a mal tourné.

— Je suis désolée.

— Oui, eh bien, pas moi. J'aime ma mère, et d'après ce qu'elle m'a raconté de lui, mon père ne lui apportait rien de bon. La fusillade et la grossesse l'ont conduite hors de la ville et elle a réussi à dégotter un travail sur le domaine des Sykes, même si elle avait un bébé. Je ne sais toujours pas comment elle a fait. Tout ce qu'elle dit, c'est que Dieu veillait sur nous. Ce n'est pas la question. Enfin, bref, j'ai atterri dans l'armée.

— Parce que vous vous sentiez impuissant, dis-je. À propos de Dallas et Jane. Et peut-être un peu de votre père.

— Peut-être, avoue-t-il en expirant. Oui, c'est même sûr.

— Ça vous a aidé ?

Les coins de sa bouche frémissent légèrement.

— Non.

— Mais vous pensiez que ce serait le cas.

Il acquiesce.

— En revanche, j'ai acquis des compétences. Je me suis forgé des amitiés. Ces années n'ont pas été gâchées.

— Peut-être pas, mais vous continuez à vivre par culpabilité. C'est sans issue. Est-ce la raison pour laquelle vous travaillez dans la sécurité ?

— C'est l'une des raisons, en effet.

— Il y en a d'autres ? demandé-je.

— J'aime beaucoup ce travail. Je suis doué pour ça. Il y a beaucoup trop de personnes qui ont besoin d'aide.

J'expire. Il a raison sur ce point.

— Je suis désolée, dis-je au bout d'un moment. Pour vous. Pour vos amis et aussi pour avoir été une sale gosse qui pense qu'elle est la seule à avoir un ange gardien défaillant.

Je baisse les yeux.

— Ce n'est pas le cas, répond-il.

Cette fois, je croise son regard. Il est doux et déterminé.

— Plus maintenant, ajoute-t-il.

Mon cœur s'agite dans ma poitrine.

— Liam…

Je pense qu'il va insister pour devenir mon garde du corps, mais il change de sujet.

— Comment vous ont-ils retrouvée ? Vous le savez ?

— Ella ne vous l'a pas dit ?

Il secoue la tête.

— Ces fichues invitations pour les super fans.

Je vois qu'il ne comprend pas, alors je poursuis.

— Ella sait depuis le début que je suis en fuite. Quand je lui ai dit que je voulais rester en sécurité et ne jamais figurer sur aucune photo, elle m'a répondu que ça ne la dérangeait pas du tout. Parfois, les journalistes posent des questions, vous savez. Parce que personne ne connaît mieux une célébrité que son assistante personnelle. Elle répond toujours que je ne suis pas une personnalité publique et qu'il faut respecter ma vie privée.

Je me contente de hausser les épaules.

— Pourtant, une photo a été prise et divulguée.

— Eh oui, dis-je en laissant échapper un lourd soupir. Vous savez que nous invitons des fans aux répétitions générales ? Nous leur disons qu'ils n'ont pas le droit de prendre de photos, sauf pendant qu'Ella est sur scène. Rien pendant les pauses ni dans les coulisses. Mais la semaine dernière, à la répétition de Los Angeles, un abruti a pris une photo quand je suis allée sur la scène pendant une pause pour parler à Ella d'un élément à ajuster avant le concert.

— Elle a été postée sur un réseau social, et quelqu'un l'a vue.

— C'est ça. Et comme c'était pendant la vague des conneries de Gordon, le lien avec moi n'a même pas effleuré l'esprit d'Ella.

— Mais vous, vous y pensiez. Ils ont reconnu votre visage même si vous aviez changé de coiffure depuis votre fuite.

J'acquiesce et fais courir mes doigts dans mes mèches colorées.

— Je ne suis pas naturellement blonde. Ce n'est pas moi non plus.

— Eh bien, pour le moment, j'aime toutes vos versions.

Sa voix est posée, mais je crois percevoir un peu de chaleur dans ses yeux.

Je détourne le regard.

— Enfin, bon, après l'agression, j'ai su que je devais y aller. Alors, je suis allée la voir avant le concert. C'est à ce moment qu'elle m'a montré la photo sur Twitter. Quelqu'un l'avait identifiée et elle l'avait vue par hasard. Elle ne porte pas vraiment attention à son compte. Elle a une équipe qui s'occupe de ses réseaux sociaux.

— Alors, elle vous a aidée à fuir. Elle vous a envoyée ici.

Je confirme.

— Vous êtes certaine qu'ils ne vous ont pas suivie ?

— Absolument.

— Dites-moi comment vous êtes venue ici.

Je lève les yeux au ciel, mais j'obéis.

— J'ai pris un taxi, j'ai payé en liquide jusqu'à l'aéroport de Las Vegas, puis j'ai pris un avion jusqu'à Burbank.

Ensuite, un taxi vers l'aéroport de Los Angeles et j'ai utilisé une carte de crédit prépayée qu'Ella m'avait donnée pour acheter un billet d'avion pour Newark et un autre pour Atlanta, sur une compagnie aérienne différente. Ensuite, j'ai pris un taxi jusqu'à un relais routier à Riverside. C'est à ce moment-là que j'ai changé ma coupe et ma couleur de cheveux. Puis un autre taxi jusqu'à San Bernardino.

— Pourquoi pas un bus ?

— Plus rapide, dis-je en haussant les épaules.

Il hoche la tête et je poursuis.

— J'ai pris un dernier taxi jusqu'ici. S'ils m'ont suivie, j'appellerais ça un miracle.

— Je suis impressionné.

Je ne prends pas la peine de lui dire que j'ai beaucoup de pratique.

— Attendez, dis-je, brusquement alarmée. Est-ce qu'ils ont pu vous suivre ?

— Non, répond-il résolument. Mon trajet a été aussi aléatoire que le vôtre. Nous sommes en sécurité.

— D'accord.

Je suis certaine que mon soulagement est visible.

— Écoutez, Xena. De toute évidence, vous êtes douée, mais vous n'en êtes pas moins seule. Nous ne savons pas ce qui vous attend. Laissez-moi vous aider. C'est un geste tout à fait désintéressé.

Je secoue la tête.

— Non, j'apprécie le geste, mais non.

— Pourquoi pas ?

— Parce que je ne veux pas vous impliquer. Je n'ai pas besoin de vous. Vous ne comprenez pas ? Ils ne savent pas où je suis. Je vais rester ici quelques jours pour me ressaisir, ensuite je disparaîtrai à nouveau. Dans un autre État. Peut-être un autre pays. J'ai de l'argent, cette fois. J'ai pu faire beaucoup d'économies pendant que je travaillais pour Ella. Elle m'a dit de prendre du liquide dans le coffre qu'elle garde ici, ajouté-je en désignant la cuisine. Je vais le faire, mais seulement parce que je compte la rembourser.

Il me dévisage, même après que j'ai fini de parler, comme si j'étais un problème à résoudre. Au bout d'un moment, je n'y tiens plus.

— Quoi ?

— Je suis désolé, mais je ne peux pas accepter ça.

— Je suis pourtant certaine de ne pas vous avoir demandé votre avis.

— Xena, soyez réaliste. Quelqu'un vous poursuit. Laissez-moi vous aider à les retrouver. À les débusquer. Laissez-moi vous aider à remettre votre vie sur pied, pour que vous puissiez arrêter de regarder constamment par-dessus votre épaule.

Cette seule pensée me donne le frisson et je sens mon cœur s'agiter avec les prémices d'une véritable crise de panique. Je me dis de respirer. Je compte jusqu'à dix. Sous le regard de Liam, je me calme lentement.

— Xena ?

Je secoue seulement la tête, pas encore capable de formuler des mots. La réalité sera terrible, mais la simple idée de les affronter me terrifie. Je ne vais pas l'avouer à Liam. Il n'a aucune idée de la taille du monstre. Moi, je le sais. J'ai vu assez de films d'horreur pour savoir que parfois le meilleur moyen de survivre est de partir loin, très loin du démon.

— Non, dis-je enfin. Je suis désolée, mais non.

Il ne répond pas, mais ça n'a pas d'importance. Au bout du compte, c'est ma décision.

Il finit par se lever.

— Je vais aller dévaliser le bar d'Ella. Vous voulez un whisky ? Ou du vin ? Je parie qu'elle doit avoir du rouge. Vous avez besoin de dormir et ça pourrait vous aider.

Je secoue la tête.

— Je ne bois pas.

Il fronça les sourcils.

— Ce soir-là, sur la véranda d'Ella…

— Ella s'assure toujours d'avoir du vin sans alcool pour moi. C'est plus facile que de donner des explications.

Je ne suis pas certaine qu'il s'en soit rendu compte, mais il fait un pas vers moi.

— C'est bizarre.

C'est tout ce qu'il dit, mais son expression suggère qu'il y a bien plus derrière les mots.

— Quoi ?

— C'est juste que… Je pensais que vous étiez un peu ivre ce soir-là.

— Oh.

Je dois être plus fatiguée que je ne le pense, parce que je ne peux pas me retenir de parler.

— J'étais ivre de votre présence.

Je croise son regard, puis je baisse les yeux, un petit sourire aux lèvres. Pourquoi est-ce que je souris ? Je n'en sais rien. Je viens de me révéler à cet homme bien plus que je ne pensais le faire. Et bien plus que je ne l'aurais dû.

Je me mords la lèvre inférieure. Nous sommes tous les deux restés sages, quand bien même nous voulions beaucoup plus. Ni l'un ni l'autre ne l'a dit, mais c'était dans l'air, si présent et si fort qu'il est étonnant que les autres convives ne l'aient pas remarqué.

Il me vient à l'esprit que je ne le reverrai jamais. Après ce soir, il sera parti, et dans quelques jours, je vais disparaître et devenir quelqu'un d'autre. En revanche, ce soir…

Ce soir, il n'y a pas de risque à m'exposer. Ou à être un peu trop impliquée avec quelqu'un que je ne peux pas avoir.

Il se racle la gorge.

— D'accord. Je veux quand même ce whisky.

Il fait un pas et, sans même réfléchir, je lui prends la main.

Il s'arrête, se retourne pour me regarder, et je me relève. Il est juste là, ma main dans la sienne, son autre main sur mon dos, bien que je ne sache pas comment elle est arrivée là.

Cette petite flamme que j'ai vue plus tôt dans ses yeux est maintenant un brasier et je fonds sous sa chaleur. J'ai envie de lui, merde. Cette nuit. Cet homme. Pas parce que je n'ai pas le choix. Pas parce que j'essaie de survivre.

C'est ce dont j'ai envie pour moi. *Moi.*

Parce qu'il sera parti demain et que je serai en fuite. Je veux emporter ce moment avec moi. Quelque chose de réel et torride pour me renforcer. Quelque chose de chaud et tendre pour apaiser mon âme.

Je vois de l'hésitation dans ses yeux et je peux entendre les mots qu'il ne prononce pas. *Il ne faudrait pas.*

— Si, murmuré-je. Il faudrait.

Pendant un moment, le monde cesse de tourner et l'univers se limite à nous, qui nous regardons dans les yeux. Puis il pousse un grondement et, dans un mouvement audacieux, il m'attire à lui et appuie sa bouche contre la mienne.

Je m'accroche à ses épaules, moulée contre son corps alors que j'entrouvre les lèvres, accueillant l'assaut délicieux de son baiser que je ressens à travers tout le corps. Il fait picoter tout mon être et réveille des parties que je pensais mortes à jamais.

Bien trop tôt, il rompt le baiser, ses yeux interrogateurs scrutant mon visage.

— Oui, murmuré-je, mais mes paroles sont ravalées par l'éclat de lumière qui inonde la pièce, le lourd martèlement sur la porte en bois et la douleur aiguë dans mon bras alors que Liam me tire violemment vers le sol.

CHAPITRE HUIT

Un cri éclate et, au même moment, Liam me couvre la bouche. Je comprends alors que ce cri vient de moi.

Il me regarde avec intensité et je hoche la tête, espérant qu'il a compris que je me maîtrise enfin. Lentement, il retire sa main de ma bouche.

— Ce sont eux, dis-je comme s'il ne l'avait pas compris de lui-même. Ils ont dû te suivre.

J'entends l'accusation dans ma voix, mais je m'en fiche. Qu'il soit maudit d'être venu jusqu'ici, et qu'Ella le soit aussi de me l'avoir envoyé. J'adore qu'elle s'inquiète pour moi, mais ils vont me faire tuer tous les deux.

— Ils ne m'ont pas suivi, dit-il. Crois-moi quand je te dis que je sais couvrir mes traces et je sais quand on me suit dans l'ombre.

— Mais ce n'était pas moi.

Pourquoi je proteste sur ce point, je l'ignore, mais ça me met hors de moi. Je devais avoir une chance de me détendre.

— Je te crois, dit-il.

— Alors, comment…

— Pour le moment, ça n'a pas d'importance.

— C'était quoi, la lumière ?

— Des phares, je pense. Peut-être une lampe torche puissante.

— Pourquoi ne sont-ils pas encore entrés ?

— Ils doivent savoir à propos de l'alarme. Elle est reliée au 911 ?

J'acquiesce. La sirène ne va pas déranger les voisins, parce qu'il n'y en a pas, mais le petit poste de police qui dessert cette partie des montagnes de San Bernardino est seulement à une rue d'ici. La police serait sur le pas de ma porte en un rien de temps, bloquant la seule route qui part d'ici.

En un sursaut, je me rends compte que notre intrus, ou plutôt *nos* intrus doivent le savoir.

— Attends ici.

Il reste penché tout en se dirigeant vers la porte. Il éteint le plafonnier, la pièce seulement éclairée par la légère lumière bleue des appareils électroniques et la lueur de la lune à travers les fenêtres.

Il prend mon petit Ruger sur la table, puis il revient près de moi.

— Est-ce que tu sais t'en servir ? me demande-t-il.

Je lève un sourcil.

— Viser et appuyer sur la détente.

À son visage, je vois qu'il n'apprécie pas le sarcasme, alors je tire sur la culasse pour révéler quelque chose de rond dans la chambre, puis je retire le chargeur avant d'extraire la balle. Je glisse la balle dans le chargeur, remets ce dernier en place, puis je tire une fois de plus afin d'enclencher le mécanisme.

— Oui, dis-je. Je sais comment ça marche.

Il hoche la tête, puis il sort de sa veste une arme noire beaucoup plus grosse. Je pense que c'est un Glock, mais je n'en suis pas certaine. Soudain, je suis plus confiante. Nous allons nous en sortir.

— Est-ce que tu me fais confiance pour nous tirer d'ici ?

— Oui.

Je le pense de tout mon cœur.

Il regarde autour de la pièce, repère mon sac à dos que j'utilise pour transporter mes affaires du quotidien et me demande si j'ai un poudrier.

— Hmm, peut-être.

Au ras du sol, je commence à m'éloigner, mais il me retient et va lui-même récupérer le sac. Je fouille à l'intérieur et je trouve le poudrier doré qu'Ella m'a offert pour Noël. Je le lui tends.

Le poudrier dans une main et le pistolet dans l'autre, il rampe vers la fenêtre près de la porte d'entrée pendant que je retiens ma respiration. Il utilise le petit miroir pour regarder à l'extérieur, puis il l'oriente lentement. Ensuite, il lève un doigt avant de mimer un volant de voiture.

Un mec et une voiture. Compris.

Je désigne la porte arrière et il s'y dirige, répétant la procédure avant de lever un autre doigt. *Merde.*

Il revient vers moi.

— Il fait trop sombre pour voir correctement, mais je pense que nous avons affaire aux deux mêmes personnes qu'à Vegas. Est-ce qu'Ella a une caméra sous le porche avant ? Si c'est le cas, il se peut que nous ayons une bonne image du visage du mec.

Je hausse les épaules.

— Je regarderai tout à l'heure, reprend Liam. Pour le moment, nous devons sortir d'ici, parce que tôt ou tard, ils vont trouver le moyen de pirater le code du système de sécurité ou décider de le neutraliser avant d'entrer. Ils sont lourdement armés.

Je décide de ne pas demander ce que cela signifie. S'ils ont des lance-roquettes ou des armes automatiques, je ne veux vraiment pas le savoir.

— Il y a une petite cave sous la cuisine, dis-je, mais elle donne au niveau de la porte arrière.

— La fenêtre de la salle de bain ?

Comment ai-je pu oublier la salle de bain ?

— Oh ! Mieux que ça. Le mur ressemble à un mur normal, mais il se rabat pour permettre de prendre un bain dehors quand il neige. Ou aller sous la douche à l'extérieur pour les plus aventureux.

C'est la rénovation principale qu'Ella a faite quand elle a acheté la maison et c'était une idée géniale.

— Assure-toi d'avoir ton téléphone et mets ton sac à dos. Est-ce que tu as besoin d'autre chose ?

— J'ai ce qu'il me faut. Je voyage léger depuis des années.

Il me lance un regard interrogateur, mais il ne dit rien d'autre que :

— Prends le Ruger et ne me tire pas dessus par accident.

J'acquiesce, assez nerveuse pour retenir un sourire suffisant en réponse à sa remarque prétentieuse. Parce que malheureusement, il a raison sur ce risque particulier.

— Reste baissée et montre-moi le chemin.

Je hoche la tête et je commence à avancer péniblement, retenant mon souffle jusqu'à ce que nous soyons enfin dans le petit espace. Puisque tout le mur derrière la baignoire creusée et la douche à l'italienne s'ouvre, il n'y a pas de fenêtres, seulement un puits de lumière. Ce qui veut dire que dès que nous refermerons derrière nous, nous pourrons nous détendre. Pendant un instant, du moins.

— Comment ça s'ouvre ? demande Liam.

Je me lève et marche sur la margelle qui longe le rebord de la baignoire.

— Ce bouton le déverrouille. Ensuite, on le fait glisser dans le mur.

— C'est bruyant ?

Je grimace.

— Ça ne me fait rien d'habitude, mais aujourd'hui…

Il hoche la tête, montrant sa compréhension.

— Dommage qu'il n'y ait pas plus de vent. Le bruit des feuilles aurait pu le camoufler. Ce n'est pas grave. C'est notre chance et nous allons la saisir.

Je lui montre mon assentiment d'un signe de tête, même si je suis extrêmement nerveuse.

— Le mur s'ouvre sur le porche que j'ai remarqué en arrivant ? demande-t-il. Celui avec les chaises longues et le brasero ?

— C'est ça. Une fois que le mur est retiré, la salle de bain est complètement à l'extérieur. Les toilettes, heureusement, sont à part.

Il regarde autour de lui, puis il me fait un sourire désabusé.

— C'est dommage que nous devions filer. Cette salle de bain aurait pu être une partie intéressante de notre soirée.

Malgré ma peur, je ris.

— Promets-moi que nous vivrons pour remettre ça à plus tard.

Il ne me répond pas, et pendant un moment, nous nous regardons simplement. Puis il s'éclaircit la gorge et désigne la baignoire à nouveau.

— Il y avait des escaliers des deux côtés de la véranda, c'est ça ? À peu près à vingt centimètres du bord ?

— Hmm, oui, dis-je, impressionnée par sa mémoire.

— Pour l'alarme. Est-ce qu'elle est silencieuse ? Ou sonne-t-elle ?

— Elle sonne.

Il regarde les alentours, puis fronce les sourcils.

— Quoi ?

— Il n'y a pas de pavé numérique pour le désarmer. Nous pourrions te faire retourner dans l'autre pièce pour t'en occuper, mais je préfère qu'elle sonne… Elle doit être forte.

— Apparemment. Ella m'a dit de ne pas oublier le code, parce qu'elle est stridente.

— D'accord.

Il se parle à lui-même, réfléchissant de toute évidence à quelque chose.

— Ça peut marcher.

Il prend des mouchoirs dans une boîte près du lavabo, puis il revient sur le rebord et m'en tend un.

— Déchire-le et mets-le dans tes oreilles.

— Hein ?

— Fais-moi confiance.

Puisque c'est le cas, j'obéis sans poser plus de questions.

Dès que mes oreilles sont bouchées, il regarde mon arme, puis la sienne. Je sais ce qu'il a envie de dire sans qu'il ait besoin d'ouvrir la bouche.

— Nous pouvons résoudre ce problème maintenant. Ils vont être sonnés au moins quelques secondes quand l'alarme va se déclencher. Ils ne s'y attendront pas. Nous pouvons les éliminer avant qu'ils nous poursuivent. Parce qu'ils le feront.

Une peur froide me submerge. J'ai envie de les savoir morts, mais j'ai beau vouloir que ce cauchemar se termine, c'est trop dangereux. Premièrement, ils ne sont certaine-ment pas les deux seuls à ma poursuite. Comme des cafards, si on en tue deux, quatre de plus vont apparaître.

Pire que ça, si je ratais ma cible et touchais Liam ? Ou moi ? Si nous arrivions à nous échapper, que se passerait-il ensuite ? Nous allons laisser Ella gérer mes erreurs ? Avec des cadavres dans son jardin qu'elle devra expliquer ?

Je secoue la tête lentement et je lui expose mes réti-cences. Je m'attends à ce qu'il insiste. Qu'il fasse le macho en me disant qu'il est temps de la jouer à la Rambo.

Il ne le fait pas, au contraire, il hoche lentement la tête. Il frotte son crâne rasé, puis soupire.

— Tu as raison. Le fait est que nous en avons vu deux, mais il pourrait y en avoir plus. On sort, on s'enfuit et on se retrouve. Compris ?

J'acquiesce.

— Si on appelait des renforts ?

Je ne suggère pas la police. Ils enquêteraient sur nous autant que sur les méchants, et je ne veux pas me retrouver sous ce microscope.

— L'Agence. Vous avez des hommes, non ?

— Nous sommes loin de Los Angeles, ici, même par hélicoptère. Faire intervenir le département du shérif prendrait trop de temps. Contrairement à ce qu'il se passe dans les films, ce genre d'aide nécessite une assistance des services administratifs. Nous pourrions appeler le 911, mais je ne pense pas que ce soit une bonne idée. Est-ce que tu penses que c'est une bonne idée, toi ?

À cette dernière question, il croise mon regard.

— Non, dis-je en déglutissant. Alors, comment va-t-on s'échapper ?

— Reste près de moi. Je m'en occupe.

Je me rappelle le moteur qui m'a réveillée. Il doit avoir une voiture garée entre les arbres.

— À trois, dit-il. Ce sera bruyant. Tiens-toi prête.

Je ne suis pas certaine que mes jambes en caoutchouc vont coopérer, mais je hoche la tête quand même.

Il compte, et à trois, il appuie sur le bouton. La porte se déverrouille, et en même temps, l'alarme retentit à en faire trembler les murs. Il pousse le panneau sur le côté, attrape ma main et court droit devant, bondit de la véranda, puis détale vers le sous-bois dans l'ombre.

Je trébuche et je tombe, mais Liam m'attrape. Au même instant, j'entrevois le mec posté à la porte arrière, en partie éclairé par la lumière de la lune. Pris au dépourvu, il est au sol et il a de la difficulté à se remettre sur ses pieds, les mains plaquées contre ses oreilles.

Ça a marché, me dis-je alors que Liam me tire pour me relever et que nous reprenons notre course.

Je m'attends à ce qu'il nous emmène vers la route, mais il se dirige dans les bois, suivant une sorte de sentier recouvert par la végétation. Il y a une colline et nous la dévalons à toute allure. Rapidement, je constate que nous sommes assez bas pour que personne dans la maison ni près d'elle ne puisse nous voir. Je me détends. Légèrement.

Je commence à demander où nous allons, mais au même moment, je vois une moto garée près d'un tas de bois. Il est venu de Las Vegas à moto ?

Il me pose rapidement sur la selle avant de s'asseoir devant moi. L'homme derrière la maison a réussi à se lever, maintenant, et j'arrive à le voir depuis mon perchoir. Ce qui veut dire qu'il le peut aussi.

— Accroche-toi à moi, dit Liam, la voix tendue.

Avant même que je puisse refermer les doigts autour de lui, nous partons en trombe, faisant voler les feuilles autour de nous alors que nous bondissons sur le sentier pour déboucher sur la route asphaltée. Il y a une voiture noire garée devant la maison, et sur le porche, un type efflanqué avec une casquette de baseball se retourne, la bouche ouverte de manière grotesque.

Je le vois lever son arme, je me tends et crie quand j'entends un coup de feu, suivi rapidement par un autre. Je prends une profonde inspiration, craignant de ressentir une douleur, puis je comprends que c'est Liam qui a tiré. Dans les pneus, je présume, mais je ne sais pas s'il a atteint sa cible, parce que nous dévalons déjà la route de montagne sinueuse. Je suis terrifiée à l'idée de quitter la route et de finir dans une fulgurante explosion.

Je me retourne une fois, puis deux, et chaque fois je suis certaine que nos adversaires gagnent du terrain. Pourtant, il n'y a rien. Personne. Seulement la route sombre qui disparaît dans les ténèbres.

Nous roulons pendant ce qui me semble durer une éternité, tournant dans les rues, faisant marche arrière dans la montagne, puis empruntant un autre chemin. Nous tournons et virons jusqu'à ce que je sois à la fois perdue, étourdie et engourdie avec le vrombissement de la moto.

— Arrête, m'écrié-je enfin, la bouche près de son oreille. S'il te plaît. S'il te plaît, trouve un endroit où t'arrêter.

Ma tête va exploser. Mon sang est brûlant. J'ai besoin de bouger. J'ai besoin de… je ne sais même pas quoi. En tout cas, une chose est sûre, cette moto aggrave mon malaise.

Il emprunte rapidement une route transversale en contrebas. Je vois une affiche en bois avec le nom du parc, mais je suis trop fatiguée pour le lire. Il suit le chemin de gravier pendant au moins cinq cents mètres, puis il arrête la moto dans un carré de terre, près d'une table à pique-nique. Il descend et m'aide à quitter la selle.

Je retire le mouchoir de mes oreilles, je me penche en avant, les mains sur les genoux, et je respire pendant qu'il me frotte le dos en me disant des paroles réconfortantes.

— Ça va aller. Ça va aller. Tu es en sécurité. Ils ne peuvent pas nous avoir suivis. Respire. Tout va bien.

Je hoche la tête. Il a raison, mais ce n'est pas suffisant. Je me redresse, mon pouls battant si fort que je m'entends à peine penser.

— Xen...

Je ne le laisse pas terminer. Je me dresse sur la pointe des pieds et je prends sa bouche dans un baiser si long, si intense et si merveilleusement délicieux qu'il se propage à travers tout mon corps.

Enfin, je recule, haletante, sans quitter son visage des yeux. Son expression est tendue, comme un ressort sur le point d'exploser. Va-t-il m'embrasser ou me repousser, difficile à dire.

— Nous aurions pu mourir, murmuré-je en glissant les mains pour les poser sur ses belles fesses.

Je me serre contre lui et sens son érection.

— Nous aurions pu mourir, répété-je. Alors, ne t'avise pas de me dire non.

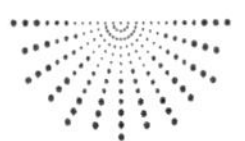

CHAPITRE NEUF

Xena s'était serrée contre lui avant qu'il ait le temps de réagir, sa bouche contre la sienne. Il savait qu'ils ne devraient pas… qu'ils allaient le regretter le lendemain. Qu'*elle* le regretterait. Mais bon sang, comme il la désirait. Il la désirait depuis qu'il l'avait vue pour la première fois.

Ce corps mince. Ces yeux innocents. Cette bouche désirable, humide contre la sienne, la langue joueuse qui le tentait, rendant son sang déjà chaud encore plus brûlant.

Seigneur, il devait se contenir. Il devait se refréner, montrer une partie de ce contrôle qui faisait sa réputation. À ce moment-là, ils étaient en sécurité et elle était fougueuse et sexy dans ses bras, il en avait le souffle coupé. Il était dur et incapable de penser correctement.

Elle avait raison, ils auraient pu mourir. Maintenant qu'il n'y avait plus de danger, il avait besoin de ça. Ils en avaient besoin tous les deux. Ils avaient besoin de brûler ce désir fou pour le sortir de leur corps, pour réduire l'adrénaline afin de pouvoir penser à nouveau, aller au-delà de la peur et de la douleur.

Bien sûr, ce n'étaient que des excuses pour justifier son envie de la prendre, ici et maintenant, sur un banc de parc alors que sa peau brillait au clair de lune.

Il tituba vers l'arrière avant de s'effondrer sur le banc. Elle haleta, une main sur le bouton du jean de Liam, tout en montant sur ses genoux, une jambe de chaque côté.

Il avait une main au bas de son dos et l'autre sur un sein. Elle ne portait pas de soutien-gorge, seulement un débardeur noir sexy, et il caressait son téton dressé sous le tissu.

Elle gémit contre sa bouche, toujours liée à la sienne alors qu'il remontait son haut pour glisser la main sous la ceinture de son pantalon de yoga. Son corps trembla et elle laissa échapper un souffle frémissant quand il saisit l'une de ses fesses, la rapprochant de lui de sorte que son corps vienne caresser son sexe en érection.

Les gémissements de Xena, doux et sexy, aiguisaient les sens de Liam, et elle commença à remuer les hanches. Ce mouvement langoureux le rendait complètement fou. Au même moment, elle entreprit de baisser sa fermeture éclair pendant que son autre main était posée sur celle de Liam pour augmenter la pression sur son sein, alors qu'elle se cambrait pour mieux se presser contre lui.

Les doigts de Xena se glissèrent dans son jean et elle décolla les hanches pour libérer son sexe. Il s'écarta juste assez longtemps pour faire descendre son jean afin de ne pas se couper la circulation du sang, puis il posa avidement la main sur son sein, faisant rouler son téton entre le pouce et l'index.

Leurs bouches étaient toujours liées, mais elle recula, pinçant la lèvre inférieure de Liam entre ses dents.

— On ne devrait pas faire ça, murmura-t-elle, à bout de souffle.

— Non, concéda-t-il alors que les hanches de Xena oscillaient.

Il en profita pour trouver son entrejambe humide.

— Non, il ne faudrait pas.

Il inséra deux doigts en elle. Elle s'y empala, la tête rejetée en arrière tout en se mordant la lèvre et en gémissant.

— Alors, dépêchons-nous. Avant de changer d'avis.

Il éclata de rire et elle retira ses mains, puis elle commença à descendre son pantalon de yoga.

— Retire-moi ça.

— Que je le retire ?

Elle attrapa l'ourlet de son débardeur et le passa par-dessus sa tête, puis le jeta sur la table de pique-nique derrière lui.

— Bon Dieu, Xena, qu'est-ce qu'on est en train de faire ?

— Ce dont j'ai envie. S'il te plaît, pour la première fois depuis une éternité, laisse-moi faire.

Il ne comprit pas ce qu'elle voulait dire, mais la question fut assez rapidement balayée alors qu'elle abandonnait son pantalon, plus efficace qu'il ne l'aurait été. Il avait l'impression de rêver.

— Touche-moi, supplia-t-elle.

Comme il hésitait, elle ajouta :

— Nous sommes en sécurité. Tu l'as dit toi-même. Si

tu n'en étais pas persuadé à cent pour cent, tu ne nous aurais pas laissés aller aussi loin.

Elle avait raison et il n'eut pas la force de protester quand elle lui prit la main et caressa son clitoris avec ses doigts. Il était si dur. Il posa les mains sur les fesses de Xena alors qu'elle refermait les siennes sur ses épaules, s'en servant comme appui pour soulever ses hanches et se tortiller afin de se placer juste au-dessus de son sexe dressé. Elle resta là, à jouer avec lui sans merci tout en le regardant dans les yeux, puis elle l'inséra petit à petit, avec une lenteur qui les rendait fous, tous les deux. Bientôt, il fut enfoui en elle et elle se cambra, le suppliant de la toucher tandis qu'elle le chevauchait fougueusement.

Il empoigna l'un de ses seins et caressa son clitoris, mais il se garda de l'embrasser. Il voulait la regarder, contempler les jeux du clair de lune sur son visage, la manière dont ses lèvres s'entrouvraient sous l'effet de la passion, les tremblements des muscles fermes de son ventre. Quand l'orgasme déferla enfin, son corps fut ébranlé par un frisson et elle poussa un cri, frappant du poing contre son épaule.

C'était la chose la plus vivante qu'il ait jamais serrée entre ses bras. Son sexe si doux palpitait autour du sien et il explosa à son tour. Ses gémissements rejoignirent ceux de Xena. Leurs cris causèrent une envolée d'oiseaux dans les arbres aux alentours, leurs ailes noires passant devant le ciel étoilé.

Elle s'effondra contre lui, le souffle court.

— Merci, murmura-t-elle. Je suis désolée, et merci.

— Désolée ?

Il prit son visage entre ses mains et plongea le regard dans ses yeux bleus brillants.

— Chérie, tu n'as pas à être désolée.

Un sourire désabusé flottait sur ses lèvres.

— Je pense que je t'ai utilisé.

— Je pense que j'ai aimé ça.

Oh oui, il avait aimé. Sa façon de prendre le contrôle, lui permettant de s'abandonner entièrement à la femme sous tension dans ses bras. Cela avait été plus que délicieux et tout à fait inattendu.

— Tout va bien ?

Il se rendit compte qu'elle avait fermé les yeux, le front posé contre le sien. Il recula pour mieux la voir, puis il l'embrassa tendrement.

— Je vais bien. Tu m'as causé de drôles de sensations.

— Drôles dans le bon sens ? Ou dans le mauvais ?

Il sourit.

— Peut-être un peu des deux, fit-il.

Comme il l'espérait, elle éclata de rire.

Puis il se souvint.

— Merde.

Les yeux de Xena s'agrandirent.

— Quoi ? Qu'est-ce qui te tracasse ?

— Pas de préservatif. Je suis désolé. Je n'y ai même pas pensé. Qu'est-ce qui cloche chez moi ?

Elle fronça les sourcils. Il aurait aimé pouvoir se donner un coup dans les parties. Quel idiot !

— Mais tout va bien, non ? Je veux dire, tu n'as rien ?

— Non, je n'ai rien. Évidemment.

Il passa la main sur son crâne rasé, se reprochant d'avoir été aussi stupide.

— Je le jure.

— Je te crois.

De son pouce, elle effleura sa lèvre inférieure.

— Tu as une si belle bouche. Tu le sais, non ?

Il lui prit les mains, puis il lui embrassa le pouce.

— Je suis content que tu me croies, mais nous avons quand même eu une relation sexuelle non protégée.

— Ce n'est pas grave. Je te le promets. Je n'ai rien non plus. J'ai fait les tests. Si c'est d'une grossesse dont tu te soucies, ce n'est pas un problème non plus.

Sa voix était tranchante.

— Xena…

Il aurait voulu savoir ce qui le rendait aussi cassant, mais quelque chose l'arrêta. Ce n'était pas la question pour le moment. Pas alors qu'il respirait toujours son odeur et qu'elle était encore nue sur ses genoux.

Elle cligna des paupières, attendant qu'il dise quelque chose.

— Rhabille-toi, fit-il doucement. Nous devons trouver un endroit sûr où passer la nuit. Demain, nous partons à Los Angeles.

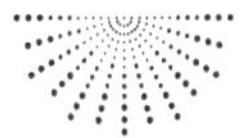

CHAPITRE DIX

Après avoir quitté le parc, ils trouvèrent un motel miteux et y prirent une chambre. Il était plus de quatre heures du matin et ils pouvaient affirmer qu'ils avaient passé une très longue journée.

Malgré tout, Liam était toujours électrisé quand il glissa la clé dans la serrure et ouvrit la vieille porte grise. La faible odeur de moisissure était couverte par celle, plus forte, de la javel. Il grimaça, mais même la chambre de mauvais goût et l'odeur peu ragoûtante ne pouvaient venir à bout de son sentiment de bonheur. Que ce soit une erreur ou pas, pour le moment, Liam n'aurait échangé cette dernière heure pour rien au monde.

L'attaque qui avait précédé, il aurait pu s'en passer. Mais tenir le corps nu de Xena dans ses bras… La sentir trembler autour de lui quand son orgasme avait explosé. Seigneur ! Il n'échangerait pas ce souvenir, ni ce moment, pour tout l'or du monde. Il aurait voulu pouvoir l'emmener au *Ritz* plutôt qu'au *Inland Motor Inn*, dont l'enseigne semblait remonter aux années cinquante. D'après ce qu'il découvrait en entrant dans la chambre, ni le mobilier ni le tapis n'avaient été changés depuis.

Pourvu qu'on ait lavé les draps.

— Bienvenue dans notre suite, déclara-t-il en tenant la porte pour la laisser entrer.

Il vit son nez se froncer, mais quand elle le regarda, elle souriait.

— C'est parfait.

— Notre définition de la perfection est vraiment différente, mais ça fera l'affaire.

— Nous avons payé en liquide, il y a un lit et une porte devant les toilettes. Crois-moi, j'ai connu pire. Vraiment pire.

— Alors je te plains, remarqua-t-il, regrettant tout de suite ses paroles.

Il savait qu'elle avait connu la fuite. Elle avait sans aucun doute dormi dans de plus mauvaises conditions que lui au cours de sa vie.

— Je suis désolé.

Mais elle riait.

— Ce n'est pas grave.

Elle prit sa main et l'entraîna à l'intérieur, laissant la porte se refermer derrière eux. Elle titubait en se dirigeant vers le grand lit.

Il resta derrière pour mettre le verrou et ajuster la chaînette. Puis il sortit son Glock de l'étui et le posa sur la table de chevet. Il y plaça le Ruger de Xena aussi. Il les avait mis dans la sacoche de la moto quand ils avaient filé de la maison et les avait récupérés en arrivant.

— Dors, lui conseilla-t-il. Tu ne tiens plus debout.

Elle était assise sur le bord du lit et bâilla, comme si ses paroles lui en avaient donné la permission. Les paupières lourdes, elle commença à retirer son pantalon de yoga, mais elle s'arrêta.

— Oh, désolée. Je ne dors pas avec mes vêtements d'habitude, dit-elle en gloussant.

— Ça me va, mais ne t'attends pas à ce que mes mains restent sages.

Elle croisa son regard. Les yeux de Xena étaient injectés de sang et ses yeux se fermaient tout seuls, mais les coins de sa bouche se relevèrent et elle soutint son regard pendant qu'elle retirait son pantalon, puis son débardeur. Enfin, elle lui tendit le tout.

— J'allais les laisser tomber sur le sol, mais…

Elle ne termina pas sa phrase, fronçant le nez avec dégoût en regardant la moquette tachée.

Il hocha la tête.

— Bien, dit-il en posant ses vêtements sur le dossier d'une chaise.

Le temps qu'il se retourne à nouveau pour lui faire face, elle était sous les couvertures, les yeux fermés et sa respiration régulière. Soit elle s'était endormie, soit elle était très douée pour faire semblant.

Il ôta sa veste et sa chemise, puis son jean, conservant uniquement son caleçon. Il pensa l'ajouter à la décoration de la chaise, mais il n'y avait qu'un lit et il serait déjà assez difficile de la laisser dormir tranquillement, même s'il était épuisé. La vérité, c'était que leurs ébats dans le parc tournaient en boucle dans sa tête.

Il se glissa prudemment dans le lit sans la quitter des yeux. Elle avait été incroyable. Sexy. Dangereuse. Fabuleuse. Oui, il en voulait plus. Il voulait qu'elle atteigne ses limites et qu'elle se lâche. Il voulait prendre le contrôle, avoir sa chaleur et toute sa sensualité rien que pour lui, l'immerger dans un plaisir auquel elle ne pourrait pas échapper, même quand il repousserait ses propres limites, franchirait ces frontières qu'il n'avait pas effleurées depuis des années.

Il l'emmènerait – il les emmènerait tous les deux – au bord de l'orgasme. Ensuite, mais seulement quand il serait certain qu'elle ne pourrait en supporter davantage, il laisserait la force de la passion la consumer. Un plaisir pur, non dilué, exploserait en elle.

Lentement, il caressa sa peau du bout des doigts, si pâle qu'elle ressemblait à une poupée endormie à ses côtés. Il ne se souvenait pas de la dernière fois qu'il avait désiré une femme à ce point, ni rencontré une femme qui lui corresponde autant. Il se demanda si peut-être, seulement peut-être, cette femme pourrait…

Il claqua la porte à ces sentiments quand il sentit sa poitrine se serrer, la brûlure sourde de la colère et du dégoût de soi qui montait. De la peur, aussi, ironique étant donné tout ce qu'il affrontait au quotidien. C'était pourtant réel. C'était aussi inéluctable.

Avec un soupir, il roula sur le dos, la tête sur l'oreiller, et il fixa le plafond. Il était si fatigué qu'il laissait son esprit errer dans des recoins interdits. Il devait rester sur le bon chemin. Il avait un travail à faire, après tout, et le sexe n'en faisait vraiment pas partie.

Son téléphone était posé sur la table de chevet près de son arme et il tendit la main pour le récupérer, il avait besoin de faire une dernière chose avant de dormir. Le message à Ella était court : il avait trouvé Xena, et elle devait appeler quand elle aurait le message. Puisque c'était presque l'aube, il pensait qu'il aurait quelques heures de sommeil avant qu'elle réponde.

À sa grande surprise, le téléphone vibra immédiatement dans ses mains.

Il se leva et répondit à l'appel à voix basse.

— Ella, je ne m'attendais pas à vous avoir aussi tôt.

— Je fais du yoga et je médite avant l'aube. C'est le seul moment que j'ai. J'espérais avoir de tes nouvelles hier soir. Tu as trouvé la cabane ?

— Xena et moi sommes en sécurité.

Ce à quoi elle répondit :

— Oh, merde !

Il faillit rire. Il avait su dès qu'il l'avait rencontré qu'elle était une femme intelligente.

— Que s'est-il passé ?

— Nous avons eu des visiteurs. Pas longtemps après mon arrivée.

Il lui donna une version courte qui se terminait au motel, éludant soigneusement l'arrêt au parc.

— Ils t'ont suivi.

L'accusation était claire dans sa voix.

— Je ne pense pas.

— Xena, alors ?

Puisqu'il n'avait pas la réponse, il garda le silence.

— Mais vous allez bien, n'est-ce pas ? Ils ne vous ont pas suivis jusqu'au motel ?

— Non.

Ça, il en était certain.

— D'accord. Tant mieux. Merde.

Il la laissa évacuer ses émotions. Au bout d'un moment, il l'entendit prendre une inspiration.

— Comment est ma cabane ?

— Je suppose qu'ils ont dû en fouiller l'intérieur. Vous allez devoir y envoyer votre gardien… accompagné par la police, au cas où. Mais je doute qu'ils soient toujours dans les parages. Le mur de la salle de bain est grand ouvert.

— Bien. D'accord.

Il la rassura, impatient qu'elle cesse de poser des questions.

— Avez-vous une caméra sur le porche avant ?

— Est-que… quoi ?

— Des caméras de sécurité à distance. Elles sont parfois montées sur la sonnette.

— Oh, oui, sur les deux portes.

— Ella, vous venez de faire ma matinée.

Il s'apprêtait à lui demander de lui envoyer les informations pour y accéder quand elle le fit sans qu'il ait besoin de le dire.

— Vous êtes formidable. J'envoie ça à Mario. Avec de la chance, nous pourrons avoir leurs deux visages grâce à ces enregistrements. L'image du centre de fitness n'était pas très exploitable.

— Comment va Xena ? Est-ce que je peux lui parler ? Elle doit avoir peur.

— Elle dort pour le moment. Je préférerais ne pas la réveiller.

— Oh, mon Dieu, non. Elle a traversé une sacrée épreuve.

Sa voix était chargée de tension et il comprit qu'elle s'était mise à pleurer.

— Sais-tu ce qu'elle m'a dit avant de partir ? Qu'elle détestait être une épine dans mon pied. Cette fille travaille depuis quatre ans pour moi, maintenant. Elle est devenue l'une de mes amies les plus proches. Comment ne peut-elle pas le savoir ?

— Je pense qu'elle le sait. C'est pour ça qu'elle est si ennuyée que vous soyez impliquée.

— Je ne sais même pas de quoi il s'agit. Pas vraiment. Tout ce temps… pourquoi son passé vient-il la hanter après toutes ces années ?

— Je ne le sais pas non plus, dit-il, même s'il avait sa petite idée.

Au cœur de tout ça, il devait y avoir quelque chose de vraiment très moche. Un meurtre peut-être. Ou pire. Parce que sinon, Dupont et Dupond seraient restés cachés. S'ils sont sortis de leur cachette, c'est certainement qu'il est capital pour eux de faire en sorte que Xena ne puisse jamais leur causer le moindre ennui.

Il jeta un œil à la femme endormie et soupira. Il savait que Xena ne voudrait pas en parler. Il savait aussi qu'elle devait le faire.

— Je suis inquiet pour vous aussi, dit-il à Ella, reportant sur leur communication son attention épuisée. Ils vous surveillent. Ils connaissaient l'existence de la cabane. Ils ont peut-être suivi Xena, mais elle m'a raconté comment elle avait couvert ses traces et ça paraissait très rigoureux.

— Merde.

— Il ne se passera sûrement rien, mais ils savaient que c'était votre assistante. Une fois qu'ils sauront depuis combien de temps elle était avec vous, ils pourront supposer que vous savez où elle se trouve.

— D'accord, répondit-elle en soupirant. Bon, alors qu'est-ce que…

— Je vous envoie quelqu'un. Vous êtes certainement à l'abri, mais je ne veux prendre aucun risque. Je vous enverrai son nom et ses informations dès que j'aurai la confirmation qu'il est disponible.

N'importe qui à l'Agence pourrait faire l'affaire, mais il voulait Winston Starr. L'ancien shérif du Texas, extrêmement compétent, allait toujours droit au but. L'avantage avec lui, c'était que personne ne le voyait jamais venir.

Dès qu'il eut raccroché, il téléphona à son ami.

— Est-ce que tu sais quelle heure il est ?

— Je sais que tu es déjà levé, fit Liam, moqueur. Les cow-boys ne se lèvent pas avec le soleil ?

— J'essaie de trouver une répartie cinglante, dit Winston d'une voix traînante, son accent texan plus prononcé que d'habitude, mais tu n'en vaux pas la peine.

— Je ne t'ai pas vraiment réveillé, si ?

— Bien sûr que non, je suis à la salle. Par contre, je n'ai pas encore pris mon café, alors je ne suis pas trop d'humeur. Qu'est-ce que tu veux ?

— Est-ce qu'un voyage tous frais payés à Las Vegas te plairait ?

— Hong Kong, Washington et maintenant Las Vegas, dit-il en ricanant. Quand Damien et Ryan m'ont convaincu de prendre ce poste, je n'avais pas compris que je prendrais aussi souvent l'avion.

— Ils t'ont sorti du Texas, non ?

— Je me suis sorti du Texas tout seul, mon ami. Et pour ce qui est de Vegas, pourquoi pas ?

Ils passèrent les détails en revue ensemble, ensuite ils joignirent Ryan Hunter à l'appel. En tant que chef de Stark Sécurité, il devait à la fois être au courant de ce qui se passait et signer pour que le plan soit validé.

Ryan répondit à la première sonnerie, bien réveillé.

— Bon Dieu, dit Liam. Aucun d'entre vous ne dort ?

— Je ne savais pas que tu étais un tel fainéant, Liam.

— J'ai besoin de mon sommeil réparateur, répliqua-t-il avant d'exposer la situation.

Ryan approuva, et Winston promit de partir dans l'heure qui suivit et d'envoyer un message à Liam dès qu'il serait posé avec Ella.

— Jusqu'à ce que cette affaire soit conclue, j'aimerais que quelqu'un reste avec elle vingt-quatre heures sur vingt-quatre, sept jours sur sept, ajouta Liam, sachant très bien ce qu'il demandait.

L'Agence était une opération relativement nouvelle et la mission ne se concentrait pas sur le service de gardes du corps. Quand bien même, ils n'avaient pas encore le personnel, notamment parce que Ryan et Damien étaient très sélectifs sur les personnes qui intégraient l'équipe.

— Prends ceux dont tu as besoin dans l'équipe de sécurité de la Starfire, ordonna Ryan à Winston. Si nous rencontrons une difficulté, nous aviserons. Tu rentres aujourd'hui ?

La dernière question s'adressait à Liam.

— Oui. Nous sommes planqués pour le moment. Nous devons dormir un peu, ensuite nous rentrons à Los Angeles. J'aimerais que toute l'équipe soit disponible. Vers treize heures ? J'ai déjà un projet pour Mario. Je l'appelle après, pour qu'il puisse montrer ce qu'il sait faire.

Une fois l'appel terminé, il envoya à Mario les détails de ce qu'il attendait et les identifiants pour les caméras. Il l'appellerait en se levant s'il n'avait pas de réponse au réveil. Ça ferait au moins une personne qu'il laisserait dormir jusqu'à ce que le soleil se lève.

Le gamin lui renvoya un message moins d'une minute plus tard. *Je m'en charge.*

Liam secoua simplement la tête, puis il s'étendit et ferma les yeux, pour les rouvrir quelques instants plus tard, réveillé par l'odeur du café.

En réalité, c'était plus d'un instant plus tard. Il s'était endormi quand il faisait toujours noir, et maintenant la lumière passait à travers les affreux rideaux. L'arôme provenait d'un gobelet en papier, entre les mains de la belle femme à nouveau habillée qui lui souriait, assise au bord du lit.

— Dis-moi que tu ne t'es pas aventurée jusqu'à la réception.

— Machine à café merdique. Je l'ai trouvée sous le lavabo de la salle de bain.

Il se releva et prit la tasse qu'elle lui offrait. Elle avait raison, ce n'était pas du bon café, mais il était chaud et caféiné, ce qui le rendait parfait.

— Quelle heure est-il ?

— Un peu plus de huit heures.

Il fronça les sourcils.

— Nous devrions y aller. Tout ce chemin vers Los Angeles en tandem sur la Ducati… commença-t-il en secouant la tête. Tu vas avoir besoin de quelques pauses.

— Ça ira, lui assura-t-elle, puis elle regarda ses mains qu'elle tordait sur ses genoux. Écoute, je suis désolée de t'avoir sauté dessus hier soir.

— Vraiment ? Pas moi.

Dès que ces mots sortirent de sa bouche, il les regretta, craignant que ce soit exactement ce qu'elle ne voulait pas entendre.

Puis il vit une tension quitter ses épaules et il entendit un « merci, mon Dieu » plus soupiré que prononcé. Un flot de soulagement le parcourut, aussi inattendu qu'inopportun.

Il prit sa main dans la sienne.

— Au fait, tu es coincée avec moi maintenant. C'est un vieux code d'agent de sécurité. Une fois qu'une femme t'a sauté dessus, tu dois la protéger.

— Je suis presque certaine que ce n'est pas le cas.

— Pour moi, si.

Il se leva, sa tasse de café à moitié pleine toujours à la main.

— Susan, commença-t-il en employant son vrai prénom intentionnellement pour souligner ses propos. Ces hommes sont dangereux et ils ne vont pas s'arrêter. Je vais t'aider, peu importe ce qu'il adviendra. Les choses seront plus simples si tu me racontes ce qui se passe. Toute l'histoire. Même si tu ne me dis rien, d'une façon ou d'une autre, je vais trouver.

Du bout du doigt, il inclina son menton, puis il attendit qu'elle croise son regard.

— Tu n'es plus simplement ma mission maintenant, et je veux te garder en sécurité.

Ses lèvres frémirent comme si elle refrénait un sourire.

— Cette fois, c'est personnel ?

Il soutint son regard.

— Oui.

Le mot était catégorique, juste et parfaitement sincère.

Elle détourna les yeux, tendit la main pour prendre le café de Liam et en but une gorgée. C'était un moment étrangement intime et il ne pouvait nier qu'il appréciait cela.

Elle baissa les yeux sur la tasse avant de la lui rendre avec un sourire embarrassé. Toujours assise au bord du lit, elle posa les mains sur ses genoux, les yeux rivés au sol.

— Je ne veux pas te le dire. Je ne l'ai même pas dit à Ella. Pas tout, du moins.

— C'est peut-être le moment.

— Oui. Peut-être.

Ses épaules se soulevèrent et s'affaissèrent alors qu'elle prenait deux grandes inspirations. Elle se redressa, se tourna vers lui et déclara :

— Premièrement, mon prénom n'est pas Susan.

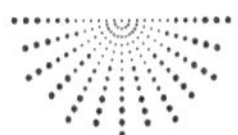

CHAPITRE ONZE

Je ne veux pas le lui dire. Je ne veux pas y penser. Je voudrais que rien de tout cela n'entre dans ma tête. Malheureusement, ça ne m'a jamais vraiment quittée. J'ai vingt-huit ans et je traîne ce cauchemar avec moi depuis onze longues années. Je me suis peut-être échappée de la maison des horreurs où j'ai été enfermée pendant ce qui m'a semblé durer toute une vie, mais jamais je n'ai pu me soustraire aux souvenirs.

À sa décharge, Liam n'a rien dit après que je lui ai révélé que je n'étais pas la femme qu'il croyait. Il me donne du temps, ce qui prouve à quel point ma détresse est visible. Il est évident que j'ai besoin d'un moment pour me ressaisir et trouver un moyen de lui raconter mon histoire sans avoir l'air de vouloir commencer une carrière de scénariste pour série télé.

Je monte finalement sur le lit, le dos contre le mur et les genoux relevés. Il hésite, puis il finit par s'asseoir au pied du lit, me regardant avec méfiance.

— Je m'appelle Jenny. Jenny Smith. Sérieusement,

ajouté-je quand je le vois froncer les sourcils. C'est un nom plutôt classique et il correspondait bien à ma vie ennuyeuse.

— J'ai du mal à croire que tu aies pu être un jour ennuyeuse.

— Je viens du Missouri. Mon père avait le bac et il était responsable d'un commerce de proximité. Ma mère travaillait à temps partiel dans une crèche. J'avais des notes dans la moyenne, j'étais horriblement timide et je rêvais de m'épanouir un jour et de devenir une actrice célèbre. Comme je le disais, c'est ennuyeux.

Je hausse les épaules.

— Je ne sais pas, dit Liam. Ça me semble normal. Ce n'est pas la même chose.

— Peut-être, mais je passais le plus clair de mon temps à fantasmer sur l'idée de m'évader et d'être découverte. Sans mentionner toutes les auditions et les concerts qui entraient dans ces fantasmes, bien sûr. Ce n'étaient que des rêveries d'adolescente, après tout, ironisé-je en secouant la tête. Comme j'étais naïve.

— Qu'est-ce qui a changé ?

— Tout, dis-je avec un geste évasif.

— Je suis désolé. Vraiment. Mais je vais t'aider à en parler.

Je ne veux pas. Je ne veux pas partager mon humiliation avec lui, sans mentionner mes peurs. Pourtant, je sais qu'il a raison. S'il veut m'aider, il doit tout savoir. Au bout du compte, j'ai besoin de son aide.

Sans l'agression d'Ella à Las Vegas, et l'attaque de la cabane, je la repousserais peut-être. Je me contenterais de continuer avec le statu quo, vivant à moitié cachée dans le sillage d'Ella.

Je ne sais pas. Mais maintenant, les choses ont changé, et je ne veux pas revenir en arrière. Je veux être libre.

Ce qui m'effraie le plus dans tout ça, c'est que ma nouvelle résolution n'est pas seulement d'échapper à la menace qui plane au-dessus de ma tête en permanence. C'est cet homme. Il me donne de l'espoir. Un aperçu de la vraie vie. Pas forcément avec lui – je n'oserais pas m'aventurer sur ce terrain –, mais du moins, j'entrevois un avenir. Un véritable avenir, dans le monde réel. Je trouverai peut-être quelqu'un avec qui le partager.

— Est-ce que je t'ai perdue ?

Ses paroles gentilles me ramènent au moment présent.

— Oui, désolée. Mon esprit vagabondait.

— Alors, tu étais ennuyeuse, dit-il, à la fois pour m'encourager à poursuivre et me faire rire.

— Tu te moques, mais c'est vrai.

J'inspire avant de continuer.

— Bref, quand j'étais au collège, ma mère est morte. Un cancer. Elle ne se sentait pas bien depuis un moment, mais elle ne s'en occupait pas, estimant que ce n'était qu'un coup de fatigue. Quand elle se décida enfin à voir un médecin, il n'y avait plus rien à faire.

Je ferme les yeux, ravalant mes larmes.

— C'était la première partie de ma vie qui n'était pas ennuyeuse, murmuré-je avant de lever les yeux vers lui. Mes parents étaient géniaux. Ils m'aimaient et je les aimais aussi, on s'aimait tous vraiment beaucoup. Mon père et ma mère ? Ils étaient tellement amoureux l'un de l'autre que ça en était écœurant. Beaucoup de démonstration dans les lieux publics, tu vois. Je pensais que c'était embarrassant avant, mais maintenant…

— Ton père a dû être dévasté, dit Liam tout doucement.

— C'est peu de le dire, rétorqué-je en essuyant mon nez qui coule. Ça a marqué le début de tout, même si mon père ne le savait pas à l'époque. En y repensant, je ne peux pas faire le deuil de ma mère, sans faire celui de ma vie, aussi. Parce que son enterrement a tout mis en branle.

— Comment ça ?

— Papa est entré dans une spirale infernale. Il a complètement déraillé. Je commençais tout juste à penser à l'université. J'aurais été la première de ma famille à y aller. Puis, un jour, mon père est rentré et il m'a dit qu'il avait envoyé ma photo à une agence de mannequins. Il a admis que ce n'était pas la même chose que d'être actrice, mais que ça pouvait être un début.

Je regarde Liam, m'attendant à ce qu'il dise quelque chose, mais il reste silencieux, alors je poursuis. J'aurais aimé qu'il me fasse bifurquer.

— Il m'a dit que l'agence voulait me rencontrer en personne. À New York. Il était si excité que je l'étais aussi. Enfin, tu te rends compte ! Moi, la Jenny Smith timide qui était presque invisible à l'école.

— Ce n'était pas déraisonnable, intervient Liam. Tu es à la fois éblouissante et unique, tu as définitivement la carrure et la taille pour être mannequin de défilé.

— J'essayais de m'en persuader, les jours où j'avais peur que ce voyage ne soit qu'une perte de temps. Ils ont enfin payé pour un billet d'avion. L'agence, je veux dire. Ainsi que pour l'hôtel. Quand nous sommes allés dans leurs bureaux, il y avait toutes ces affiches de mannequins et ces pages publicitaires encadrées sur les murs, tout semblait tellement légal.

— Sauf que ça ne l'était pas.

Je passe la langue sur mes lèvres soudain desséchées et je serre mes genoux tout contre ma poitrine.

— Non.

J'ouvre la bouche pour dire autre chose, mais je la referme.

— Je suis désolée, murmuré-je enfin. C'est seulement que…

— Trafic sexuel, dit-il.

Tout mon corps s'affaisse avec soulagement, parce que je n'aurai pas à le dire à voix haute ni à expliquer cela.

— Je suis désolé d'avoir une connaissance de ce domaine, reprend-il. J'ai mentionné Dallas et Jane plus tôt, non ? Leur enlèvement ne faisait pas partie d'un cercle de trafiquants sexuels, mais Dallas a créé une organisa-tion, une milice privée. Délivrance. Une partie de la mission était de sauver des victimes d'enlèvements, de trafic et autres horrcurs de ce genre.

— Tu en faisais partie ?

— Oui. J'y serais toujours si ça ne tenait qu'à moi, mais Délivrance n'existe plus.

— Alors, tu as atterri à l'Agence.

— C'est à peu près ça. Et toi ? Comment as-tu fait pour survivre ?

Je déglutis. Je ne veux pas vraiment revenir sur le sujet, mais je sais qu'il le faut. Cette petite parenthèse m'a calmée et c'est plus facile d'en parler.

— Ils ont dit à mon père que j'avais du talent et qu'ils

étaient persuadés que je deviendrais une star. Ils avaient un immeuble pour leurs candidats et ils lui ont dit que le conseil m'avait offert une bourse afin de bénéficier d'une formation pour devenir mannequin… La plupart des filles doivent payer, avaient-ils précisé.

— Ton père les a crus.

— Je ne le lui ai jamais reproché. Moi aussi, je le pensais. Ils étaient très convaincants. Mon père et moi étions naïfs.

Après une nouvelle inspiration, je poursuis :

— Enfin, bon. Mon père est parti ce soir-là en disant qu'il reviendrait. Il ne l'a pas fait. Au bout d'un moment, très subtilement, ils ont commencé à suggérer qu'il m'avait laissée là parce qu'il ne m'aimait pas et qu'il ne me voulait pas dans les pattes après le décès de ma mère. Ensuite…

Je fais une pause pour déglutir et je me rends compte que je pleure.

— Ils m'ont rendue accro à la drogue. Des pilules qu'ils nous forçaient à prendre si on voulait manger. Ils préten-daient que c'étaient des coupe-faim pour que nous ayons la taille mannequin, mais c'étaient des conneries. Et puis, mes séances photo sont devenues de plus en plus dénu-dées. Ma tête était toujours dans le brouillard. Il y avait des fêtes, et ces hommes, ils me choisissaient, me touchaient et… enfin, ils me faisaient des choses.

— Ne te sens pas obligée de…

— Si. Il le faut. Ils m'ont forcée à avoir des relations sexuelles pour survivre. Je n'avais aucun contrôle. Ni sur ma vie. Ni sur mes vêtements. Ni sur le sexe. Sur rien du tout. Ils m'ont attachée pour que les hommes puissent m'utiliser. Parfois un seul. Parfois plusieurs. Parfois pendant des jours. Certains étaient tendres, mais en général, ce n'était pas le cas. J'étais une esclave sexuelle et ils s'occupaient de tout, même de ma ligature des trompes… Je t'ai dit que je ne pouvais pas tomber enceinte… Ils m'ont aussi payé l'épilation au laser pour ne pas avoir à se préoccuper de le faire régulièrement. Des connards.

Je parlais principalement à mes genoux, mais maintenant je regarde son visage. Il est tendu, je peux voir la colère et la crispation. Un muscle tressaute dans sa joue. Ce détail me réconforte, parce que ça a de l'importance pour lui. Il s'inquiète vraiment pour moi et je cligne des paupières à nouveau pour chasser mes larmes.

— En tout cas, j'ai essayé de m'évader. Nous étions en plein cœur de Manhattan, mais j'aurais pu tout aussi bien être sur la lune. C'était un cauchemar. J'étais tout le temps défoncée. Ou ivre. Je détestais ça, mais j'étais tellement malheureuse et seule que c'était mieux d'être défoncée que de vivre dans le monde réel. Surtout parce qu'ils continuaient de me dire que mon père m'avait laissée ici, qu'il ne voulait plus de moi après la mort de ma mère. Je devais rendre les investisseurs heureux pour que ma vie change.

— Tu les as crus.

— Pas au début. Plus le temps passait, plus je commençais à penser que ça devait être vrai. Ensuite… Mon Dieu… Au bout d'un an, ils m'ont emmenée dans une pièce. Mon père était là. Il m'a vue et il a commencé à pleurer. Il s'est excusé de ne pas avoir su ce qu'ils me feraient. Il m'a dit qu'il avait essayé encore et encore de me sortir de là, mais ces gens-là étaient puissants et il rencontrait continuellement des barrières. Enfin, ils l'avaient attrapé. Il était prisonnier dans le même immeuble que moi depuis trois mois et je ne le savais même pas.

— Jenny…

— Non. S'il te plaît. *Xena.* Jenny était une idiote. Une petite fille stupide.

Je le regarde d'un air méfiant.

— Je suis Xena maintenant. Une battante.

— Tu as bien raison.

Il prend ma main et la serre doucement.

— Dis-moi ce qui s'est passé.

— Ils m'ont dit que je ne sortirais jamais, tout comme mon père. Puis… ils lui ont tiré dessus, dis-je, retenant mon souffle quand le souvenir repasse dans ma tête. Ensuite, ils ont fait venir une autre fille. Je ne sais pas pourquoi. J'étais toujours en état de choc. Ils m'ont dit qu'elle voulait sortir aussi. Ils l'ont descendue. Alors, je suis restée là, complètement paralysée. Je n'ai rien fait.

Des larmes coulent sur mes joues, mais je ne les essuie pas.

— Ensuite, le chef m'a regardée et m'a demandé : « Et toi, Jenny ? Tu veux partir aussi ? »

Je me force à regarder Liam, morte de honte.

— Je n'ai pas réussi à dire oui. Ils m'ont proposé une voie de sortie, mais je n'ai pas pu dire oui. J'ai choisi la douleur, l'humiliation, continuer à vivre comme ça parce que je ne pouvais pas…

— Tu as choisi la vie, intervient-il, la voix douce et les yeux brillants. Tu as eu raison. Parce que tu as réussi à fuir.

— Oui. J'ai trouvé des moyens de ne pas prendre les

pilules. De ne pas boire en soirée. Je n'avais pas fait beaucoup d'efforts avant, parce que je m'en moquais. Mon père m'avait rejetée, après tout. Mais après avoir appris la vérité… je ne voulais plus rester paralysée.

— Tu t'es sevrée ?

— Pas complètement, quand j'étais encore là-bas, mais pratiquement. Une fois sortie, en revanche, oui. J'ai eu de l'aide en Californie. Un suivi psychologique pour… tout. J'ai commencé à aller aux Alcooliques Anonymes.

Mon cœur bat la chamade et ma respiration est difficile.

— Je suis sobre depuis des années maintenant, pas d'alcool, pas de drogue, parce qu'ils m'ont rendue accro. Je ne peux même pas profiter d'un verre de vin sans risquer de replonger. Je ne pense pas que ce serait le cas, vraiment pas, mais je suis certaine de ne pas vouloir prendre le risque. Ces salauds n'auraient pas hésité à me retirer tout contrôle sur moi-même.

— Mais tu as réussi à t'échapper. Comment ? Et quand, d'ailleurs ?

— Quelques jours après mon vingt et unième anniversaire.

Les yeux de Liam s'agrandirent.

— Ils t'ont gardée pendant quatre ans ?

— À peu près. Plus tard, ils m'ont déplacée dans une propriété en banlieue, où ils tenaient des fêtes sexuelles élaborées. C'était très surréaliste.

— Comment as-tu réussi à t'échapper ?

— J'ai fait semblant d'être docile. Et défoncée. Ils font moins attention aux filles plus âgées. Nous étions bien amochées à ce moment-là. Alors, une nuit, je devais amuser un vieux con qui voulait se balader sur le domaine. Il… Enfin, disons qu'il était très orienté vers la nature. Nous nous étions enfoncés dans les bois et il m'avait penchée en avant. Il y avait une grosse pierre par terre et…

Je hausse les épaules.

— Merde. Bien joué, lâche-t-il.

J'expire, prenant conscience que j'avais peur qu'il me réprimande pour avoir frappé cet enfoiré à la tête avec une pierre.

— Je ne l'ai pas tué, mais il était inconscient quand je me suis enfuie. J'ai pris sa veste, car ma robe était courte. J'étais presque invisible dans la forêt obscure. J'ai contourné la maison sur le côté, vers le parking où les valets garaient les voitures des invités. J'ai trouvé un SUV, je me suis installée à l'arrière et j'ai attendu, terrifiée à l'idée qu'on trouve le mec ou qu'on se rende compte que j'étais partie. Mais ça a fonctionné. Le propriétaire du SUV est sorti, avec une des rares femmes qui assistaient à ces trucs, et ils sont partis. Aucun des deux n'a regardé à l'arrière et elle a passé tout le voyage à lui faire une fellation.

— Tu as eu beaucoup de chance.

— Tu crois que je ne le sais pas ? C'était un risque énorme et j'étais certaine que je courais à ma perte, mais j'étais désespérée, et ils ne m'ont pas attrapée. J'ai atterri dans un parking à Manhattan et j'étais soudain libre.

Même maintenant, ça me semble incroyable de le dire, même si je suis restée terrorisée pendant des mois après ça. Liam me demande comment j'ai survécu et je lui dis que j'ai volé le portefeuille d'une femme, mauvaise action dont j'ai toujours honte. Elle avait plus de cinq cents dollars et une pièce d'identité qui me ressemblait suffisamment pour que je puisse l'utiliser. J'ai acheté des survêtements et un t-shirt dans un magasin ouvert sur Time Square, ainsi qu'une teinture dans une pharmacie. Ensuite, j'ai pris un train pour la Pennsylvanie. De là, j'ai fait du stop jusqu'à Los Angeles.

— Ella ne sait rien de tout ça ?

Je secoue la tête.

— Pour elle, j'ai fui un réseau de prostituées à Hollywood. Ce n'est pas vraiment un mensonge, non plus. Je suis en fuite. Et j'ai fait des passes.

— Et tu as survécu.

Il prend mon visage entre ses mains et m'embrasse doucement.

— Chérie, tu es une femme incroyable.

— Non, c'est faux. Par contre, on peut dire que je suis une survivante.

Il me caresse les cheveux, l'épaule. C'est agréable, comme s'il voulait s'assurer que je suis là et entière. Comme si mon histoire l'avait un peu brisé, aussi.

Il me pose des questions sur le trafic sexuel. Le nom des hommes, l'emplacement des bâtiments. Je lui dis ce que je peux et il semble tout absorber.

— Maintenant, ils m'ont retrouvée, dis-je en haussant les épaules. J'ai toujours su qu'ils y arriveraient, sans doute.

— C'est bien qu'ils l'aient fait, répond-il avec détermination. Parce que maintenant, nous pouvons les éliminer et tu n'auras plus jamais à t'inquiéter à leur sujet.

— J'ai peur.

Mes mots sont un murmure et je me sens faible rien qu'en les prononçant.

— Je ne te reproche rien, dit-il. Je suis avec toi, maintenant. Rappelle-toi seulement ce que tu m'as dit. Tu es Xena, une survivante.

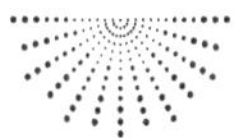

CHAPITRE DOUZE

Une survivante.

— C'est vrai, dis-je, mais ça ne veut pas dire que j'ai envie de l'être. Je pensais que j'avais dépassé ce stade quand j'étais avec Ella. Une seule photo, et toutes les choses horribles que j'ai faites pour survivre ne riment plus à rien.

— Cela veut tout dire, au contraire. Parce que tu as survécu. Tu as toutes ces compétences, ce courage, et c'est ce qui te permet de continuer à avancer.

Je fais la moue et hausse les épaules.

— Parfois, ça me semble tellement futile. Et aléatoire.

Je tends la main vers la tasse de café froid, mais il me la reprend des mains en secouant la tête.

— Aléatoire à quel niveau ? demande-t-il en allant dans la salle de bain pour remplir la machine à café.

— Est-ce que tu sais comment je suis devenue Susie Morgan ?

Il me regarde par-dessus son épaule.

— J'ai vu une partie du monde dans lequel tu as vécu, Xena. Alors oui, je pense que je peux le supposer.

— Essaie.

J'entends le défi dans ma voix, parce qu'il est impossible qu'il devine les profondeurs de ma honte.

— C'était une prostituée, dit-il. Ses parents sont décédés. Elle s'est échappée d'une famille d'accueil. Elle a fini par faire des passes dans la Cité des Anges. Ce n'est pas une histoire inhabituelle.

Ma bouche est sèche. Il a visé en plein dans le mille.

— Je m'en sors comment, pour le moment ?

— Tu as triché.

— Rye m'en a raconté une partie… Il a fait des recherches sur toi, il y a des années. J'ai poussé un peu plus loin en venant te rejoindre à la maison de campagne. J'ai mis mon équipe sur le coup, aussi. Bien sûr, il s'agit uniquement de faits concrets. Pour le reste, j'ai dû me montrer plus créatif.

— D'accord. Continue.

— Tu l'as rencontrée à Los Angeles, quelque part près d'Hollywood Boulevard. Peut-être lors d'un dîner. À la laverie. C'est peut-être la fille qui t'a montré les ficelles. Qui t'a appris à survivre sans maquereau, parce qu'après tout ce que tu as traversé, tu ne voulais pas emprunter cette route.

— En effet, dis-je d'une petite voix. Vraiment pas.

Il m'apporte la tasse de café et je souffle dessus avant d'en prendre une petite gorgée.

— Je ne peux pas deviner ce qui lui est arrivé, mais elle est morte, d'une manière ou d'une autre. Tu as pris son identité parce que tu avais besoin d'un nouveau départ et tu savais qu'elle aurait voulu t'aider.

Mes yeux sont à nouveau remplis de larmes, mais j'acquiesce.

— C'était une toxico. La seule cause de disputes entre nous. Elle s'était rapprochée d'un dealer. Elle lui devait beaucoup d'argent. Il a décidé de faire d'elle un exemple.

— Les policiers ne l'ont jamais identifié ?

— D'après ce que je sais, son corps n'a jamais été retrouvé. J'ai acheté un de ces kits de béton pour le jardin et je lui ai fabriqué une stèle en son honneur. Ensuite, j'ai enterré son chat en peluche et sa patte de lapin. Mais j'ai gardé sa vie. Elle aurait voulu que je le fasse.

Je le regarde d'un air méfiant.

— Je ne vais pas te le reprocher. Est-ce que tu as continué à faire des passes après ça ?

J'acquiesce.

— Je n'aimais pas, mais c'était comme être le PDG de ma propre entreprise, en comparaison avec la vie que j'avais avant. Je me suis aussi inscrite à l'école, parce que je ne voulais pas faire ça toute ma vie. Je devais faire profil bas, peu importe le travail que je décrocherais, je le savais. Je savais aussi que si je ne pouvais pas avoir de famille, au moins je devais avoir un travail où je n'aurais pas à me vendre.

J'attends qu'il me demande pourquoi je devais rester seule, mais au lieu de m'interroger, il me prouve qu'il a compris :

— Parce qu'ils ne cesseraient jamais de te chercher. Parce que ton passé, ta vie, pouvait être périlleux.

— Oui, murmuré-je.

Cette simple vérité me fait horreur.

— Il n'y a pas moyen que je…

Ma voix se brise, mais je me force à continuer.

— J'ai vu mon père se faire tuer devant mes yeux. Je savais qu'ils feraient la même chose aux personnes à qui je tiens. S'ils me trouvaient, *quand* ils me trouveraient, ils tueraient tous ceux que j'aime devant mes yeux.

Je prends une grande inspiration, convaincue qu'il va essayer de m'apaiser. Qu'il me dira que je ne devrais pas prendre mes distances, que l'amour valait ce risque ou une autre connerie du même ordre.

Il me regarde, mais je ne pense pas qu'il me voie. Il murmure ensuite :

— Tu as raison.

Les mots restent en suspens entre nous, sombres et sinistres. Je combats l'envie de lui demander ce qu'il se passe dans sa tête, parce que je suis certaine qu'il y a plus que mes problèmes et moi. Il a vu une tragédie aussi, et en ce moment, j'ai envie de le serrer dans mes bras. Partager le peu de forces qu'il me reste. Je pense qu'il en a besoin.

Il se lève, les mains dans les poches, s'éloigne et regarde par l'interstice entre les rideaux.

— Alors, tu es allée à l'école.

J'hésite. Je me demande si je dois insister, mais je ne le fais pas. Je n'ai pas le droit de le faire. À quoi bon ? Cet homme est ici pour me protéger parce qu'Ella le lui a demandé. C'est ce que je veux, moi aussi. Je le veux, lui et ses amis, ainsi que la Garde Nationale s'il peut la mobiliser pour moi. Je veux qu'il découvre qui me recherche et qu'il les fasse disparaître.

Ensuite, je veux disparaître à nouveau et j'espère avoir

des années de calme avant que quelqu'un d'autre ne refasse surface, émergeant de mon horrible passé. Et dans mes rêves, j'aimerais que Liam disparaisse avec moi. Cela dit, j'ai appris il y a longtemps que les livres mentent et que les rêves ne deviennent pas réalité.

Il se tourne vers moi.

— Xena ?

— L'école. Ah, oui.

Je me racle la gorge, essayant de me rappeler ce que j'étais en train de dire.

— Alors… J'ai dû passer mon bac, mais c'était une formalité. J'ai commencé à suivre des cours de commerce au centre universitaire pendant la journée et à faire des passes la nuit. Je continuais à aller à mes réunions des Alcooliques et Narcotiques Anonymes et j'allais voir mon psy toutes les semaines. On pouvait dire que j'avais quelques soucis.

Je croise son regard.

— Tu m'en diras tant, fait-il.

J'éclate de rire.

— Enfin, j'étais déterminée à mettre tout ça derrière moi et à faire quelque chose de ma vie. Rendre mon père fier de moi, tu vois ?

— Je pense que tu l'as fait. Tu as obtenu un travail génial avec Ella.

— Oh, là là. Quelle trouille j'avais, ce jour-là. C'était le jour de mes vingt-quatre ans et j'avais été frappée par un mec la nuit précédente, alors j'avais de vilains bleus sur la joue.

Je désigne l'endroit, comme s'il était toujours rouge et

enflé. Parfois, j'ai l'impression que c'est le cas, il m'a frappée tellement fort !

— Je n'étais pas de bonne humeur non plus, parce que j'avais eu une mauvaise note en rendant un devoir sur les services pour les sans-abri. Le prof avait eu l'audace de me dire que je n'avais pas fait suffisamment de recherches…

J'agite la main avant de me reprendre.

— En tout cas, le fait est que j'étais dans tous mes états. Je suis quand même allée à l'entretien. Je me suis dit que ça pourrait être un bon entraînement, mais j'étais certaine que je ne décrocherais pas le poste. Je n'avais aucune idée de qui elle était quand j'ai postulé. Après avoir eu l'entretien, j'ai appris que c'était une chanteuse pop en pleine ascension. Rien à voir avec la gloire qu'elle connaît maintenant, mais elle passait déjà à la radio. Je croyais qu'il n'y avait aucune chance qu'elle m'embauche.

— Mais tu y es allée quand même.

— Comme je l'ai dit, c'était pour m'entraîner. Je ne sais pas, j'avais juste envie d'y aller.

Il sourit en revenant s'asseoir sur le lit, plus près cette fois.

— L'univers commençait à tourner en ta faveur.

— Peut-être. En tout cas, je suis entrée et elle m'a immédiatement demandé ce qui était arrivé à ma joue. Je ne savais pas trop quoi dire, alors j'ai esquivé, en quelque sorte. Ensuite, elle m'a posé des questions sur les cours, et comme j'étais remontée à cause du devoir que j'avais rendu, je lui en ai parlé. Elle m'a interrogée sur mes recherches, et là j'ai explosé.

— Elle a subi tes foudres à la place de ton prof.

— Un grand moment. Je lui ai dit que je travaillais

dans la rue et que je savais de quoi je parlais, que j'inter-agissais avec les sans-abri tous les jours et que je l'avais moi-même été pendant deux mois avant d'emménager ici, que si elle voulait vraiment le savoir, ma joue avait été fendue par un mec qui croyait avoir le droit de me sauter.

— Alors, que s'est-il passé ?

— Elle m'a demandé quand je pourrais commencer, dis-je avec un rire sans joie. Au début, j'ai cru qu'elle voulait que je couche avec elle… D'après mes recherches, elle avait eu des petites amies.

— Ça ne te tentait pas ?

Je secoue la tête et je le regarde, avant de baisser les yeux sur mes genoux.

— Non. J'aime les hommes, même si la plupart de ceux avec qui j'ai couché ne me plaisaient pas vraiment. Tu es une exception notable.

Il tend la main et la pose sur mon pied, par-dessus la couverture.

— Je suis flatté.

Je lève les yeux et je me perds un peu dans les siens. Dans la force que j'y vois et sa compassion. Je lui raconte toute cette merde, et pourtant rien dans son regard ne me donne envie de me recroqueviller sur moi-même. Je suis la même personne pour lui que celle que j'étais hier ou le jour précédent. À ce moment précis, j'ai vraiment envie de l'embrasser.

— Merci, murmuré-je.

— Pourquoi ?

J'essaie de transformer mes pensées en mots.

— Pour tout, je suppose. Parce que tu me protèges. Parce que tu me touches, expliqué-je en baissant les yeux, interrompant le contact visuel. Parce que tu ne m'as pas demandé si j'avais fait des tests, maintenant que tu connais mon histoire. C'est le cas, tu sais. J'en ai fait plusieurs fois.

J'inspire et je lève les yeux pour surprendre son regard sur moi, plein de compassion… et d'autre chose, aussi.

— En tout cas, merci d'être un mec génial.

— Tout le plaisir est pour moi.

Il sourit, mais je perçois une chaleur spéciale dans sa voix. À moins que j'aie trop d'espoir. Ou que je sois stupide. Parce que j'aime cet homme plus que je ne le devrais. Et je le désire plus que la sécurité ne me l'impose.

Il a eu une vie difficile, lui aussi, je pense. Plus que les souffrances causées par l'enlèvement d'un ami et l'expérience des combats armés, mais je ne veux pas le lui demander. Je suis bien assez mélancolique à l'évocation de mon sombre passé.

— Ella et toi, vous êtes passées d'une relation employeur-employée à celle d'amies proches, dit-il.

Je suis à la fois reconnaissante et frustrée qu'il ne puisse pas lire dans mon esprit. Parce que je suis soudain très consciente de la pression de sa main sur mon pied. Et du fait qu'il soit vraiment très près de moi sur ce lit.

Je ne devrais pas ressentir cela… Je le sais. Et pourtant, je le veux. C'est aussi simple que ça.

Je me mords la lèvre inférieure et me courbe vers l'avant.

— Tu ressembles à Ella, lui dis-je.

— Ce sont mes cheveux, c'est ça ?

Je plisse les yeux, mais à part cela, j'ignore le trait d'esprit.

— Je veux seulement dire que tu es le genre de mec qui me fait peur, habituellement.

— Habituellement ?

Je m'en veux quand il lâche mon pied, puis je souris lorsqu'il se glisse plus près pour me prendre la main, redoublant les battements de mon cœur. J'aime ce sentiment. Allons-nous le faire ou pas ? Je n'ai jamais vraiment connu cela… quelque chose de vrai entre un homme et une femme. Je ne suis pas une experte pour lire les indices et comprendre le flirt. Quand un homme force ou paie, il n'y a pas besoin de subtilités.

La plupart du temps, j'ai peur de mes propres émotions, mais maintenant, j'en ai envie. Peu importe ce que c'est.

Il me tient doucement la main, ses doigts me caressant la peau.

— Habituellement, répète-t-il pensivement. Alors, tu es en train de me dire que je ne te fais pas peur ?

Je déglutis.

— Si tu as fait attention la nuit dernière, tu devrais savoir que tu ne me fais pas peur.

— J'en suis heureux.

Je pose les yeux sur nos mains jointes.

— J'admets que je suis un peu nerveuse.

Son regard croise le mien.

— As-tu une raison d'être nerveuse ?

Toutes les raisons du monde.

— Le fait que tu ne me fasses pas peur, précisé-je tout en entendant mon souffle court dans ma voix. C'est assez effrayant.

Il penche la tête, mais ne dit rien.

— Ne le prends pas mal, mais je ne veux pas me contenter de ne pas avoir peur. Je veux te faire confiance aussi.

— Ce n'est pas le cas ?

Je n'arrive pas à lire sur son visage ni dans sa voix. Je ne sais pas si je l'amuse, si je l'ai offensé, mais je m'empresse de le rassurer et de m'expliquer.

— Jusqu'à un certain point, c'est le cas. Enfin, c'est vrai, je suis ici avec toi et ma vie est entre tes mains, mais ce n'est pas vraiment de la confiance.

— Non ?

Encore une fois, j'essaie de lire sur son visage, sans succès.

— Non, confirmé-je. Ce n'est que du pragmatisme. Je ne pense pas pouvoir réellement faire confiance à quelqu'un à nouveau. J'ai passé trop de temps à regarder par-dessus mon épaule.

— Il y a Ella.

Je le regarde, et je me demande si c'est de l'espoir que j'entends dans sa voix. Ou si c'est une émotion qui m'appartient à moi seule.

— Oui, dis-je. Il y a Ella.

— Mais c'est une femme. Je ne suis pas une femme, Xena.

— Non, clairement pas.

— Et je ne te ferai jamais de mal.

— Je te crois.

Il tend la main pour me caresser la joue avant de glisser les doigts dans mes cheveux.

— Ils sont si doux, murmure-t-il, caressant ensuite ma lèvre inférieure. Et tu es si belle.

— Liam, dis-je à mi-voix.

— Tu ne me fais pas confiance, mais tu me désires.

— Oui.

— Pourquoi ?

— Parce que tu me donnes l'impression d'être en sécurité, et je ne parle pas uniquement des personnes qui me poursuivent. Je veux dire ici, expliqué-je en posant une main sur mon cœur. Je peux être moi-même et non pas celle qu'ils veulent que je sois.

Il fronce les sourcils, son expression soudain plus sombre.

— Je suis désolée, dis-je aussitôt. Je ne veux pas que tu aies l'impression que tu es une session thérapeutique. La nuit dernière, c'était sauvage, mais maintenant, c'est du désir. J'ai seulement envie de toi, Liam. Là tout de suite, je pense que j'ai besoin de toi. Tu ne veux pas ?

Les mots sortent de ma bouche en cascade et je ne suis même pas certaine qu'ils aient un sens. Je passe la langue sur mes lèvres.

Il émet un petit grognement moqueur.

— Comment peux-tu me le demander ? Bien sûr que je te veux. Mais je ne peux pas t'avoir, ajoute-t-il en faisant courir ses doigts dans mes cheveux. Pas comme je le voudrais.

— Mais si. Bien sûr que tu le peux.

Il secoue simplement la tête et j'ai l'impression qu'un poing enserre mon cœur, parce que je suis certaine qu'il me dit non. Enfin, il murmure :

— Tu abats toutes mes défenses.

— C'est bien.

Mais il secoue la tête.

— Non.

Je m'affaisse, déçue, or avant que je puisse objecter ou lui demander plus d'explications, il prend ma tête entre ses mains et m'embrasse.

Alors, je fonds. Les couvertures du lit glissent et je me mets à genoux, me rapprochant de lui.

— Non, répète-t-il avant de m'allonger sur le dos, me plaçant à plat sur le matelas, mon corps sous le sien. Plutôt comme ça.

Je fonds sous son baiser, ses lèvres sur les miennes, ses mains vagabondant sur mon débardeur. Le saisissant par l'ourlet, il me le retire doucement. Il le jette sur la chaise près de la fenêtre, puis referme sa bouche sur mon sein, sa langue produisant des sensations incroyables sur mon mamelon.

Mon corps se cambre, j'en veux plus. Je m'attends à la même sauvagerie qu'hier soir. Une passion primaire et crue dans laquelle je pourrai me perdre.

Mais ses gestes n'ont rien de fougueux. Il est contenu, comme s'il se retenait. C'est si bon, pourtant j'en veux plus, je voudrais le frapper pour qu'il se laisse aller. Qu'il me ravage. Qu'il me prenne. Qu'il me fasse ressentir la passion qu'il a en lui. Surtout, je veux être vraie, parce que je ne l'ai jamais été auparavant.

Je désire tout cela, mais ces pensées et ces envies s'effacent sous la douceur de ses mains. Alors que ses dents mordillent mon téton. Alors que ses doigts descendent sur mon ventre, puis qu'ils me retirent mon pantalon de yoga et l'envoient rejoindre mon haut.

— À ton tour, murmuré-je.

Il acquiesce pendant que je commence à lui retirer ses vêtements jusqu'à ce qu'il se retrouve aussi nu que moi.

— C'est mieux, dis-je en glissant mes mains vers le bas pour trouver son sexe.

Mais il m'agrippe les poignets et les éloigne.

— Pose tes mains sur mon dos, dit-il.

Je m'exécute, savourant la sensation de ses muscles qui se contractent sous mes doigts, pendant qu'il embrasse mon corps, de plus en plus bas, utilisant ses mains pour écarter mes jambes alors que sa langue trouve mon clitoris.

Je gémis et j'arque le dos, essayant de remuer les hanches, mais il me les maintient fermement en place. Tout ce que je peux faire, c'est m'abandonner à cette sensation fabuleuse. Je déplace une main de son épaule à sa tête, où j'appuie pour augmenter la pression. Je suis récompensée quand il passe de petits mouvements joueurs à des caresses du plat de la langue et que ses doigts glissent en moi. Mes hanches se balancent de leur propre initiative dans un effort primaire pour pousser cet homme plus profondément en moi.

— Oui, oui.

Le mot semble emplir la pièce et il me faut quelques secondes avant de comprendre qu'il vient de moi.

Liam remonte sur moi à nouveau, capturant ma bouche au moment où il me pénètre. C'est doux, léger et inattendu. Si différent de tout ce que j'ai connu auparavant. Alors qu'il va et vient entre mes jambes, je sens la pression croissante de l'orgasme qui arrive. Le picotement entre mes cuisses. Mon ventre qui se contracte. Il me murmure des paroles douces et je m'y accroche comme à une échelle, grimpant toujours plus haut jusqu'à atteindre le sommet et ne plus avoir d'autre choix que de tomber, d'éclater en mille morceaux tout en me laissant engloutir par une nuée d'étoiles.

Je tremble dans ses bras, rassurée et heureuse. La nuit dernière, dans le parc, c'était un trésor merveilleux et insensé. Une célébration de la vie. Un testament à ma liberté, parce que Dieu sait que je n'ai jamais pu prendre le contrôle dans mon existence.

Mais ça… Pour la première fois de ma vie, je me sens chérie. Adorée. Respectée.

Ce n'est pas tout ce dont j'ai besoin au lit, je le sais. Ce que je désire, je ne devrais pas le vouloir. Quelque chose qui me fait peur et qui n'effacera jamais ce que j'ai vécu.

Je roule sur le côté et caresse son visage, rugueux à cause de son début de barbe, puis je suis le contour de ses lèvres, douces et gonflées par mes baisers.

— Merci, lui dis-je.

Je soupire alors qu'un infime espoir s'insinue en moi.

Cet homme est un miracle, et je n'ai jamais été femme à croire aux miracles.

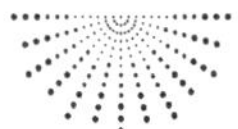

CHAPITRE TREIZE

— Cette salle de bain est absolument géniale, lança Xena, dont la voix parvenait à Liam à travers la porte fermée.

Il sourit. C'était la réaction typique de ses invités quand ils découvraient sa salle de bain, une pièce qui lui donnait toujours le sourire.

— Tu as rencontré les poissons.

La porte s'ouvrit et elle s'avança, en pantalon de survêtement des Studios Universal de Hollywood et t-shirt souvenir de Santa Monica, les cheveux fraîchement lavés tombant en boucles humides autour de son visage.

— Des poissons ? demanda-t-elle en penchant la tête sur le côté, les bras croisés. Quels poissons ?

— Très drôle. C'est vrai que j'ai invité un clown chez moi pour la douche et le déjeuner. Où avais-je la tête ?

Ils étaient arrivés en ville avec un peu d'avance avant la réunion à l'Agence, alors Liam l'avait emmenée à Malibu pour manger, changer de vêtements et de moyen de transport. Même s'il adorait sa moto, il prendrait volontiers une voiture pour le reste de la journée.

— Si c'était ton idée de faire de l'humour, je suis désolé pour toi.

Elle sourit et il lui rendit son sourire, incapable de résister à la bulle de joie qui gonflait en lui en la voyant aussi confortable et détendue.

— Sérieusement, poursuivit-elle. Cet aquarium est génial. Tous ces poissons bariolés. Et toutes ces plantes aussi.

— Je voyage trop pour avoir un chien ou un chat, mais j'aime le sentiment d'avoir de la vie à la maison. Ça me rappelle quand j'étais enfant.

Les zones publiques du manoir Sykes recevaient des livraisons de fleurs et de plantes d'un fleuriste local, mais l'aile qu'il partageait avec sa mère était remplie uniquement par les fleurs et la verdure qu'elle entretenait. Pendant son service au Moyen-Orient, l'odeur de la terre, la fraîcheur des feuilles et les couleurs variées lui avaient tant manqué. Au cours de ses années de voyage pour le magasin et pour Délivrance, il avait seulement réussi à garder un cactus et un aloe vera près de sa fenêtre.

Quand il avait commencé à travailler à l'Agence et qu'il avait emménagé dans l'appartement, il s'était assuré pendant les rénovations d'avoir suffisamment de fenêtres pour procurer de la lumière aux plantes d'intérieur. Il avait rempli son balcon de verdure, au point de rivaliser avec une forêt tropicale.

— Tu leur as donné des noms ?

— Aux plantes ?

— Tu me fais marcher, hein ? Aux poissons. Parce qu'au cas où tu ne l'aurais pas remarqué, ils occupent tout un mur de ta salle de bain.

— Oui. Je suis au courant.

— Et la douche est en verre.

— Vraiment ? Il me semblait bien.

Il devait se retenir de sourire.

— J'ai l'impression que tous ces poissons m'ont reluquée, alors nous sommes assez intimes maintenant. Je devrais connaître leurs noms.

— Je vais m'en occuper. En attendant, ajouta-t-il en se plaçant devant elle pour glisser un bras autour de sa taille, je dirais seulement que ce sont des poissons très chanceux.

— C'est vrai. Après tout, tu te douches là-dedans presque tous les jours.

— Parfois deux fois par jour. C'est ma pièce préférée. Avec mon balcon, précisa-t-il en tendant le pouce au-dessus de son épaule pour montrer la porte en verre qui y menait et la vue magnifique sur le Pacifique.

— Oh, vraiment ? fit-elle en le taquinant. Pas ta chambre ?

— Pour être honnête, je n'utilise pas la chambre pour autre chose que dormir, lire et évacuer la pression.

— Évacuer la pression ? demanda-t-elle en levant les sourcils avec intérêt. Ça me semble être un euphémisme pour ce que nous avons fait ce matin ? Et la nuit dernière.

Il voulait dire non. Lui dire qu'elle était tellement plus que l'un de ces rares coups d'un soir. Cependant, il ne savait vraiment pas ce qu'elle était. Tout ce dont il était certain, c'était qu'il voulait la toucher à nouveau.

Et qu'elle ne pouvait pas être à lui.

Alors, il répondit :

— On peut dire que c'est un euphémisme. Ça ne m'arrive pas souvent.

— Un homme sélectif. Je suis flattée.

La légèreté dans sa voix semblait un peu forcée et sa gorge tressauta lorsqu'elle déglutit.

— Écoute, Xena…

Il s'interrompit.

Que devait-il dire ? Qu'il n'y avait rien entre eux ? Elle le savait. Qu'il la voulait dans son lit à nouveau ? Elle le savait aussi. Que de coucher ensemble n'était pas synonyme d'avenir ? Encore une fois, elle le savait. De plus, elle avait l'habitude de ne pas vivre en couple.

— Quoi ?

Il se frotta les tempes.

— Cet euphémisme, ce n'est rien de plus. Je ne veux pas de relations et il n'y a pas de femme dans ma vie, mais de temps en temps, j'aime assouvir mes désirs.

Elle fit la grimace.

— Tu n'as pas à faire le timide avec moi, tu sais ? Je pourrais certainement te trouver une call-girl expérimentée à un prix raisonnable.

— Merde, Xena, je…

— Désolée. Je suis désolée, dit-elle en glissant les doigts dans ses cheveux. Je suis fatiguée, j'ai faim, et même si nous ne sommes rien l'un pour l'autre, c'est assez bizarre que tu me dises que tu n'as pas de relations et que tu n'as pas de petite amie. Pourquoi mentir ?

— De quoi parles-tu ?

Elle désigna le pantalon et le t-shirt qu'elle avait trouvés.

— Ils ont tout simplement atterri dans un tiroir ? Un tiroir rempli d'affaires de fille, y compris un vibro ?

— Un vibro ? fit-il en se retenant de sourire. Tout ce qu'il y a dans ce tiroir appartient à Denny.

Et il allait devoir faire de gros efforts pour ne pas la taquiner avec cette histoire de vibromasseur, à présent.

— Je ne sais pas de qui tu me parles.

— C'est une amie et elle fait partie de l'Agence, commença-t-il. Elle prend soin de mes plantes et de mes poissons quand je ne suis pas en ville. Elle reste dans la chambre d'amis, en bas, mais je lui ai donné un tiroir ici pour qu'elle puisse utiliser la douche aux poissons.

Ensuite, il entreprit de lui parler du mari de Denny, Mason, revenu après avoir disparu pendant très longtemps.

— Je suppose que le jouet datait d'avant le retour de Mason. Ou alors, elle l'a laissé pour me mettre mal à l'aise si jamais l'idée me prenait de fouiller dans ses affaires.

Ce qui ressemblait beaucoup à Denny. Cela gâchait son envie de la taquiner.

Tant pis.

— Alors, il n'y a rien entre vous deux ?

— Je suis certain d'avoir clarifié ce point précis. Je te l'ai dit. Je n'ai pas de relations. Je n'ai pas non plus d'amitiés spéciales.

— Simple curiosité, je suis quoi, moi ? Avons-nous fini d'évacuer la pression, tous les deux ?

Elle s'appuya contre l'armoire, le dévisageant sans pudeur.

— Tu es une demoiselle en détresse, dit-il, provoquant un éclat de rire de sa part.

— Oui, je suis une demoiselle. Et en détresse, c'est assez juste aussi.

— Exactement. Dans ce genre de situation stressante dans laquelle tu es, dans laquelle *nous* sommes, évacuer la pression pourrait nous faire du bien à tous les deux.

— Je suis d'accord. C'est… c'est quoi le mot, déjà, pragmatique ? Ou peut-être libérateur.

— Les deux.

— On vient de décider qu'on allait le refaire, c'est ça ?

— Je pense, oui.

Elle lui sourit.

— Est-ce que tu sais ce que je veux, là maintenant ?

Il arqua un sourcil et la regarda d'un œil sensuel avant de lancer :

— Déjeuner ?

— Mon Dieu, oui ! s'exclama-t-elle.

Il se rendit compte qu'il s'amusait plus avec cette femme que depuis bien longtemps.

— Ça te dit, des lasagnes ?

— Fabuleux, surtout que je n'ai rien avalé depuis ce Snickers au distributeur du motel, mais je ne pense pas que nous ayons le temps de sortir. Je me trompe ?

— Est-ce que j'ai parlé de sortir ? Viens.

Il l'entraîna hors de la chambre et dévala l'escalier jusque dans la cuisine.

— Je les ai faites le soir avant de partir pour Vegas. Elles sont toujours bonnes, dit-il en sortant un plat de lasagnes du réfrigérateur, glissant deux parts généreuses dans des assiettes destinées au micro-ondes.

Elle regarda les lasagnes, puis lui.

— Sérieusement ?

— Quoi ? Je te promets qu'elles sont toujours bonnes. On peut garder des lasagnes quatre ou cinq jours au frais.

Il mit la première assiette dans le micro-ondes.

— Non, non, je suis certaine que ça va. Je suis seulement impressionnée, dit-elle tout en haussant les épaules.

— Bien sûr, je me débrouille en cuisine.

— C'est vrai ?

— Oh, oui. Même les pâtes. Mes nouilles chinoises feraient de l'ombre à ces lasagnes, crois-moi.

— Et tu as dit que tu n'étais même pas allé à l'université.

Elle afficha un sourire satisfait, puis elle s'assit sur un tabouret de bar à l'îlot de cuisine.

— J'ai une question sérieuse pour toi.

— Hmm, hmm.

— Pourquoi tu ne veux pas de relations ?

Il hésita, puis se tourna vers le micro-ondes quand il sonna.

— Disons seulement que toi et moi, nous nous ressemblons plus que nous ne l'imaginions.

Il lui tournait le dos en parlant, et quand il se retourna pour lui donner l'assiette et une fourchette, il put voir l'interrogation dans ses yeux. Il lui était reconnaissant de ne pas lui demander plus d'explications.

Il réchauffa sa part et ils attaquèrent ensemble leur repas, elle au bar, et lui toujours dans la cuisine, à manger sur le plan de travail. Il allait se resservir quand elle lui dit qu'elle avait parlé à Ella.

— Elle a appelé quand j'étais dans la salle de bain. Ils ne peuvent pas me suivre sur mon téléphone, si ?

— Non, dit-il automatiquement avant d'ajouter : je ne pense pas. On le changera au travail, seulement pour être sûrs.

Il ne savait pas à quel point les hommes qui la poursuivaient étaient équipés, mais s'il prenait en considération les années de persévérance, ils devaient avoir de gros moyens financiers. Même si les risques étaient minces, il y avait toujours la possibilité théorique qu'ils puissent la suivre en utilisant son téléphone. Pour Liam, ce n'était pas de bon augure.

— D'accord, dit-elle.

Heureusement pour lui, elle n'insista pas.

D'un autre côté, contrairement aux autres clients qu'il avait eu la charge de protéger, pour Xena, les enjeux étaient réels, pas hypothétiques. Elle savait qu'ils la tueraient parce qu'elle les avait vus faire exactement la même chose à son père. La plupart des gens n'y croyaient pas vraiment, même quand ils fuyaient soi-disant pour sauver leur peau.

— … Alors, merci.

Merde. Il fit la grimace.

— Désolé. Mon esprit vagabondait. Qu'est-ce que j'ai fait pour mériter ce merci ?

— Ella a dit que tu avais envoyé un type. Winston ? Merci de surveiller mes arrières.

— Je suis là pour ça. J'espère qu'il va s'ennuyer à mourir et qu'il n'aura rien à faire, mais je tenais à ce qu'il soit sur place au cas où ceux qui te poursuivent penseraient qu'elle sait où tu te trouves. Ils pourraient essayer de la convaincre de parler.

— Elle ne le sait pas. Je ne lui ai rien dit.

Il prit une gorgée d'eau gazeuse.

— Bien. Winston m'a envoyé un message aussi. Il m'a dit qu'Ella était enchantée qu'il soit là, mais que Rye semblait un peu sur les dents.

Elle prit une autre bouchée, déglutit et haussa les épaules.

— Ça tombe sous le sens, en fait. Il a certainement pensé qu'avec mon départ, tout irait bien. C'est un bon manager, et il l'aime vraiment, mais il est un peu trop protecteur. Je crois que mon passé sordide l'a toujours dérangé.

— J'en suis désolé. Tu as fait un excellent travail pour Ella pendant des années. Toutes ses hésitations auraient dû être effacées depuis le temps.

— Et pourtant, ces types sont méchants. Alors, il a peut-être raison.

Elle haussa les épaules.

Il aurait voulu protester, lui dire qu'elle ne méritait pas la réserve de Rye ni sa condamnation, ou quel que soit le sentiment mitigé qu'il éprouvait pour elle, mais elle était déjà passée à autre chose et elle le remerciait pour le repas.

— C'était délicieux. Tu les as vraiment préparées du début à la fin ?

— J'ai de multiples talents.

— Tu es un homme intéressant, Liam.

— Vraiment ?

— Toutes ces plantes prospères. Un réfrigérateur avec

de vrais plats dedans. Vraiment, je suis impressionnée, confirma-t-elle avec un sourire suffisant. Tu m'as nourrie, habillée. Baisée.

— Ce n'était pas une épreuve, tu sais.

Elle sourit un peu timidement.

— Tu as pris soin de moi de toutes les manières possibles. J'apprécie, vraiment. Je sais que c'est le travail et que je devrais avoir la peur de ma vie, mais ce n'est pas le cas. J'ai l'impression d'être normale. Et même spéciale. Alors, merci.

D'un geste, elle désignait l'intérieur de l'appartement et son assiette.

— Tout le plaisir est pour moi, mais avec des discours pareils, tu vas complètement détruire ma réputation de dur à cuire, tu le sais, non ?

— Je pourrais me laisser persuader de garder ton secret.

Il prit les deux assiettes et les posa dans l'évier, puis il s'adossa contre le réfrigérateur, tourné vers elle.

— Vraiment ? Et quel serait ton prix ?

— Nous avons encore un peu de temps devant nous, dit-elle en souriant. Je pense que nous pourrions évacuer un peu de pression.

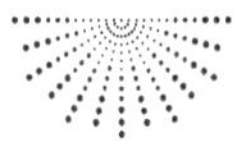

CHAPITRE QUATORZE

— Excusez-moi de faire l'admiratrice transie, mais j'aime tellement la musique d'Ella Love.

— Elle est fantastique, concédé-je, incapable de détourner le regard de cette femme superbe qui se tient devant moi.

Elle est grande et d'une beauté incroyable, avec ses cheveux couleur charbon aux pointes roses et violettes, et son nez orné d'un diamant reflétant la lumière du soleil qui filtre à travers la fenêtre des bureaux de Stark Sécurité.

Ce qui attire vraiment mon regard, c'est le fabuleux oiseau tatoué qui commence sur son omoplate et descend le long de son bras. Elle porte un haut sans manches en soie et un jean ajusté. C'est le plumage coloré que j'ai aperçu en premier quand Liam m'a conduite dans la pièce.

— C'est comment de travailler pour elle ?

— Ellie est géniale, dis-je en toute honnêteté, essayant de me souvenir du nom de la femme. Vraiment. Je n'ai rien de négatif à souligner. Sauf quand elle réagit comme une garce, mais je le lui fais remarquer. Pour être honnête, ça ne lui arrive presque jamais.

— Vous l'appréciez vraiment.

— Oui.

— Je suis heureuse de l'entendre. À force de traîner avec Jackson et Damien, j'ai rencontré quelques célébrités. La plupart sont sympas, mais d'autres sont de vrais cinglés.

— C'est vrai.

Je fronce les sourcils, essayant de démêler ce qu'elle vient de dire. Évidemment, j'ai déjà entendu parler de Damien Stark. Ancien tennisman et entrepreneur milliardaire, il figure souvent dans les journaux. En plus, son nom est sur la porte. Liam m'a dit qu'il avait fondé l'Agence quand sa fille avait été enlevée.

— Qui est Jackson ?

— Le demi-frère de Damien. Jackson Steele. Vous connaissez son travail, ajoute-t-elle. Vous vivez chez Liam, non ? C'est lui qui a fait les rénovations. Et ce bâtiment aussi. Tout ce complexe, en fait.

— Oh ! J'ai entendu parler de lui.

Le Domino est un complexe de bureaux haut de gamme, dans le quartier de Santa Monica, aussi connu comme la Silicon Beach parce qu'il y a beaucoup d'entreprises axées sur les technologies. Ce complexe a fait l'objet de controverses et les journaux en ont souvent parlé au cours de la construction.

— Il est super. Sa femme, Sylvia, et moi sommes meilleures amies depuis toujours.

Je hoche la tête, consciente que je n'arriverai pas à tout retenir.

— Alors, quel est votre rôle ici ? Cassie, c'est ça ? demandé-je, contente de m'être enfin rappelé son nom.

— Cassidy, en fait. Cassidy Cunningham. Tout le monde m'appelle Cass. Et je ne fais rien ici, si ce n'est passer occasionnellement pour emmener Denny déjeuner.

Je regarde dans la salle, réflexe ridicule étant donné que je ne sais pas à quoi elle ressemble.

— Je pensais qu'elle était en vacances. Liam m'a raconté sa terrible histoire à propos de son mari et de son amnésie.

Liam est dans le bureau de Ryan Hunter et il m'a laissée ici avec Cass, qui me tient compagnie. Malgré tout, je suis un peu dépassée.

— Ça finit bien, par contre, dit-elle, évoquant toujours Mason et Denny. Oui, en ce moment, elle se détend sur une plage quelque part. Aujourd'hui, je suis là pour Eliza et Emma. Nous allons prendre l'apéro avant la soirée entre filles et je me suis dit que j'allais passer les chercher.

— Tu peux me les montrer ?

— Alors, là c'est Eliza, dit-elle en désignant une femme aux cheveux châtain qui parle avec un bel homme aux joues creuses et aux cheveux légèrement ébouriffés. Eliza ! s'écrie-t-elle. Tu es prête ?

Eliza lève le pouce, puis elle embrasse l'homme. Un baiser assez poli pour un environnement semi-public, mais on sent tout de même la chaleur sous-jacente.

— Et ça, c'est Quincy, précise Cass. Il y a un truc entre eux.

Je ris.

— J'avais compris.

— Amuse-toi, mon amour, lance Quincy alors qu'Eliza nous rejoint.

Sa voix est grave et suave, avec un délicieux accent britannique.

— Et ne reviens pas trop saoule.

Elle lui répond par un sourire charmeur par-dessus son épaule.

— Tu aimes bien ça, réplique-t-elle avec un clin d'œil.

Je ne doute pas qu'il s'agit d'une allusion entre eux.

Elle se retourne en souriant et me tend la main.

— Salut, vous êtes avec Liam, c'est ça ?

— Euh, pardon ?

Je lui serre la main et Eliza plisse les yeux.

— Vous êtes sa mission. À moins que j'aie été mal informée.

— Oh, oui. C'est ça. Il essaie de m'éviter de mourir.

Elle penche la tête comme pour me dévisager et je me demande si je n'ai pas fait un horrible faux pas. Enfreindre la règle interdisant l'humour macabre dans les bureaux, par exemple. Mais elle ne tarde pas à afficher un petit sourire amusé.

— Je suis certaine qu'il ne vous quitte pas.

Aussitôt, je rougis. Ça fait des années que ça ne m'est pas arrivé.

— Sérieusement, il est super au travail. Quoi qu'il arrive, il vous protégera.

— Je sais. Vous travaillez avec lui ?

— Travailler ? Oh, non, je ne travaille pas ici. Je suis une actrice. Sans travail pour le moment, mais j'ai une audition pour un petit rôle dans le prochain film de Francesca Murratti, ajoute-t-elle en mentionnant une superstar dont le nom ne m'est pas inconnu. Alors, j'espère décrocher un emploi rémunéré bientôt.

— Oh.

Je fronce les sourcils en regardant les deux femmes, dont aucune ne travaille ici.

Eliza rit.

— Je suis seulement ici parce que je suis la petite amie de Quincy. J'adore dire ça.

Elle reporte son attention vers Cass.

— On prend un Uber, hein ? Parce qu'on est trois et je ne roulerai pas sur l'une de vos motos.

Cass lève les yeux au ciel, mais Eliza brandit son téléphone.

— Bon, j'appelle le Uber maintenant. Allez !

Je me retourne et je vois qu'elle fait signe à une femme éblouissante, dans l'encadrement de la porte du bureau de Ryan Hunter. Monsieur Hunter est là aussi. Les cheveux foncés et les yeux bleus, il a l'air aussi beau que Liam en costume. Quand il en porte un. Pour le moment, il est en jean, ce qui ne me déplaît pas, étant donné que je suis moi-même en sweat et t-shirt.

Il y a un autre homme avec eux. Puisqu'il tient un ordinateur portable, je suppose que c'est Mario, le technicien de génie qui essaie d'obtenir une image nette du visage de mes persécuteurs.

Liam croise mon regard et lève un doigt, m'indiquant qu'il arrive dans un instant.

— Désolée, désolée, dit-elle. Oh, salut. Vous devez être Xena.

— C'est ça, dis-je avant qu'Eliza et Cass prennent congé.

Emma leur annonce qu'elle les rejoint et je remarque la manière dont Cass tend la main, effleurant celle d'Emma avant que les deux femmes ne s'en aillent.

— C'est un plaisir de faire votre connaissance, me dit Emma.

Je me demande si Cass et elle sont ensemble.

— Désolée pour tout ce que vous traversez, ajoute-t-elle.

— Merci ! Vous travaillez ici ?

— Non, pas du tout.

Décidément, je commence à avoir le sentiment d'être dans une série télé.

Elle a dû remarquer mon expression, parce qu'elle rit.

— Je suis détective privée. J'ai une offre sur la table, et puisque les agents de Stark Sécurité travaillent beaucoup en équipes de deux, Ryan voulait s'entretenir avec Liam et moi.

— Je pensais que Denny travaillait avec Liam.

— Pas d'habitude. Je pense qu'ils sont seulement bons amis. Denny et Quincy font souvent équipe, mais je suppose qu'elle sera avec Mason maintenant. Du moins, jusqu'à ce que le bébé la mette sur la touche pour un moment. Il y a aussi Winston et Leah.

Tous ces noms me donnent le tournis.

— Entre nous, je pense qu'il faudrait plus de femmes ici. Je sais qu'ils cherchent activement. Je sais aussi qu'ils sont très pointilleux sur le recrutement. Je suis flattée, mais j'aime beaucoup mon travail et pouvoir décider des dossiers que j'accepte… Enfin, tout cela ne doit pas être très intéressant pour vous. Réponse courte. Je ne travaille pas ici. Pas encore. Peut-être jamais. Je n'ai pas encore décidé.

— Bonne chance pour la prise de décision.

— Merci ! C'est vraiment super d'avoir pu vous rencontrer. Je suis désolée pour les circonstances difficiles, mais vous êtes entre d'excellentes mains.

— Oui, dis-je en jetant un œil à travers la pièce pour trouver Liam. C'est vrai.

— Les caméras de sa porte sont nazes, affirme Mario.

Il se tourne vers moi et ajoute :

— Vous devriez lui dire de les remplacer.

— Je m'en occupe, dis-je alors que Liam me lance un regard impuissant.

— Heureusement, poursuit Mario, j'ai des compétences de dingue. Encore un peu de travail avec mon programme de reconnaissance faciale – je l'ai créé, on ne le trouve nulle part ailleurs, c'est une spécialité cent pour cent Sanchez – et je devrais avoir une image assez claire pour nous donner des résultats avec les bases de données.

— Combien de temps avant d'obtenir un résultat ? demandé-je.

Mario hausse les épaules.

— Ça dépend de votre chance, et du bon vouloir du système.

— Avec ma chance, on devrait avoir des résultats dans le prochain millénaire.

— Avec ta chance, dit résolument Liam en serrant ma main sous la table, nous les aurons demain.

Je lève un sourcil, parce qu'il se fait des illusions, de toute évidence.

— Je suis avec Liam sur ce coup, dit Quince. Après tout ce que vous avez enduré, non seulement vous tenez debout, mais vous avez un emploi formidable auprès d'une femme incroyablement généreuse.

Parce que Liam m'a dit que c'était mieux ainsi, tout le monde dans cette pièce est au courant de ma vie vraiment paumée. Je sais que c'est nécessaire, mais ça ne me va pas.

— Sans préciser que je surveille tes arrières, ajoute-t-il avec un sourire joueur.

Je lui réponds par un demi-sourire.

— Un travail auquel je ne peux pas retourner et une femme dont j'ai mis la vie en danger.

— Oui, répète Liam, mais moi et toute cette équipe, on est là pour toi.

— Liam…

— Non, dit-il sans la moindre trace d'humour dans la voix. Je le pense. Tu as survécu à une vie en enfer, Xena. Maintenant, tu as des gens bien pour t'aider. Ella. Nous. Peut-être que tu n'as pas eu de chance pendant un moment, mais elle tourne. Aide-la à changer encore plus en nous aidant.

Je m'affaisse un peu, parce qu'il a raison.

— Je sais. Je suis désolée.

Je les regarde les uns après les autres, autour de la table. Ryan, qui m'a demandé de ne pas l'appeler Monsieur Hunter, Quincy, Mario, Trevor, Leah, et bien sûr Liam. Je sais qu'il y a aussi quelques nouvelles recrues qui sont sur des missions d'essai, mais c'est l'équipe qui travaille sur mon dossier, en plus de Winston. Liam est aux commandes, bien sûr.

— Merci. J'ai vraiment le sentiment que ma chance est en train de changer.

— L'objectif à court terme, dit Liam au groupe, est de garder Xena en sécurité et d'arrêter les deux harceleurs. Les utiliser pour nous mener à la personne qui tire les ficelles. Le but, à plus long terme, est de démanteler toute l'organisation en présumant qu'elle existe toujours. De toute évidence, nous aurons besoin des forces de l'ordre pour réussir, mais ils devraient être contents que nous ayons pris la tête des opérations. Ryan va parler au colonel Seagrave, du centre des opérations, pour voir si nous pouvons obtenir un soutien supplémentaire des services des renseignements, et il a déjà appelé l'agent McKee. L'agent McKee est au FBI, m'explique-t-il, et le centre des opérations est une organisation des renseignements. Nous avons déjà travaillé avec les deux agences.

J'en ai le tournis.

— Attends une minute. Tu parles d'une enquête qui pourrait prendre des années.

— C'est possible, dit Ryan. Mais si on les fait tomber, ça vaut le coup.

— Je ne peux…

Je m'interromps avant de paraître stupide. J'étais sur le point de dire que je ne peux pas mettre ma vie en suspens pendant des années, alors que c'est déjà le cas. Je n'ai jamais eu la chance de véritablement pouvoir commencer à vivre. Je ne le pourrai jamais, sauf si je parviens à retirer ce fardeau de mes épaules.

Je pourrais fuir, bien sûr. Je pourrais quitter la maison

de Liam au milieu de la nuit et simplement filer. Quitter le pays, me créer une nouvelle identité. Une semaine plus tôt, c'est certainement ce que j'aurais fait. Mais être avec Liam, parler avec lui et le toucher, cela m'a donné encore plus envie d'avoir une vraie vie à moi. Il m'a ouvert une porte, et je pense – non, je sais – que je veux la franchir.

Je prends une grande inspiration et je hoche la tête.

— Je suis un peu submergée par tout ça, mais d'accord. C'est seulement...

Je regarde Liam, me sentant tout à coup désespérée.

— Ça va, dit-il. Qu'est-ce qu'il y a ?

— Je ne peux tout de même pas rester ici pour toujours. Et je ne peux pas retourner près d'Ella, si ? Je la mettrais en danger. Je vais bien devoir manger et dormir quelque part, par exemple. Quel métier vais-je pouvoir exercer ?

— Je pense que nous trouverons quelque chose, intervient Ryan. Nous sommes en sous-effectif pour le côté administratif en ce moment.

Mon regard alterne entre Liam et Ryan.

— Vraiment ? Je peux travailler ici pendant que vous, les gars, vous faites votre boulot ?

— D'après Ella, tu es un bourreau de travail, tu as le souci du détail et tu es efficace. Je pense que nous pouvons utiliser ces compétences.

Je fronce les sourcils en réfléchissant.

— Tu y avais déjà pensé, non ?

— J'ai demandé à Ryan d'appeler Ella quand nous étions dans son bureau.

— Oh. Merci.

Je suis follement heureuse qu'il soit aussi attentionné.

Nous partageons un sourire jusqu'à ce que je détourne le regard pour fixer mes mains.

— Premièrement, commença Ryan, nous devons avoir le plus d'informations possible de votre part. Lieux. Noms. Je sais que ça fait des années, mais tous les détails dont vous pouvez vous souvenir nous seront utiles.

De l'autre côté de la table, le téléphone de Mario émet un son de machine à sous qui a gagné le gros lot. Il saute sur ses pieds et marmonne « ordinateur central » avant de détaler.

— Croisons les doigts pour que ce soit le logiciel de reconnaissance faciale, intervient Trevor, et pas une nouvelle touche sur le site de rencontres de la semaine.

Leah lui donne un coup de coude et lui fait signe de se taire. Je suppose que Mario ne sort pas beaucoup.

Leah mesure à peu près ma taille et ses cheveux forment une masse de boucles. Ils doivent être naturelle-ment blonds, mais le doré souligne son visage. Elle a une mâchoire carrée, équilibrée par la monture noire de ses lunettes ovales. Elle n'est ni jolie ni mignonne. Mais des quelques minutes que j'ai passées à lui parler, je devine qu'elle est très vive.

D'après Liam, Trevor, Denny et elle ont tous conduit des travaux liés à la sécurité sous les ordres des Ryan chez Stark International, avant que Stark Sécurité ne soit créé. Avant cela, Trevor et Leah ont travaillé avec lui dans sa propre entreprise de sécurité, que Damien Stark avait achetée des années plus tôt.

Il y a une aisance certaine entre Trevor et Leah. Ce n'est pas difficile de croire qu'ils ont été dans les tranchées ensemble. À leur façon de plaisanter, j'ai cru au début qu'ils sortaient ensemble.

— Trev est gay, alors non, m'a expliqué Liam après notre arrivée dans les bureaux, juste avant la réunion. Son mari l'a quitté il y a quelques années, et depuis ils sont colocataires. Voilà pourquoi ils sont si proches.

— Et Leah ? Elle est homo, elle aussi ?

— Je ne pense pas. Denny a mentionné un homme avec qui elle sortait. Pour être honnête, je ne sais pas trop. Elle garde sa vie privée très secrète et je ne suis pas du genre indiscret.

À présent, Ryan reprend la conversation, tourné vers moi.

— Des noms ? répète-t-il. Des détails ?

— D'accord. Je n'en ai pas beaucoup. Les clients utilisaient toujours un nom de code.

— Ce n'est pas grave. Nous ne sommes pas trop intéressés par les clients, mais plus par les acteurs principaux. Les hommes de main autant que les cerveaux. Tout le monde.

— Je n'ai pas entendu grand-chose, mais l'homme qui… qui a tiré sur mon père. J'ai mis un point d'honneur à apprendre son nom. C'est Noyce. Edward Noyce.

— Excellent, dit Quince avant de taper quelque chose sur son téléphone. Si Mario est à l'ordinateur central, il peut lancer une recherche. Quelqu'un d'autre ?

— J'étais tout le temps défoncée. Il y a beaucoup de choses qui sont floues dans ma tête. Surréalistes. Cela dit, je me souviens de quelque chose, ou du moins je pense m'en souvenir. Ce n'est peut-être même pas réel.

— Dis-nous ce que tu as dans la tête, dit Liam en

posant sa main sur la mienne. Nous nous débrouillerons avec.

— D'accord. Bien sûr. Bon, alors…

J'inspire profondément. Je n'ai pas envie de retourner dans ces souvenirs, mais je sais qu'il le faut.

— Il y a eu une fois où tout le monde dans l'immeuble était complètement paniqué. Comme si le monde allait s'arrêter si tout n'était pas parfait. Le client venait de quelque part en Europe et c'était un homme très riche. J'ignore pourquoi je le sais, mais je pense que c'est juste. Tous, ils en parlaient comme si c'était le chef absolu, vous voyez ?

— Vous avez entendu son nom ? demande Trevor.

— Je pense. Il était un peu bizarre. Étranger. Alors, c'est possible que ce ne soit pas tout à fait exact. Il me semble qu'ils l'appelaient Corbu.

Les yeux de Liam s'agrandissent et Quince laisse échapper un sifflement.

— Quoi ? demandé-je en regardant autour de la table.

— C'est bien le bon nom. Tu viens de rendre ce dossier dix fois plus facile.

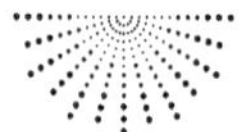

CHAPITRE QUINZE

Corbu.

Liam croisa le regard de Quince. Ce dernier fronçait les sourcils. Quince et Eliza s'étaient retrouvés récemment quand l'Agence avait travaillé avec une force opérationnelle européenne dans l'optique de mettre sous les verrous le baron d'un infâme trafic sexuel. Plus précisément, on avait chargé l'Agence de soutirer des informations sur les opérations de Corbu à une vermine du nom de Scott Lassiter. Un homme qu'Eliza poursuivait aussi, pour des raisons complètement différentes.

— Je ne comprends pas, dit Xena quand Ryan s'excusa pour aller dans son bureau. Qu'est-ce que j'ai dit ?

— Le mot magique, répondit Quincy. Corbu est en détention provisoire. Ce qui signifie que nous avons de bonnes chances d'avoir des réponses.

— Sérieusement ?

Cette fois, la question était un murmure. Elle saisit la main de Liam et la serra fort. Il fit de même, heureux de sentir cette douce familiarité entre eux.

— Sérieusement, lui assura Liam avant de lui donner un rapide résumé de l'opération délicate.

— Alors, non seulement il croupit en prison, mais il donne des informations à cette force opérationnelle sur les différentes cellules ?

— L'Agence n'a pas joué de rôle depuis son arrestation, précisa Liam, mais d'après ce que j'ai compris, il coopère. Ses différents interlocuteurs à travers la planète sont en train de chanter bien comme il faut.

Il sourit malgré lui. Parfois, le système fonctionnait à merveille, et il se pouvait bien que ce soit justement une de ces fois-là. Peut-être – seulement peut-être – Xena allait-elle avoir de la chance.

Une porte claqua de l'autre côté de la salle ouverte et Mario se précipita à l'intérieur, agitant un papier imprimé.

— Je suis un génie ou pas ?

— Oui, Mario, tu es l'homme de la situation. Vraiment.

Près de la machine à café, Leah siffla.

— Je n'irais pas jusque-là, mais tu tiens clairement quelque chose.

Mario posa les mains sur les hanches.

— Allez, Leah. Tu sais que tu en as envie.

— Pourtant, mes pieds ne bougent pas.

— Les enfants, gronda gentiment Quince.

Xena se pencha vers Liam.

— Est-ce qu'ils… ?

— Je n'en ai aucune idée.

Il avait abandonné l'idée d'essayer de comprendre Leah et Mario. La plupart du temps, il pensait qu'ils flirtaient. Sinon, il n'y pensait pas du tout. En conclusion, ils finiraient soit au lit soit sur un ring. Tant qu'ils continuaient à faire un travail magnifique, les deux éventualités lui convenaient.

— Pourquoi seriez-vous l'homme de la situation ? demanda Xena, ce à quoi Mario répondit par une révérence.

— Parce que c'est dans mon sang, merci. Heureusement que quelqu'un suit, ici.

Liam regarda le technicien et se racla la gorge.

— Les visages, dit Mario en posant les impressions sur le bureau. Oui, je les ai mis tous les deux dans la base de données. Alors, faites brûler de la sauge, faites une prière, portez vos sous-vêtements porte-bonheur. Nous aurons peut-être une correspondance bientôt.

— Je porte toujours mes sous-vêtements porte-bonheur, répliqua Quincy, pince-sans-rire.

Il jeta un œil vers les feuilles, puis il les fit glisser vers Xena.

— Ils vous semblent familiers ?

Liam se pencha plus près, inspectant les photos avec Xena, impressionné par la restitution que Mario avait su tirer des pixels. À l'exception de l'autre soir, à la cabane, il ne les connaissait pas. Il observait le visage de Xena, guettant une réaction.

Elle demeura impassible.

— Désolée. Je les ai peut-être connus, mais là, ça ne me dit rien.

— Ce n'est pas grave, lui assura Liam. Tu es partie il y a des années, et ces mecs sont des hommes de main. Ces gens-là changent souvent. Enfin, ils nous conduiront jusqu'à celui qui tire les ficelles, et j'ai le sentiment que tu sais qui c'est.

Elle croisa les bras autour de son buste.

— J'aimerais bien, ça aiderait beaucoup. Et en même temps, je voudrais qu'il ne reste rien de tout cela dans ma tête.

Il posa la main sur son dos, la caressant légèrement. Il aurait voulu pouvoir en faire plus. Il le pouvait, bien sûr. Il pouvait faire son travail. Il pouvait retrouver le type qui avait envoyé les hommes de main et il pouvait arrêter ces salauds. Il allait le faire.

Un moment plus tard, la porte du bureau de Ryan s'ouvrit brusquement et il traversa la pièce à grandes enjambées, le visage impassible.

— Mauvaises nouvelles ? demanda Liam.

— Bonnes, en fait. Ou potentiellement bonnes. Je viens de raccrocher avec Enrique Castille, annonça-t-il.

En se tournant vers Xena, il précisa :

— Il est à la tête de la force opérationnelle européenne qui se charge de Corbu.

— Et ? insista Quince.

— Ils ont bien bossé. Corbu chante enfin. Apparemment, son fils a été enlevé par un concurrent et il a besoin de leur aide pour le retrouver. Et faire tomber son ennemi.

Leah se pencha en avant, le menton posé sur sa main.

— En quoi est-ce que cela nous aide ?

— Tous les petits chefs ont été retrouvés. Y compris Alberto Miro, le connard qui gère la cellule de New York. Son organisation a été prise dans les filets.

Xena regarda tour à tour Ryan et Liam, sa tête alternant d'un côté à l'autre comme si elle avait du mal à suivre. Liam ne pouvait pas le lui reprocher, il ne savait pas où Ryan voulait en venir.

— Si toute l'organisation a été attrapée, alors qui me pourchasse ?

Un sourire froid apparut sur le visage de Ryan.

— J'ai dit qu'ils étaient tous dans le filet. Mais l'un a réussi à s'échapper.

— Noyce, souffla Xena en tendant la main pour prendre celle de Liam.

— Bingo. Il a eu un requin comme avocat et un alibi pour tous les crimes qu'on lui a attribués, sans mentionner une histoire avec Miro que son avocat a exagérée.

— Il a tué mon père et il est libre ?

Ryan s'assied au bord de la table de conférence, à côté de lui.

— Apparemment, il prétend qu'il est allé à une fête sans se rendre compte que les filles n'étaient pas consentantes. Quand il l'a appris, il a été dégoûté et il est parti.

— Ce sont des conneries.

— Je sais. Les forces opérationnelles le savent. Ce dont ils ont besoin, c'est une preuve, et Mira n'en avait aucune à donner.

— Mais il y a une preuve, dit Liam en serrant la main de Xena. Xena a été témoin quand il a tué son père.

Elle déglutit de manière audible.

— C'est pour ça qu'il veut me tuer.

— Et c'est pour ça que nous allons le coffrer, dit Liam.

Il avait horreur qu'elle soit dans la ligne de mire, et en

même temps, il était soulagé de savoir pourquoi. Plus important encore, ils savaient *qui*.

Ils avaient une cible, maintenant, et Liam ne se reposerait pas tant que le connard ne serait pas en prison ou mort.

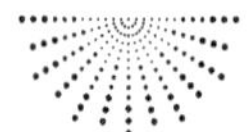

CHAPITRE SEIZE

— Je crois qu'il est temps pour vous de faire un petit voyage, me dit Ryan. Sur le papier, du moins.

Je regarde Liam, alarmée.

— Pardon ? Qu'est-ce que ça veut dire ?

— Ça veut dire que Leah va prendre les commandes, répondit Liam. Sauf si Ryan a autre chose en tête.

— Non, tu m'as parfaitement compris.

— Un aller-retour ?

Leah sourit et me fait un clin d'œil avant d'ajouter :

— Ça marche.

— C'est quoi ?

— Si quelqu'un vous a suivis jusqu'à Los Angeles, nous devons faire une diversion, précise Leah.

— Nous avons été prudents, insisté-je. Impossible qu'ils aient pu nous suivre depuis la cabane.

Ryan retourne dans son fauteuil en bout de table.

— Je ne dis pas que ce n'est pas le cas, mais même sans

Liam, il semble évident que vous viendriez ici. C'est ici que vous habitez, non ?

— Oui. Je loue l'appartement au-dessus du garage, chez Ella.

— Alors, si vous avez quitté le concert après une agression, il y a des chances que vous rentriez à la maison. C'est ce qu'ils penseront certainement, en tout cas, alors nous allons laisser le temps porter ses fruits.

Je lance un regard affolé à Liam.

— Mais je n'y suis pas. Je ne veux pas retourner là-bas. S'ils le surveillent…

— Tu n'iras pas, dit calmement Liam. Tu resteras ici avec moi.

— Ce soir, corrige Ryan, elle reste chez Emma.

— Mais…

Il lève une main pour faire taire Liam.

— Laisse-moi terminer.

Je jette un regard à Liam, qui dévisage son chef avec méfiance. Il laisse Ryan continuer sans protester. Pour le moment, du moins.

— Continue.

— Je veux que vous appeliez Ellie. De votre téléphone, ajoute-t-il en faisant glisser mon appareil vers moi.

L'Agence m'en a déjà donné un autre à utiliser pendant que ce cauchemar était en cours, et maintenant je ne veux même pas toucher mon vieux téléphone, au cas où Noyce et ses hommes me traqueraient par ce moyen.

— Ne le faites pas ici. Et ne le rallumez pas tout de suite. Liam peut vous emmener à la plage en allant vous déposer chez Emma. Trouvez un endroit pour manger un morceau, d'accord ?

Je regarde Liam et je hoche la tête.

— Ensuite, appelez Ellie. Remerciez-la pour la cabane et racontez-lui ce qu'il s'est passé, sans mentionner que vous savez qui est derrière tout ça. Dites-lui que vous avez besoin de quitter Los Angeles puisqu'ils sont à votre poursuite. Dites-lui que vous…

— Que je vais à Paris ?

Avec Liam, pensé-je.

Je suis folle, bien sûr. Je n'ai même pas de passeport, mais je parie que l'Agence pourrait m'en procurer un si nécessaire.

— À Seattle, dit-il.

— Oh, ce n'est pas Paris, mais ça me va. Je n'y suis jamais allée.

— Et vous n'irez pas maintenant, annonce Ryan.

Décidément, je n'y comprends rien.

— Dites-lui que vous savez où vous allez vous installer le temps que ça se tasse, et que vous l'appellerez une fois que vous y serez. En attendant, Liam, tu appelleras aussi Ellie. Dis-lui de mentionner l'appel et les projets de Xena auprès d'un membre du personnel envers qui elle se confie habituellement, mais de le faire à portée de voix d'autres équipiers. À un endroit où elle pourrait être entendue.

— Pourquoi ? demandé-je.

— Tu m'as dit que personne ne t'avait suivie à la cabane d'Ella, dit Liam. Ce qui veut dire que quelqu'un a balancé l'info. Donc ils ne traquent pas ton téléphone. Espérons que l'annonce de ton départ de Los Angles passera par leur taupe.

Je fronce les sourcils.

— Il n'y a pas beaucoup de personnes qui connaissent la cabane. Si, Rye, mais il ne ferait pas de mal à Ella, et me faire du mal reviendrait à lui en faire. L'avocat et le comptable d'Ella sont au courant, mais ils sont tous les deux adorables. Son producteur de la maison de disque, aussi, mais il n'était pas là. C'est tout. Ce sont toutes les personnes qui savaient où j'allais.

— Tu penses que c'est tout, précise Liam.

Je n'ai pas de réponse à cela.

— Bon, d'accord. Pourquoi est-ce que je vais à Seattle ? Et pourquoi on les envoie sur mes traces ?

— Vous n'y allez pas, déclare Leah. C'est juste un échange. Je vais prendre votre place.

Je secoue la tête.

— Non, pas question.

Elle fait un signe de la main.

— Oh, je vous en prie. C'est mon métier.

— Vous balader à travers le pays en faisant semblant d'être une ancienne prostituée qui se fait poursuivre par des trafiquants sexuels ? Quoi ? dis-je en réaction au regard noir de Liam. C'est ce que je suis.

— Non, c'est ce que tu as été forcée de faire pour survivre. Tu as réussi à t'en tirer. Tu continues, et nous sommes là pour t'aider. Laisse-nous t'aider.

— Au risque de la faire buter ?

— Tout se passera bien, m'assure Leah. Je vais aller à Seattle et lui envoyer un message de là-bas. Avec votre téléphone, bien sûr. Ensuite, Ella va diffuser le message de son côté.

— Enregistrons Xena disant qu'elle est là, mais avec des parasites sur la ligne, suggère Mario. Tu pourras appeler Ellie et lui faire entendre sa voix. La voix de Xena dira qu'elle va continuer par messages parce que la connexion est vraiment mauvaise, ce qui te permettra d'échanger avec Ellie en te faisant passer pour elle.

Leah acquiesce.

— Excellent. Comme ça, nous les aurons, qu'ils surveillent son téléphone, ses messages ou les conversations d'Ellie.

— Et ensuite ? demandé-je à Leah.

— Ensuite, je prendrai un ticket de retour à mon propre nom. Je rentrerai à la maison, et Xena Morgan restera à Seattle.

Je les regarde tous autour de la table.

— Est-ce que ça va marcher ?

— Oui, répond résolument Liam. Tout ce que nous faisons, c'est gagner du temps et de la sécurité.

— Qu'est-ce que tu as pour moi ? demande Quincy.

— J'espérais que tu irais outre-Atlantique et que tu rencontrerais Enrique en personne. La force opérationnelle fait du bon travail, mais je veux tes yeux sur leurs informations. Ils acceptent de te laisser interroger certains des hommes qu'ils ont déjà en détention provisoire.

— Mon passe-temps préféré en Europe, interroger des connards.

— Si quelqu'un peut soutirer plus de détails à un prisonnier, c'est bien toi, ajoute Ryan.

— Un honneur douteux, mais vrai, affirme Quincy.

Je regarde Liam et il hoche la tête. Je m'adosse dans ma chaise, un peu étourdie d'apprendre que le Britannique en apparence si affable est un maître des interrogatoires. D'un autre côté, toute cette opération m'étourdit.

— J'y vais demain et je prends Eliza avec moi. Je lui promets un voyage à Londres et à Paris depuis un moment.

— Rien de tel que l'espionnage pour épicer les vacances d'une fille.

— Je parie qu'elles seront épicées d'une autre manière aussi, intervient Trevor.

Quincy sourit.

— Vous savez ce qu'on dit à propos du travail et du plaisir.

Leah lève les yeux au ciel.

— Quand veux-tu que je parte ?

— Demain matin, précise Ryan.

— Oh, tant mieux. J'avais peur que tu dises ce soir, et je ne veux pas rater la soirée entre filles.

Ryan hoche la tête.

— C'est pour ça que tu ne pars pas avant demain. Vous vous retrouvez toutes chez Emma, c'est ça ?

— Oui, pourquoi ?

— Parce que je veux que Xena vienne avec vous.

— Waouh, fait Liam. Elle reste avec moi. Je ne me sentirais pas du tout émasculé en me joignant à une soirée entre filles, mais je ne pense pas que les femmes souhaite-ront ma présence.

— C'est pour ça que je suis rassuré que cette soirée se passe chez Emma. Est-ce que tu doutes qu'elle y soit en sécurité ?

— Euh, je serai là, moi ! s'exclame Leah.

— Tu es très compétente, dit Ryan. Emma un peu plus. Et puis, sa maison est une forteresse.

— Emma ? dis-je en me demandant de quel genre de compétences cette femme dispose. Elle m'a dit qu'elle était détective privée.

— Elle est beaucoup plus qu'une détective privée, précise Liam.

Aussitôt, mon imagination s'emballe.

— Qui d'autre sera là ?

Leah compte les invitées sur ses doigts.

— Moi, Emma, Eliza, Cass, Jamie. Peut-être Sylvia. Comme Denny et Nikki ne sont pas en ville, je pense que c'est tout.

— Je n'arrête pas de leur demander de m'inviter, dit Trevor en me faisant un clin d'œil. Pour le moment, je n'ai pas eu cette chance.

— Jamie et Eliza seront là, indique Mario à Liam.

Quelqu'un m'a dit que la femme de Ryan s'appelait Jamie, il me semble. Et je sais qu'Eliza et Quincy sont ensemble.

— Si Ryan et Quincy ne demandent pas à ce que la soirée soit annulée, poursuit Mario, alors on peut dire que ta meuf est en sécurité.

J'attends que Liam rétorque que je ne suis pas sa meuf, mais il se contente de hocher la tête.

— Bien, s'ils pensent que Xena est à Los Angeles, ils vont la chercher à son appartement ou au mien. Il serait logique de déduire qu'elle est chez moi, puisque j'étais avec elle à la cabane.

— Exactement, dit Ryan.

— Qu'est-ce que vous faites pendant une soirée entre filles ? demandé-je.

— On boit. On parle. Habituellement, on regarde un film. La plupart du temps, ça se termine vers minuit, mais je crois qu'aujourd'hui, nous allons toutes dormir chez elle. Une soirée pyjama, en quelque sorte.

— D'accord, dis-je en me demandant non seulement ce que je vais porter pour dormir, mais aussi comment je vais devoir me comporter.

J'ai un peu traîné avec Ella, mais je n'ai jamais fait de soirées pyjama. Ni de soirées entre filles. Ni rien de ce genre. Jamais. Pas même au collège.

Je tends la main pour prendre celle de Liam et la serrer fort. Parce que maintenant, la perspective de passer du temps avec un groupe d'inconnues me fait encore plus peur qu'Edward Noyce et ses gros bras armés.

Il faut environ quarante-sept secondes pour que ma nervosité disparaisse après qu'Emma m'a accueillie dans sa jolie petite maison de Venice Beach. Une maison qui, selon Liam, n'est pas qu'un adorable bungalow comme on pourrait le croire.

— J'ai fait beaucoup de travaux, répond vaguement Emma quand je demande à en savoir plus.

Je n'ai pas envie d'insister pour avoir plus de détails, mais j'ai le sentiment que c'est une situation où elle me répondrait : « Je pourrais te le dire, mais je devrais te tuer ensuite. »

Je suis la dernière à arriver. Je porte un jean appartenant à Denny et mon débardeur fraîchement lavé, avec la promesse de Liam que nous irons dans un magasin dès demain. Je lui ai demandé l'autorisation de passer à mon appartement pour récupérer mes propres vêtements, mais je n'ai pas été surprise quand il a rapidement rejeté cette suggestion.

Je ne sais pas si Liam a dit à quelqu'un que je ne bois pas, mais je suis enchantée de voir qu'en plus des nombreuses bouteilles de vin et l'impressionnante sélection d'alcools forts sur l'îlot de cuisine, qui sert actuellement de bar, il y a aussi une variété de sodas et d'eaux gazeuses aromatisées. Je me sers une eau à la framboise et je suis Emma dans le séjour. Cass se dirige vers moi pour me saluer en me disant qu'elle est contente que je vienne passer du bon temps avec elles. Je remarque qu'elle change de place en retournant s'asseoir, laissant une jolie femme aux cheveux bruns coupés courts s'installer près d'Emma.

Eliza et Leah lui font signe pour la saluer et la jolie femme nous rejoint pour se présenter. Elle s'appelle Sylvia.

— J'ai commencé à participer à ces soirées à cause d'elle, dit-elle en désignant Cass. C'est une bonne pause, loin des enfants. Je les adore, mais parfois, on a besoin d'être avec d'autres adultes.

— J'imagine, dis-je.

Pourtant, j'adorerais être à la maison avec des enfants à moi.

Une chose si normale. Pendant si longtemps, c'était un fantasme que je ne m'autorisais pas, même en pensée. Beaucoup trop douloureux.

Je garde mon sourire poli, parce que je ne veux pas

casser le moral en laissant entrevoir que je pense à mon passé. Si Sylvia remarque mon moment de mélancolie, elle est assez gentille pour ne pas le mentionner.

— Tu dois être Xena, dit alors une femme superbe aux cheveux noirs en sortant de la cuisine, un verre de vin dans chaque main. Je suis Jamie, la femme de Ryan. Sylvia et moi, nous nous connaissons depuis plusieurs années. En tout cas, c'est génial que tu aies pu te joindre à nous. Nous ne faisons pas ça depuis longtemps, pour être honnête. Alors, tu arrives presque au point de départ.

— Super, dis-je en m'asseyant à côté de Leah, qui s'est déplacée pour me faire de la place.

Je suis sincère sur le moment, mais je me rappelle aussitôt que je ne resterai pas parmi elles très longtemps. D'après Liam, maintenant que l'étau se resserre autour de Noyce, il s'attend à ce que nous puissions conclure l'affaire et nous assurer ma sécurité dans un laps de temps assez raisonnable.

Je vivrai toujours à Los Angeles, bien sûr, pas si loin d'ici dans l'absolu, mais je doute que je vienne à ces soirées entre filles. Pas sans relation avec Liam.

Une nouvelle vague de mélancolie me frappe et je dois me forcer à sourire quand Eliza commence à dire qu'elle et Quince partent pour l'Europe demain.

— Il travaillera pendant la journée, mais je planifie déjà les musées que je veux voir. Et bien sûr, nous aurons les nuits pour nous, ajoute-t-elle en battant des cils, fredonnant innocemment pendant que les autres rient.

— Je parie qu'il va te demander en mariage là-bas, dit Leah.

— Oh, je ne pense pas, réplique Eliza. Ça ne fait pas si longtemps.

— Tu es folle, intervient Emma en jetant un œil dans la pièce. Levez la main si vous pensez que ma sœur a perdu l'esprit.

Tout le monde lève la main, sauf moi.

— Je ne pense pas la connaître assez bien, dis-je quand Emma lève un sourcil.

— C'est de bonne guerre. Mais toi, ajoute-t-elle en parlant à Eliza, tu es folle si tu penses que ça ne fait pas assez longtemps. Ça fait des années. Tu sais très bien que vous êtes faits l'un pour l'autre.

— Oui, mais ça ne veut pas dire qu'il va…

— Il le fera, déclare fermement Leah.

— Bon, cède Eliza. Je n'aurai qu'à lui dire que j'ai besoin de temps pour réfléchir. Je ne voudrais pas qu'il pense que je suis profondément amoureuse de lui ou quelque chose comme ça.

Toutes éclatent de rire et je suis trop curieuse pour ne pas poser la question.

— Depuis combien de temps êtes-vous ensemble ?

Eliza fait une grimace.

— C'est une question plus compliquée que tu ne le penses.

— Ils étaient ensemble il y a longtemps, et ensuite ce connard de destin est intervenu et les a séparés, explique Emma. Ça a été toute une histoire pour qu'ils se remettent ensemble. Du genre des poèmes épiques d'Homère, au moins.

— C'est ça, fait Eliza, moqueuse. Ma relation avec Quincy est exactement comme dans *L'Odyssée*. Tu es tellement bizarre.

— Vous trouvez que je suis bizarre ? rétorque Emma en dirigeant la question vers Cass.

— Franchement, oui.

— Elle a raison, reprend Eliza. C'est sûrement pour ça que je t'aime tant. Et pourquoi est-ce qu'on parle de moi, d'abord ?

— Exactement, renchérit Leah. On devrait parler des hommes.

— Hmm, fait Cass, déclenchant l'hilarité générale.

— Est-ce que Trevor est hors limites ? s'enquiert Leah. Parce que je veux vraiment savoir ce que nous allons faire à son sujet. Enfin, il est génial comme colocataire, mais ce garçon est célibataire depuis trop longtemps.

— Est-ce qu'il a ramené quelqu'un à la maison récemment ? demande Eliza.

— Non, fait Leah en haussant les épaules. Ça lui arrive de ne pas dormir là, mais quand je lui pose des questions, il me répond seulement qu'il est resté avec un ami plutôt que de prendre un Uber. Je suis triste pour Trevor. Jasper et lui allaient très bien ensemble.

— Son ex, me précise Jamie, même si je l'avais compris de moi-même.

La soirée continue ainsi pendant une demi-heure environ. Le groupe commente les vies et les relations de leurs amis, demandant au passage à Jamie quand Ryan et elle vont commencer à fonder une famille…

— Euh, nous ne sommes pas prêts ! répond-elle.

Quelqu'un demande quand Nikki et Damien reviendront au pays, mais personne ne le sait… Apparemment, toute la famille et leur gouvernante sont en Europe, combinant un tour des propriétés Stark, des affaires et des vacances en famille.

— Les vacances en famille et les affaires ne sont pas censées faire partie de la liste des sujets de conversation de ce soir, mentionne Sylvia. Pas alors que j'ai des enfants à la maison et du travail étalé partout sur la table de la salle à manger.

— Bon, eh bien, parlons de sexe, intervient Jamie. Ou des trucs nuls qu'on regarde à la télé. Ou de sexe.

Elle se tourne vers moi.

— Est-ce que Liam et toi… Tu sais ?

De l'autre côté de la pièce, Sylvia se récrie.

— Jamie !

Elle se tourne vers moi.

— Tu dois l'excuser. Elle n'a pas de filtres, cette fille.

— Si, j'ai des filtres, répond Jamie. Seulement, je ne les utilise pas. C'est plus amusant.

— Hmm, dis-je.

Je ne sais pas trop quoi répondre. C'est vrai, Liam me protège. Est-ce qu'il pourrait avoir des ennuis si ses collègues apprenaient la vérité ?

— Alors ? insiste Jamie.

Je me demande si je peux invoquer un petit cas d'Ebola et courir aux toilettes.

J'opte pour une approche plus saine en feignant l'ignorance.

— Qu'est-ce qui vous fait croire ça ?

— Quelque chose que Leah a dit tout à l'heure. Je l'ai vu, aussi, quand il t'a emmenée. Il y a une certaine vibration.

— Une vibration ?

— Oui, clairement, fait Eliza, aussitôt soutenue par Cass et Emma.

— Je ne sais pas.

Mais c'est plus fort que moi, j'ajoute :

— Vous avez senti qu'elle venait de lui ou de moi ?

Jamie et Sylvia partagent un sourire, mes joues s'embrasent et tout le monde se met à rire.

— Grillée, fait Jamie.

Même si elle a raison, je ne peux pas me retenir de rire. Je n'ai jamais fait ce genre de soirées auparavant. Passer du temps ensemble à parler, se moquer les unes des autres et s'amuser. C'est agréable. Un peu dangereux aussi, parce que je pourrais vraiment m'y habituer.

Eliza m'apporte un verre d'eau fraîche.

— Qu'il y ait des vibrations ou pas, s'il y a quelque chose entre Liam et toi, je suis heureuse. Ils sont amis depuis des lustres, Quincy et lui, et Quincy espérait qu'il se remettrait avec quelqu'un.

— Se remettrait ?

Elle hoche la tête, puis elle s'assied près de moi.

— C'était il y a longtemps. Il était avec une fille et je suppose que ça s'est mal terminé. Quincy ne connaît pas les détails. C'était avant… Peu importe.

— Avant Délivrance ? demandé-je à mi-voix.

— Tu es au courant ? Intéressant…

Je ne prends pas la peine de clarifier que c'était dans le contexte de mon histoire et du trafic sexuel. Je lui demande plutôt ce qu'il s'est passé.

— C'est le problème, dit-elle. Je ne sais pas. Quincy non plus. Tout ce qu'il sait, c'est que Liam s'est brûlé les ailes. Et que depuis, il n'a eu aucune relation.

— Il n'en a pas avec moi non plus. En fait, on en a même discuté.

— Et pourtant, il y a cette vibration, dit-elle avant de faire tinter son verre contre le mien.

J'envisage de protester à nouveau, mais je ne le fais pas. Après tout, le but de cette soirée, c'est de papoter, se faire des amies et s'amuser. Pour moi, fantasmer sur Liam est un passe-temps amusant.

Enfin, la conversation devient plus bruyante et quelqu'un sort le jeu *Cards Against Humanity*. Nous passons un très bon moment à rire, puis nous nous installons sur le sol, le canapé et les chaises pour regarder *Les Gardiens de la Galaxie*, un film que je n'avais jamais vu. Bientôt, je ris tellement fort que j'en pleure.

Non pas parce que c'est sentimental, même si c'est tellement débile que c'est un vrai coup de poing émotionnel, mais parce qu'il est excellent.

Quand je finis par m'endormir dans le canapé-lit de la maison d'Emma, avec Leah sur un lit gonflable à côté de moi, je ne peux m'empêcher de penser que je pourrais vraiment m'habituer à tout cela.

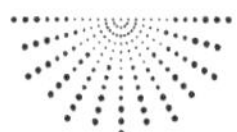

CHAPITRE DIX-SEPT

Pendant les jours qui suivent, je vis aux côtés de Liam.

Je vais avec lui au travail, où je numérise des dossiers, je classe, j'organise, je résume et je me rends utile dans ce bureau incroyablement occupé où il n'y a pas assez de personnel administratif, à l'évidence. C'est un travail intéressant et je l'aime bien. Non seulement j'ai l'impression de contribuer et de ne pas rester simplement assise pendant que les autres me protègent, mais je travaille à nouveau, et le boulot est important.

Pendant que je travaille, Liam aussi. Ces deux derniers jours, il était principalement au téléphone avec Winston ou avec Mario sur l'ordinateur, à essayer de suivre des pistes sur les déplacements de Noyce.

Malheureusement, ils font peu de progrès de ce côté, mais Liam m'assure que cela fait partie de la procédure et que je finirai par me débarrasser de l'épée suspendue au-dessus de ma tête.

Je le crois et je suis réellement reconnaissante de tout

ce que fait l'Agence. Cependant, chaque fois qu'il m'assure que ce sera bientôt terminé, je sens ma gorge se serrer et un poids peser sur ma poitrine. Parce que cela signifie qu'une fois débarrassée de cette épée, je ne resterai plus dans l'ombre de Liam.

C'est ce que je devrais vouloir. Je devrais avoir envie de retourner dans mon appartement. Reprendre mon travail. Passer du temps avec Ella.

Je devrais avoir envie de parcourir le monde sans avoir à regarder par-dessus mon épaule.

Et c'est le cas. C'est ce que je veux dans mes tripes. Désespérément.

Mais je veux aussi Liam.

Je suis certaine qu'il ne connaît pas la nouvelle direction que mes pensées ont prise et je me sens un peu coupable. Je garde ce secret pour le moment.

Pour Liam, rien n'a changé. Je lui ai dit que je ne voulais pas m'engager et je lui ai donné mes raisons. S'il m'a bien écoutée, il sait que je n'ai jamais voulu attirer qui que ce soit dans ma vie de cible ambulante.

Liam travaille d'arrache-pied pour effacer cette cible. Une fois qu'il l'aura fait…

Enfin, une fois que la cible aura disparu, j'imagine qu'il comprendra. S'il en a envie.

C'est ce qui me ronge, je ne pense pas qu'il le veuille. Il m'a dit qu'il ne voulait pas de relation, et à en croire Eliza, il a toujours mis ses paroles en pratique. Il n'a pas été en couple avec une femme depuis très longtemps, avant même son amitié avec Quincy, et d'après ce que je sais, ils travaillaient tous les deux pour Délivrance.

— Tu as été bien silencieuse ce soir, dit Liam en garant la Range Rover à l'intérieur.

— Je suis fatiguée.

Ce n'est pas vraiment un mensonge. J'ai déplacé environ huit millions de cartons de la zone de stockage à la salle de conférence pour pouvoir commencer à les scanner dans le système.

— Huit millions ?

— J'exagère un peu. Il se peut aussi que j'aie eu un peu d'aide. Ça reste quand même fatigant. Physiquement pour commencer, puis mentalement. Numériser, ce n'est pas la tâche la plus exaltante au monde, mais ça donne le temps de penser.

— Oh ? s'exclame-t-il en éteignant les moteurs et en me regardant. À quoi as-tu pensé ?

— À toi, dis-je honnêtement.

— Quelle coïncidence. J'ai passé beaucoup de temps à penser à toi aujourd'hui aussi, moi aussi.

— J'espère bien, puisque mes fesses sont au centre de ton enquête principale en ce moment.

Je fronce les sourcils.

— Ce n'est pas ce que je voulais dire.

— Je pense que c'était très pertinent, au contraire. J'ai clairement envie d'enquêter sur tes fesses un peu plus.

La chaleur et l'envie s'entrelacent dans sa voix, embrasant mes sens et me donnant la chair de poule. C'est un besoin maintenant familier. Je reconnais immédiatement le désir pour lui. Pour cet homme. Pour son contact. Son odeur. Ses lèvres. Au cours des dernières nuits, j'ai exploré chaque parcelle de son corps et il me suffit de fermer les yeux pour le sentir à nouveau en moi.

Le souvenir est agréable, mais je préfère la réalité, et dès que nous sommes à l'intérieur de la maison, je le pousse contre le mur et pose ma bouche sur la sienne.

— On ne dîne pas ? murmure-t-il quand nous reprenons notre souffle.

— Tu as le choix, dis-je en laissant courir ma langue le long de son oreille. Nous avons un reste de pain de viande. On peut commander. Ou moi.

— Alors, si tu présentes les choses de cette manière…

Je crie quand il me prend par la taille et me pose par-dessus son épaule. Il me donne une petite claque sur les fesses avant de m'emporter à l'étage et de me jeter sur le lit défait.

Je remonte vers la tête de lit en riant alors qu'il grimpe sur le matelas à quatre pattes, avec un regard dangereusement possessif.

— Tu n'as nulle part où aller, dit-il alors que mon dos s'appuie sur les barres métalliques de la tête de lit. Et maintenant, je vais te dévorer.

Au moment où il dit le dernier mot, il m'attrape par les chevilles et me fait glisser sur le lit. Je suis toujours en talons hauts et je porte aussi la robe fourreau que j'avais aujourd'hui au travail. Elle se retrousse dans le mouvement, le tissu ramassé autour de ma taille, laissant mes dessous en dentelle exposés.

Ma respiration est laborieuse lorsque nos regards se croisent et je tends les mains pour saisir les barreaux. Son regard est dur, exigeant, et je pense à la claque joueuse sur mes fesses. La vérité, c'est que j'en veux une autre. Je veux sentir sa paume sur ma peau. Je veux qu'il retire sa ceinture et qu'il l'utilise pour attacher mes poignets à ces barres.

Trop souvent, j'ai été sans défense avec un homme que je détestais. Je veux nettoyer cela de mon passé et offrir ma soumission en cadeau à Liam. Ce ne sera pas quelque chose que l'on me vole. Je veux être réclamée. Envahie. Je n'arrive pourtant pas à prononcer ces mots.

Je sais qu'avec Liam, je devrais pouvoir parler librement, mais j'ai vécu tellement longtemps sans être autorisée à vouloir quoi que ce soit. Et maintenant, j'ai peur qu'il pense que c'est bizarre, même si je sais que la fessée et un petit jeu de bondage sont aussi bas que possible sur l'échelle de la douleur.

Je n'arrive pas à prendre ce risque. Je n'arrive pas à trouver les mots pour demander. Alors, je me contente de rencontrer son regard en espérant qu'il pourra lire dans les miens le désir, mon envie.

Ses lèvres jouent à l'intérieur de mes cuisses pendant qu'il glisse ses doigts dans ma culotte pour attiser mon clitoris. Mon sexe se contracte sous l'effet du désir et je me cambre, suppliant silencieusement d'en recevoir plus jusqu'à ce qu'il comprenne et en glisse deux profondément. Je me frotte contre lui. J'en veux plus, je veux tout. Je halète alors que sa bouche continue de vagabonder, atterrissant finalement tout au bord de ma culotte.

Il la tire sur le côté avec un doigt, puis lèche mon clitoris alors que ses deux doigts vont et viennent en moi à un rythme soutenu. Je me trémousse en réaction, toujours plus avide. Je demande plus d'intensité, plus de sauvagerie. Plus de Liam.

— S'il te plaît, supplié-je. Liam, s'il te plaît.

— Dis-moi, murmure-t-il.

Son souffle sur mon sexe m'excite autant que son début de barbe caressant ma tendre peau.

— Dis-moi ce que tu veux.

J'entrouvre les lèvres, et dans mon esprit, je lui dis tout.

Attache-moi les mains. Attache-moi. Donne-moi la fessée. Réclame-moi. Prends-moi.

Mais seule la dernière phrase franchit mes lèvres.

— Prends-moi, chuchoté-je. Prends-moi, s'il te plaît.

— Xena, chérie. Tu me rends fou.

Il remonte le long de mon corps, ma robe froissée entre nous. Son sexe joue avec le mien et il relève mes genoux pour me pénétrer doucement. Sa bouche me réclame, sa langue imitant le mouvement de son membre dressé jusqu'à ce qu'il me remplisse complètement.

Je m'accroche à son dos. Mes ongles s'enfoncent certainement jusqu'au sang, mais je m'en fiche. La vitesse à laquelle je suis passée de l'envie à l'abandon est incroyable. Je veux ce qu'il me donne. Je ne désire rien de plus que le plaisir pur que cet homme me procure.

Il est sur moi, son corps musclé recouvrant le mien, et il fait des allers-retours entre mes cuisses, encore et encore, de plus en plus profondément. Je crie, avide de ressentir l'orgasme. J'en désire toujours plus et je l'attire en moi, impatiente que nous puissions nous fondre l'un dans l'autre pour exploser en même temps.

Soudain, oh, mon Dieu ! Et puis, le monde semble se retourner et mon corps se cambre. Tout mon être prend feu. Tout ce que je peux faire, c'est brûler jusqu'à ne plus être que des cendres.

— C'était bon ? demande-t-il en me serrant contre lui.

— Bon ? Tu es loin du compte.

Je sens son rire vibrer en moi. Ma tête tourne toujours, j'irradie et l'appel des sirènes tente de m'attirer vers le sommeil.

Alors même que je succombe au plaisir et à l'épuisement dans ses bras, je ne peux m'empêcher de ressentir une pointe de regret. Parce que même s'il m'a emmenée dans les hautes sphères, il ne m'a pas emmenée là où je voulais.

Je veux qu'il prenne possession de moi.

Je veux être sienne.

Sur tant de plans, je désire être à lui.

J'ai peur que ce ne soit jamais ma réalité.

Je suis une fille qui a passé toute sa vie à être déçue. Qui a toujours eu l'exact contraire de ce qu'elle voulait.

Maintenant, c'est Liam que je veux.

Je suis terrifiée à l'idée que l'histoire se répète, et qu'à la fin, je le perde pour toujours.

CHAPITRE DIX-HUIT

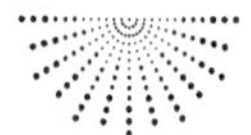

Je me réveille seule, mais il y a une rose fraîche qui m'attend sur la table de nuit. Ça me fait sourire. Il y a aussi un message, et en le lisant, mon sourire s'agrandit.

Parti à la boulangerie.

De retour bientôt.

L

Dans la voiture hier, j'ai mentionné que j'adorais les muffins aux myrtilles avec des morceaux sur le dessus, et il a tout de suite changé de trajectoire pour aller à Upper Crust, une pâtisserie de Malibu. Il me disait que là-bas, ils font les meilleurs muffins du monde. C'est une maison reconvertie, perchée sur un promontoire rocheux, et depuis la queue du drive, j'aperçois les tables sur la véranda face à la mer.

Malheureusement, il n'y avait plus de muffins aux myrtilles, alors nous avons pris une miche de pain frais et des cookies aux pépites de chocolat. Je ne m'attendais à rien de plus, mais savoir qu'il y fait un saut, tôt ce matin, me donne le sourire. Je m'étire et je serre un oreiller dans mes bras. C'est ridicule, mais je me sens spéciale.

Je décide d'aller prendre ma douche, en imaginant que nous irons certainement au bureau après avoir mangé, même si nous sommes samedi. Je prends plus de temps que j'en ai besoin, distraite par les multiples jets et le pommeau de douche qui imite la pluie, sans mentionner les quelques minutes que je prends pour parler aux poissons. Je suis même sûre que certains d'entre eux me reluquent.

L'une des raisons pour lesquelles je prends mon temps, c'est que j'ai espoir que Liam vienne me rejoindre. J'ai du mal à croire qu'il ait déjà pris la sienne. Le temps que je fasse mon shampooing, que je me rase et me savonne, il ne m'a toujours pas rejoint dans ce coin de paradis humide. Les sourcils froncés, j'abandonne. Je coupe l'eau et je tends la main vers l'extérieur pour prendre une serviette moelleuse sur le portant chauffant.

Je l'enroule autour de moi, puis je sors la tête par l'embrasure de la porte.

— Liam ?

J'attends, mais il n'y a pas de réponse. Soucieuse, je me brosse rapidement les cheveux et me maquille.

Il n'est toujours pas revenu quand j'ai terminé et je commence réellement à m'inquiéter. Je me dirige vers la table de nuit pour attraper mon nouveau téléphone afin de l'appeler quand il sonne, me faisant sursauter.

Son nom apparaît à l'écran. Je soupire de soulagement, puis je lance :

— Mais où es-tu ?

Avant même qu'il ait le temps de dire quelque chose, je reprends :

— Désolée. C'est seulement que je...

— C'est ma faute. J'aurais dû appeler plus tôt, mais tu étais endormie quand je suis parti et je ne voulais pas te réveiller. Je pense que je ne vais pas rentrer avant une quinzaine de minutes, alors j'ai voulu te prévenir, que tu saches que je ne me suis pas enfui avec une bande de pirates.

— Bon à savoir. Par contre, je pense que tu serais sexy avec le sabre d'abordage et le bandeau sur l'œil.

— Je garde ça à l'esprit.

— Qu'est-ce qui te retient ? Il ne t'est rien arrivé, si ? Personne ne t'a suivi ou...

— Non, non. Rien de ce genre.

Je soupire, soulagée.

— Est-ce qu'ils ont dû sortir pour cueillir des myrtilles ?

Il ricane.

— Non plus, et le sac à côté de moi est vraiment tentant. J'attends d'en profiter avec toi, mais je suis assez viril pour avouer que j'ai failli céder une fois ou deux. Ça me prend plus de temps que prévu, parce que je suis coincé derrière un accrochage et il n'y a pas de route alternative. Ils vont dégager le passage bientôt, je crois.

— Tu n'étais pas impliqué, hein ?

— Je suis sain et sauf, mais j'aurais dû prendre la moto. Je serais déjà à la maison avec toi.

— Tant que tu arrives en un seul morceau.

Je regarde autour de moi pour chercher le sac de notre séance shopping de la veille.

— Je te remercie d'être sorti pour moi, ajouté-je. Désolée que ce soit devenu un calvaire.

— Ça valait le coup, mais sens-toi libre de me remercier de la manière que tu voudras quand je rentrerai.

À cette pensée, mon imagination s'envole. Je reviens à la réalité quand il me dit qu'il voit la dépanneuse arriver.

— Ça ne devrait pas être long, je pense. Je te vois dans…

— Attends une seconde. Est-ce que tu sais ce qui est arrivé au sac de courses d'hier ?

J'ai acheté un pantacourt blanc et un chemisier sans manches que j'avais prévu de porter aujourd'hui. Ainsi qu'une paire de ballerines.

— Dans le placard, dit-il. Désolé, je n'y ai pas pensé. Je l'ai jeté là en même temps que mon sac.

— Pas de problème, merci. Je serai habillée avant ton retour, comme ça, nous pourrons manger nos muffins et partir quand on veut.

— C'est bien regrettable.

— Bon, je suis nue maintenant, le taquiné-je en faisant tomber la serviette pour ne pas être une menteuse. C'est toi qui m'as laissée toute seule dans un lit, avec une douche à hydro-massage.

— Je suis un idiot, de toute évidence. À tout de suite.

Je souris toujours après avoir raccroché et je vais vers le dressing pour prendre mon sac. Il y en a plusieurs dedans, et quand je prends le mien sur le sol, j'en dérange un autre, derrière, posé sur une malle qui ressemble à une cantine de l'armée. Le sac tombe sur le sol et je marmonne un juron en sortant mon sac tout en m'accroupissant pour réparer ma maladresse.

C'est seulement quand je commence à remettre le sac en place que j'entrevois ce qu'il y a dedans. Je regarde à deux fois quand je découvre une paire de menottes en métal.

Au début, je pense que c'est en rapport avec son travail. Après tout, c'est un homme qui traque les méchants. Il y a aussi un rouleau de corde noire, une autre paire de menottes, avec de la fourrure celle-là, et des pinces à tétons.

Oh, oui.

J'ai beau savoir que je ne devrais pas continuer à fouiner dans le sac, rien ne m'arrêtera maintenant. Je deviens de plus en plus excitée à chaque découverte. Vibromasseurs. Huiles de massage. Un bandeau pour les yeux en soie. Une palette en cuir élégante. Ce sont les accessoires du fantasme que je voulais vivre avec Liam. Le désir que je n'ai pas réussi à évoquer, parce que je ne savais pas comment il allait réagir.

Maintenant, en revanche…

Maintenant, je l'imagine utiliser avec moi tout ce qu'il y a dans le sac. L'utiliser *sur* moi.

Alors que j'entends les roulements de la porte du garage, je me dis qu'il est temps de trouver le courage de lui dire exactement ce que je veux.

— Content de te savoir saine et sauve, lance Liam alors qu'il entre dans le séjour par la porte du garage.

Il me voit, puis il lève son téléphone, retirant ses écouteurs en basculant sur haut-parleur.

— Qu'as-tu pensé de Seattle ?

— Ça a l'air sympa, répond Leah au bout de la ligne. Du moins, ce que j'ai vu depuis le taxi et la fenêtre de ma chambre d'hôtel. Je ne compte pas passer en mode touriste ni rien de ce genre.

— Tu as des informations à communiquer ?

— Oui, figure-toi.

Je regarde immédiatement Liam qui hausse un sourcil pour montrer à la fois son intérêt et sa surprise.

— J'ai reçu un appel, dit-elle comme si cela signifiait quelque chose.

Liam lui répond avec un intérêt manifeste :

— Oh, vraiment ?

J'en déduis que c'est une piste. Sans comprendre, je décide d'accepter la situation et d'admettre mon ignorance.

— Bon, expliquez-moi de quoi il s'agit, leur dis-je.

— Quelqu'un voulait savoir comment j'allais, ou plutôt comment *tu* allais, dit-elle. Environ une heure après que j'ai pris ma chambre, j'ai reçu un appel. Un mec avec une voix mielleuse disait qu'il était de l'hôtel et qu'il me faisait parvenir une bouteille de vin dans la chambre 1220 pour me souhaiter la bienvenue en ville. Je lui ai répondu que j'appréciais vraiment le geste, mais que je ne buvais pas, alors ce n'était pas nécessaire. Par contre, j'adorerais qu'on m'apporte une gaufre à la fraise demain matin. Il m'a dit que cela pouvait s'arranger, et voilà.

Je regarde Liam et je secoue la tête sans comprendre.

— La personne qui a appelé ne faisait pas partie du personnel de l'hôtel.

— Oh.

Je me demande comment il peut bien le savoir, mais je suppose que ça fait partie de son travail. Dans tous les cas, Leah confirme ce qu'il dit.

— J'ai appelé l'accueil ensuite pour dire que j'avais changé d'avis et que je voulais bien mon vin d'accueil finalement. La femme que j'ai eue m'a assuré que ce n'était pas l'une de leurs pratiques.

— Alors ils savent que tu… ou plutôt que *je* suis là et ils ont mon numéro de chambre. Grand Dieu, Leah, ça ne me paraît pas…

— Du calme. Je suis déjà partie. J'ai étalé des vêtements dans la pièce, j'ai laissé ma valise ouverte et j'ai mis le panneau *Ne pas déranger* sur la porte, ensuite je suis descendue par les escaliers jusqu'au sous-sol et je suis sortie par la porte de service. Quelqu'un va sûrement livrer une gaufre et une balle demain matin, mais je serai partie depuis longtemps.

— Tu as mis des yeux dans le couloir pour qu'on puisse prendre notre homme la main dans le sac ?

— Ce n'est pas ma première fois, dit-elle. Oui. Ryan a monté une équipe de Stark International à Seattle et plusieurs hommes d'une équipe d'intervention locale avec laquelle il avait déjà travaillé. Je suis chez Stark Technologies Appliquées en ce moment. Nous utilisons une de leurs salles de conférence comme centre de commande.

— Tu ne reviens pas à Los Angeles ? demandé-je.

— Pas après avoir obtenu une piste solide dès mon arrivée. Je vais aller jusqu'au bout. Oui, je surveille mes arrières. Merci de me le rappeler.

Liam sourit.

— Surveille tes arrières, dit-il.

J'entends presque Leah lever les yeux au ciel.

Ils raccrochent et Liam me regarde avec un grand sourire.

— On se rapproche. C'est encore mieux qu'on l'espérait.

J'acquiesce. Nous voulions les attirer loin de Los Angeles. Maintenant, il semblerait que nous ayons créé un piège qui va fonctionner.

— J'ai d'autres bonnes nouvelles aussi, dit-il en levant le sac de muffins. Et pas seulement ce petit plaisir. Pendant que j'étais coincé dans la circulation, Winston a appelé. Il est de retour à Los Angeles avec Ella et Rye.

— Vraiment ?

Je le suis dans la cuisine.

— Je suppose qu'ils sont chez elle avant d'aller à San Francisco pour le prochain spectacle, dit-il.

— Oui. Bien sûr.

Je n'y avais même pas pensé. Tout le monde devait aller à l'endroit du prochain concert, mais Ella et Rye avaient l'intention de passer quelques jours à la cabane. Avec les derniers événements, ça semblait logique qu'ils prennent du temps ensemble dans la maison d'Ella sur Hollywood Hills à la place. Là où se trouve aussi mon appartement.

— On peut aller les voir aujourd'hui ? Est-ce que je pourrais prendre quelques vêtements quand nous y serons ?

— Pourquoi ? demande-t-il tout en remplissant nos tasses de café.

Il me dévisage des pieds à la tête, les yeux pétillant avec amusement.

— Tu ne portes même pas ceux que tu as ici.

— C'est vrai, dis-je.

Même si je lui ai dit que j'avais besoin du sac, après ma découverte, je suis restée dans le peignoir moelleux qu'il a sorti pour moi ce matin.

— À un moment donné, je vais devoir porter de vrais vêtements. C'est ce qui se fait en société.

— Maudite société, marmonne-t-il en laissant tomber sa tête, me faisant éclater de rire.

Je m'attends à ce qu'il refuse que j'y fasse un saut, puisqu'ils – les fameux *ils* – pourraient toujours surveiller la maison et mon appartement. À ma grande surprise, il accepte, même si c'est plus pour lui que pour moi, parce qu'il précise qu'il veut s'entretenir un peu plus avec Winston. Il me dit aussi qu'Ella ou Rye devront entrer chez moi et prendre mes affaires, en discutant ostensiblement du fait qu'ils vont me les envoyer à Seattle. Quand nous arriverons, nous irons directement dans le garage et nous n'entrerons qu'une fois les portes refermées, à l'abri des regards.

— En d'autres termes, pas de décapotable aujourd'hui.

— Pas de décapotable, confirme-t-il, puis il téléphone à Winston pour savoir quand nous pourrons y aller.

Nous décidons de les rejoindre à onze heures, ce qui nous laisse assez de temps pour parler et rattraper le temps perdu avant qu'ils ne partent à leur rendez-vous avec l'un des producteurs d'Ella.

— Génial, dis-je.

Pourtant, je ne peux m'empêcher de ressentir une certaine tristesse.

Ça fait longtemps que je n'ai pas été mise de côté pour

l'une des réunions d'affaires d'Ella. Je m'empresse de repousser cette idée, puis dans ma tête, je fais le parcours entre l'appartement de Liam à Malibu et la maison d'Ella à Hollywood Hills. Je jette un œil à l'horloge, effectue un petit calcul mental, et décide que nous avons suffisamment de temps.

— Quoi ? demande Liam en me dévisageant.

La lueur que je vois dans ses yeux plissés suggère qu'il sait exactement à quoi je pense.

— Je suis bien consciente que tu t'es donné beaucoup de mal pour avoir ces myrtilles, dis-je, mais je me demandais si nous pouvions les manger dans la voiture.

Il lève un sourcil.

— Des miettes dans ma BM ? Je ne sais pas.

— Tu as une BMW aussi ?

Il hausse les épaules.

— J'aime les véhicules.

— C'est ce que j'ai cru comprendre.

— Tu veux me dire pourquoi je devrais sacrifier ma nouvelle voiture ?

— Oh, pas grand-chose, dis-je avec désinvolture. Il y a un truc que je voudrais faire avant de partir… mais je ne pense pas que nous pourrons faire les deux.

— Vraiment ?

— Pas si nous faisons la première correctement.

Il fait un pas dans ma direction. L'humour dans ses yeux est maintenant remplacé par une chaleur qui trouve un écho dans mon bas-ventre et coule entre mes jambes.

— Maintenant, tu m'intrigues. Qu'est-ce que tu as en tête ?

Je défais mon peignoir, l'ouvre, puis le laisse glisser le long de mes bras et tomber au sol.

— Essaye de deviner.

Il se met à genoux, ses mains sur mes fesses et sa langue s'aventurant vers mon sexe.

Je gémis. Mes jambes sont si faibles que je me serais effondrée au sol si ses mains ne me soutenaient pas.

— Oh, mon Dieu, tu es doué pour les devinettes.

— C'est seulement un de mes nombreux talents, dit-il en se redressant, puis il me soulève, mes seins pressés contre son torse, mes bras autour de son cou et mes jambes autour de sa taille.

Il me transporte ainsi jusqu'au lit et il nous fait tomber tous les deux sur le matelas.

Je croise son regard et je tremble sous le désir que j'y vois. Je pourrais rester là pendant des heures, à me perdre dans son regard. Comme si j'étais spéciale. Comme si j'étais la seule chose au monde qui compte pour lui.

C'est enivrant. Une sensation seulement égalée par ses caresses. Pour le moment, c'est la seule chose dont j'ai désespérément envie.

— Doigte-moi, murmuré-je.

Aussitôt, je suis récompensée par un sourire confiant et ses doigts qui s'enfoncent lentement en moi.

— Une femme qui sait ce qu'elle veut. J'aime ça.

— C'est marrant, dis-je. Je ressens la même chose. Dis-moi ce que tu veux. Tout ce que tu veux.

— J'ai exactement ce que je veux, dit-il, son pouce caressant distraitement mon clitoris en décrivant des cercles. Tu es là, à ma merci.

— Je pourrais l'être encore plus, susurré-je, mes

hanches répondant à la façon incroyable dont il enflamme mes sens. Tu peux faire ce que tu veux de moi.

— Ce que je veux, c'est te faire l'amour toute la matinée, mais apparemment nous avons un rendez-vous.

Alors, apparemment, je vais devoir être plus directe.

Je sors son t-shirt de son pantalon, puis je défais le bouton de son jean. Je passe les mains sous le tissu afin d'empoigner ses fesses merveilleusement fermes et je l'attire à moi pour lui faire ma confession.

— Eh bien, je… Hmm, j'ai retrouvé mes vêtements dans ton placard comme tu l'avais dit.

— Pourtant, tu ne les portes pas.

— Oh, il ne faut pas aller trop vite avec ce genre de choses, déclaré-je sur un ton malicieux. Le fait est que j'ai fait tomber un autre sac. Je n'avais pas l'intention de fouiller, mais j'ai trouvé…

— Oh, merde.

Il roule à côté de moi, puis il se hisse sur un bras. D'une main, il me caresse délicatement la joue.

— Je suis désolé, dit-il.

— Désolé ?

J'essaie de comprendre ses paroles, et tout ce qui me vient à l'esprit c'est qu'il a eu des relations sexuelles avec d'autres femmes. Ce n'est pas exactement une révélation.

— Je ne me suis jamais imaginé être la première femme dans ton lit. Je sais que tu relâchais la pression, tu te souviens ?

— Oui, et parfois j'aime…

Il hésite, puis s'assied en se pinçant l'arête du nez. Il semble abattu et je ne sais pas pourquoi.

Il finit par parler, d'une voix basse et égale.

— J'aurais dû ranger ces trucs. Je n'ai pas réfléchi. S'il te plaît, sache que je comprends ce que tu as traversé.

Sa voix est calme. Comme s'il parlait à un enfant affolé. Ou à un chaton peureux.

— Je ne te demanderai jamais de faire ça.

Je reste interdite, assommée, sans savoir comment réagir. Comment lui expliquer qu'il a complètement tort, alors qu'il a si bon cœur ?

— Liam, je…

Il prend ma main et la pose sur son cœur.

— Xena, chérie, je prendrai soin de toi et je te veux dans mon lit. Ce n'est pas parce que j'ai parfois besoin de… Non, ça n'a rien à voir avec toi. Tant que tu es avec moi, tu es en sécurité. Je veux que tu le comprennes. Je ne ferai rien qui risque de réveiller ces souvenirs, et je suis tellement, tellement désolé que tu sois tombée là-dessus.

À l'évidence, je l'ai lancé dans une boucle sans fin, et honnêtement, je ne sais pas si je dois essayer de lui expliquer ou seulement le laisser terminer et y revenir plus tard. Puisque nous devons partir bientôt, plus tard me semble la meilleure option, car j'ai le sentiment que ce sera une conversation délicate de dire à cet homme que, malgré mon passé, j'ai envie qu'il me menotte au lit.

Pourtant, c'est ce que je veux. Plus que ça, j'en ai besoin.

Mais j'ai encore plus besoin de lui.

Je déglutis et passe la langue sur mes lèvres.

— Ça va, lui dis-je. Vraiment. J'étais, euh… seulement un peu gênée d'être tombée sur quelque chose d'aussi personnel. Je ne suis pas contrariée. Pas du tout. Je t'assure.

Il examine mon visage, puis il hoche la tête, manifestement satisfait.

— Je veux que tu me fasses confiance.

— C'est le cas, je te le promets.

C'est la plus pure vérité. Seulement, je ne sais pas
comment lui avouer le reste.

CHAPITRE DIX-NEUF

Liam se demandait ce qu'il lui était passé par la tête pour laisser ce sac de jouets dans le placard. Il n'avait pas réfléchi, bien sûr, parce que premièrement, il l'avait oublié, lui et tout ce qu'il contenait.

Cela faisait des mois qu'il n'avait pas été avec une femme de cette manière. Cela faisait des mois qu'il n'avait pas été avec une autre femme que Xena. Il lui avait dit la vérité quand il avait admis qu'il évacuait la pression de temps en temps, mais la vérité, c'était qu'il n'avait pas souhaité entamer de relation avec aucune des femmes qui avaient partagé son lit, et au fil du temps, il n'avait même plus éprouvé l'envie de coucher avec elles.

Il avait mis cela sur le compte du fait qu'il grandissait et qu'il avait moins de patience pour la répétition insipide qui accompagnait les coups d'un soir et même les quelques rendez-vous occasionnels. Ce n'était pas la véritable raison. Principalement, il était passé à autre chose.

Ou du moins, c'était ce qu'il croyait. Parce que la femme assise maintenant à ses côtés, qui émettait de petits gémissements de satisfaction en grignotant son muffin aux myrtilles – des gémissements qui lui donnaient envie de garer la BMW pour lui en procurer d'un autre genre – l'avait surpris et lui avait fait changer sa vision des choses.

Avec elle, il ne tournait pas la page. Avec elle, il se sentait à nouveau en vie, un sentiment qu'il n'avait pas éprouvé depuis Dion. Il pensait en avoir été privé pour toujours. Mais maintenant… Sa façon de le regarder, avec un désir sans entrave…

Elle s'était ouverte à lui sur l'enfer qu'elle avait vécu. Elle lui faisait confiance.

Il avait tout gâché parce qu'il avait vidé le tiroir de sa table de nuit, quelques mois plus tôt, et n'avait jamais pris le temps de ranger ses affaires correctement.

Il méritait des baffes.

— Tu es sûr de ne pas vouloir un muffin ? demande-t-elle. On dirait que tu en as besoin.

Il inspira pour se calmer, s'efforçant de ne pas ajouter au stress qu'il était certain de lui avoir causé, même si elle lui avait assuré le contraire.

— À quoi peut bien avoir l'air une personne qui a besoin d'un muffin ?

— Eh bien, à toi.

Ils avaient atteint l'intersection des canyons menant à la maison d'Ella et il la regarda en attendant qu'une voiture passe sur la voie prioritaire, secouant la tête dans une exaspération exagérée.

— C'est une mauvaise plaisanterie.

— Oh, non, elle est excellente. Tu ne dois pas avoir les bonnes informations.

— C'est possible, répond-il, mais…

Il s'interrompit en fronçant les sourcils, regardant un SUV noir dans le rétroviseur. Assez commun à Los Angeles, mais il lui semblait avoir déjà repéré celui-ci quelques rues plus tôt.

— Qu'est-ce qui se passe ?

— Je n'en suis pas sûr. Certainement une coïncidence, mais nous allons prendre une route différente.

S'il avait eu l'intention d'aller tout droit, il emprunta pourtant un virage serré à droite, s'engageant sur une route qu'il ne connaissait pas.

Il parcourut plusieurs virages et tournants jusqu'à être certain de ne pas être suivi, puis il ralentit, attendant que Waze se recalibre et lui donne la route la plus directe.

Il vérifia fréquemment pendant le reste du trajet, mais le SUV ne réapparut pas derrière eux.

— Ce n'est sans doute que de la paranoïa, dit-il à Winston plus tard, une fois qu'ils furent arrivés en toute sécurité chez Ella. Je ne soupçonnais même pas que nous puissions être suivis avant d'arriver à quelques kilomètres de la maison.

— En plus, tes vitres sont teintées, commenta Winston. Alors, il n'y a aucune chance que des hommes de Noyce qui passaient par là vous aient vu et qu'ils aient décidé de vous suivre.

Il prononça cette dernière partie avec un sourire et Liam répondit en secouant la tête, plein d'autodérision.

— Oui, je suis certain que Noyce a rempli les rues de larbins dans des voitures, leur donnant l'ordre d'attendre que je passe par là.

— Rien n'est impossible, renchérit Winston avec le même humour.

— C'est elle, soupira Liam. Xena. Cette femme m'a chamboulé et je ne supporterais pas qu'il lui arrive quelque chose parce que j'ai commis une erreur.

— Tu n'en commettras pas, promit Winston.

Grand et maigre, d'allure simple avec un regard interrogateur, Winston Starr correspondait au rôle que la vie lui avait fait jouer. Lorsqu'ils s'étaient rencontrés, Liam n'était pas certain de la valeur que pouvait ajouter un shérif de l'ouest du Texas à une équipe d'élite internationale. Toutefois, il avait rapidement appris qu'avec Winston, il ne fallait pas se fier aux apparences, et ils étaient devenus bons amis. Un jour, il avait l'intention de découvrir les démons du passé de Winston. En attendant, il se contentait d'admirer son éthique et ses compétences professionnelles.

Ils étaient dans la cuisine et Liam prit l'une des bouteilles d'eau qu'Ella avait posées sur le plan de travail. Xena avait suivi leurs hôtes dans la salle multimédia afin de discuter. Liam savait qu'ils auraient préféré s'asseoir sur la véranda surplombant les collines, celle-là même où Xena et lui avaient failli s'embrasser. Mais il ne voulait prendre aucun risque avec la vie de Xena. À l'extérieur, elle était comme une cible en argile pour n'importe lequel des connards de Noyce muni d'une arme de gros calibre. En plus, il suffisait de surveiller le balcon d'Ella pour découvrir que Xena n'était pas à Seattle.

Il avait donc proposé la salle multimédia plutôt que le séjour ensoleillé. Sans fenêtres.

Et il avait demandé à Rye et à Ella d'aller dans l'appartement de Xena et de lui prendre un sac de vêtements tout en discutant à haute et intelligible voix de la location future du studio, maintenant que Xena allait déménager hors de l'État.

Il était sur le point de dire à Winston qu'il était temps de se joindre aux autres quand il reçut un message de Mario.

Appelle-moi.

Il le montra à Winston, qui fronça les sourcils.

— Tu penses qu'il a obtenu une correspondance ?

— Je pense que nous allons le savoir, répondit Liam.

Il allait le rappeler quand Ella et Rye arrivèrent dans la pièce, bras dessus bras dessous.

— Est-ce que vous mangez tout ce que j'ai dans mes placards ou vous discutez de mes mauvaises habitudes ? demanda Ella en leur souriant à tous les deux.

— Tu as de mauvaises habitudes ? répliqua Liam, impassible.

Elle lui fit un clin d'œil.

— Bien sûr. À moins que tu ne me suives pas sur les réseaux sociaux ?

Il ricana et elle lui fit signe d'oublier la plaisanterie.

— On vient chercher du pop-corn et vous demander de venir, leur dit-elle pendant que Rye plongeait dans le placard, en ressortant avec deux grands sachets rouges de pop-corn déjà prêt. On a de quoi boire dans le frigo de la salle multimédia. Vous êtes prêts ?

— On doit seulement rappeler Mario, précisa Liam.

— Il a des nouvelles pour ces deux mecs ? s'enquit Rye.

— Ce n'est sans doute qu'un suivi.

Liam ne voulait pas donner trop d'espoirs au manager.

— Alors, ne nous faites pas trop attendre, lança Ella. On aimerait commencer.

— Qu'est-ce qu'on regarde ? demanda Liam.

— Moi, bien sûr. Des extraits de concert. Pour votre plaisir et mon travail. Si je ne regarde pas tous les spectacles, comment je pourrai m'améliorer ?

Sans attendre de réponse, elle tourna les talons et retourna dans la pièce, Rye derrière elle.

— On arrive dans une minute, lança Winston tout en regardant Liam d'un air amusé.

— On devrait la recruter à l'Agence, dit-il tout en mettant son téléphone sur haut-parleur, attendant que Mario décroche. Cette femme sait mener une équipe.

— J'ai une correspondance ! cria Mario sans plus de préambule, faisant tressaillir Liam qui n'avait pas réalisé que la ligne s'était connectée.

— Sur lequel ? demanda Liam.

— Le type à la mâchoire carrée. Son nom est Patrick Weil. Il a grandi dans le New Jersey, mais il vit à Manhattan. Un des contacts du colonel Seagrave au département de la Défense a joué de ses influences et nous a obtenu une confirmation.

— On le surveille ?

— Son adresse, oui. Mais pas l'homme lui-même. On a la confirmation de sa présence en ville depuis douze minutes. Un distributeur de billets l'a identifié il y a exactement dix-neuf minutes. J'ai envoyé une équipe, mais il était parti depuis longtemps.

— Et son adresse personnelle ?

— J'ai des gars qui surveillent l'endroit, lui assura Mario. Pour le moment, il n'y a personne à la maison.

Liam prit une grande gorgée d'eau tout en réfléchissant.

— Il y a des chances qu'il soit toujours en ville, mais nous ne pouvons pas exclure la possibilité qu'il ait utilisé un distributeur de billets à Manhattan pour faire croire qu'il s'y trouvait. S'il a sauté dans un bus ou un train, il pourrait être parti depuis longtemps maintenant.

— Je ne te contredis pas, fit Mario, mais c'est le mieux que nous ayons.

— Et c'est du bon travail. Je voudrais que tout soit terminé. Pour Xena.

— Je te comprends. Je t'appelle s'il se passe quoi que ce soit à son appartement.

— D'accord. Donne des nouvelles à Dallas Sykes ou demande à Ryan de le faire. Si tu as besoin d'autres hommes, il pourra t'en fournir. Dis à Dallas que Xena et moi allons le voir bientôt.

— Tu pars à New York ?

— Tu me connais, Mario. Je vais toujours là où se passe l'action.

Il sourit en raccrochant, puis il croisa le regard de Winston.

— Ça progresse un peu, au moins.

— C'est toujours une bonne chose, fit Winston de sa voix lente et traînante. Il était temps que les choses bougent. Je n'ai rien appris avec Ella et Rye, que ce soit ici ou à Las Vegas. Enfin, ce n'est pas complètement vrai, rectifia-t-il. J'ai appris presque tout ce qu'il y avait à savoir sur l'organisation d'un concert, mais je n'ai rien vu de suspect.

— Tu as interrogé le personnel ?

— Est-ce que j'ai l'air d'un amateur ? J'ai parlé à tout le monde jusqu'à ce que mes oreilles en tombent. J'ai cherché des micros, la totale.

— Est-ce que tu as fait un balayage électronique ici ? demanda Liam.

Il savait qu'il était possible que quelqu'un se soit introduit dans la maison de Hollywood Hills, pendant qu'Ella et Rye étaient à Las Vegas, pour y installer une surveillance audio ou vidéo.

Winston secoua la tête.

— Je l'ai fait et je n'ai rien trouvé, mais c'est sympa de ta part de vérifier derrière moi.

Liam lui lança un sourire contrit.

— Ne t'inquiète pas pour moi, je ne suis pas froissé. Je sais que tu essaies de couvrir tous les angles.

— J'espère seulement que nous allons tomber sur quelque chose que nous avons oublié. Je ne sais pas. J'ai peut-être été trop rapide en présumant que le coup de pub idiot de Gordon était un cas isolé. C'est peut-être au cœur de cette affaire, justement.

— Alors, nous allons faire attention à lui. Prévoir un entretien.

Liam acquiesça.

— Je le ferai. Cela dit, je trouve que ça ne colle pas. Je vais quand même vérifier.

Il passa la main sur son crâne rasé, puis il prit une grande inspiration, frustré.

— Nous allons trouver, lui assura Winston. Dieu sait que je suis investi dans cette enquête, moi aussi. Je reste avec Ella et Rye pendant qu'ils sont en ville, puis je pars avec eux à San Francisco quand ils termineront la tournée.

— Tu es sûr ? fit Liam. Ça pourrait être le bon moment pour les confier à un service de gardes du corps.

— Je ferai ça après San Francisco, si nous n'avons pas conclu cette affaire, mais comme je te le disais, je tiens à rester avec eux. Je les aime bien, tous les deux, et bon…

— Quoi ? demanda Liam comme Winston ne terminait pas sa phrase.

— Ça n'a rien à voir avec ton suspect. C'est seulement que ces deux-là… Mon Dieu, il est fou amoureux de cette femme. Il me fait penser à moi, à l'époque. Ma Linda. J'aurais fait n'importe quoi pour cette femme…

Il s'interrompit à nouveau, un sourire mélancolique sur le visage.

Liam avait envie de lui poser une question, mais il ne trouvait pas les mots. Il devait y avoir une raison pour que Winston quitte l'ouest du Texas et il pensait en avoir un aperçu maintenant. Ce n'était pas la seule chose qui le retenait. Sous la douleur de son ami, il y avait quelque chose de sous-jacent qui lui était bien trop familier. Une profonde affinité entre Liam et Winston. Et même Rye. Une affinité née de la loyauté envers une femme.

Parce qu'à chaque jour qui passait, Liam se sentait de plus en plus engagé. Il ne reculerait devant rien pour garder Xena en sécurité.

— Ça te manque ? demanda Liam en jetant un œil à la femme à côté de lui.

Ils étaient de retour dans le SUV et roulaient sur la célèbre portion de Mulholland Drive qui longeait le pied des collines séparant le côté ouest de la Vallée de San Fernando.

— Quoi donc ?

— Je te regardais pendant la vidéo du concert, dit Liam.

— N'en parle pas à Ella. Elle ne te lâcherait jamais.

— Tu peux m'aider à garder le secret.

Elle se tourna sur son siège, un petit sourire aux lèvres.

— Je garde toujours les secrets, dit-elle. Tu le sais, non ?

C'était le cas. Ils allaient si bien ensemble que c'en était troublant. La façon dont elle avait glissé dans sa vie pour s'y adapter à la perfection, comme s'il était une moitié de poterie brisée, et elle le morceau manquant, comme si, maintenant, leurs aspérités se combinaient pour créer quelque chose de parfait et sublime.

Il rit tout bas, amusé par ses propres pensées très fleur bleue.

— Quoi ?

Il hésita. Il aurait aimé lui dire la direction que prenaient ses pensées, lui dévoiler combien il était merveilleusement heureux et en même temps confus auprès d'elle.

C'était peut-être le moment pour cette conversation. La fameuse route était très romantique, même au milieu de l'après-midi. Il aimait partager la vue avec elle.

— Et si on trouvait un point de vue où s'arrêter ?

— Pourquoi, Monsieur Foster ? Est-ce que vous suggérez que nous devrions nous garer ?

— Peut-être, répliqua-t-il. Bien sûr, nous sommes en plein après-midi.

— Ça ne me pose aucun problème, si ça te dit.

Il sourit.

— Ça marche. Aucun problème.

Il regarda aux alentours, essayant de se repérer. Il était quasiment certain qu'il y avait un point de vue dans moins de deux kilomètres, juste après une section particulièrement tortueuse et étroite.

Ils étaient dans une courbe à ce moment-là et quand ils prirent la ligne droite, il remarqua un véhicule derrière eux. Il y avait eu très peu de circulation jusque-là, et la plupart des voitures avaient quitté la route quand ils étaient arrivés à Laurel Canyon ou à Beverly Glen, pour descendre le long de la colline vers le côté ouest ou encore dans la vallée.

Il avait l'impression que celle-ci débarquait de nulle part. C'était un SUV noir, comme celui qu'il avait repéré avant d'arriver chez Ella.

Il se renfrogna en regardant son rétroviseur et lâcha des jurons dans sa tête. À côté de lui, Xena pivota.

— Qu'y a-t-il ?

Il pouvait entendre la nervosité dans sa voix.

— Avec un peu de chance, rien du tout. Je viens de remarquer une voiture derrière nous.

Elle se retourna sur son siège, regardant par la vitre arrière de la BMW.

— C'est la même voiture qui était derrière nous tout à l'heure ?

Liam fit la grimace.

— Possible. Aucune des deux n'a de plaque à l'avant,

mais ça n'a rien d'inhabituel. D'après ce que je vois, c'est le même modèle.

— Merde.

— Ça résume assez bien ce que je ressens.

— Est-ce qu'ils peuvent nous voir ici ?

— Non, les vitres sont teintées. Nous pouvons voir à l'extérieur facilement, mais ils ne peuvent pas nous voir à l'intérieur.

— Est-ce qu'on devrait les laisser passer ? C'est peut-être seulement une coïncidence.

Il y avait pensé, bien sûr, mais sur cette route étroite, il ne voulait pas prendre de risque si le conducteur derrière eux n'avait pas de bonnes intentions. Étant donné ce qu'il se passait ces derniers jours, sans mentionner le passé de Xena, il y avait de fortes chances qu'on ne leur veuille pas du bien.

Il prit une décision et se tourna vers elle.

— Tu es attachée ?

Xena hocha la tête.

— Oui, mais…

— Garde ça en tête, dit Liam en appuyant sur l'accélérateur. Et appelle le 911 tout de suite, au cas où j'aurais raison.

La BMW fit un soubresaut et une embardée sur la gauche, non loin du fossé qui menaçait de les engloutir du côté de Xena. Il entendit son cri de stupeur, mais il ne pouvait pas détacher son attention de la route pour la regarder.

Le SUV était plus près maintenant, et il fit une brusque saillie en accélérant, heurtant la carrosserie de la BMW, près du pneu arrière, déplaçant la voiture vers le bord.

— Oh, mon Dieu ! Oh, mon Dieu ! Oh, mon Dieu ! Oh, mon Dieu.

Le téléphone de Xena était tombé sur le sol, mais il put voir qu'elle avait passé l'appel et que le téléphone transmettait automatiquement sa localisation aux services d'urgence.

Il voulait lui dire que tout se passerait bien, mais en réalité, il n'en savait rien. En revanche, il avait la ferme intention de faire tout ce qui était en son pouvoir pour cela. Avec ses tentatives, malheureusement, elle allait devoir s'accrocher et prier pour qu'il sache ce qu'il faisait, parce qu'il n'avait pas le temps de la rassurer ni d'avoir une petite conversation avec elle.

La voiture cala et Liam se rendit compte qu'ils avaient crevé un pneu. Le SUV avait rétrogradé et relançait son moteur pour un autre coup de bélier, avec l'intention manifeste de les envoyer au bas de la colline.

Il y avait une glissière de sécurité quelques mètres plus loin. C'était tout ce dont Liam avait besoin. Alors que le SUV gagnait du terrain, il appuya sur l'accélérateur, espérant couvrir assez de distance avant l'impact. Il réussit à l'atteindre, et quand le coup suivant arriva, le capot de la voiture percuta la barrière, les empêchant de passer par-dessus.

Mais le SUV persévérait. Il les percuta à nouveau, les frappant à l'arrière cette fois, avec suffisamment de force pour faire céder la glissière.

Les cris de Xena retentirent dans l'habitacle quand la voiture se déporta, mais elle s'arrêta net et Liam se rendit compte que le rail saillant avait accroché la calandre.

Le SUV n'eut pas autant de chance. La barrière

endommagée avait arrêté la BMW, mais l'autre l'avait percutée à un angle différent et le métal ricocha contre le coffre de Liam. Le conducteur avait sous-estimé le mouvement de l'arrière une fois que l'avant eut percuté la barrière. Il arrivait trop vite derrière lui, et avec un fracas de tôle froissée et de verre brisé, il les dépassa et dévala la pente pour s'écraser dans un amas de ferraille parmi les arbres en contrebas.

— Ne bouge pas, dit Liam à Xena qui haletait, figée près de lui.

Autour d'eux, les sirènes retentissaient alors que les véhicules d'urgence approchaient.

Ce fut seulement quand l'équipe eut sécurisé la voiture et extrait Xena que Liam s'autorisa de nouveau à respirer.

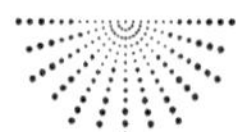

Nous restons sur place pendant ce qui me semble durer une éternité avant que la police nous relâche et qu'un agent nous ramène à la maison. Même en sécurité sur le siège arrière de la voiture de patrouille, mon sang bat toujours à mes tempes. Je revis en boucle nos dernières péripéties.

Le chauffeur était le second agresseur de Las Vegas, Face de Rat. Son véritable nom était Laurence Tesh, à en croire le permis de conduire qu'ils ont retrouvé sur son corps, mais c'est peut-être un faux. C'est l'un des hommes qui ont agressé Ellie. Et c'est l'un des hommes de Noyce. On s'en doutait, mais aujourd'hui, Mario nous l'a confirmé.

Alors, cela signifie que cet horrible personnage qui a essayé de nous tuer est lié à mon passé. Et que Liam et moi sommes en danger à cause d'une vie dont je n'ai jamais voulu, mais à laquelle je n'arrive pas à échapper, quels que soient mes efforts.

C'est la réalité, et ça craint. J'aimerais me rebeller.

Crier et fulminer, et ensuite m'accrocher fermement à quelque chose ou à quelqu'un jusqu'à ce que l'on remette tout en ordre.

Automatiquement, je me tourne vers Liam. Je lui tiens déjà la main. Nous ne nous sommes pas séparés depuis que l'équipe des secours nous a aidés à sortir de la BMW après l'avoir stabilisée. Pendant un moment, je ne fais que le fixer, mémorisant ses traits, émerveillée qu'il soit devenu en si peu de temps la personne à qui je me raccroche. L'homme dans les bras de qui je veux être. Celui dont j'attends le réconfort. L'amant avec qui je veux partager mes secrets, mes espoirs et mes rêves.

J'essaie de me dire que ce n'est qu'un engouement ou un respect dû au héros qui est intervenu pour me proté-ger. Mais je sais que ce n'est pas vrai. Je crois même que je le sais depuis la fête chez Ella, celle où nous avons tous les deux voulu nous embrasser, mais où nous avons combattu ce désir.

Ma journée, aujourd'hui, était horrible, mais c'était aussi une confirmation de la place qu'il occupe désormais dans ma vie. Parce que, même si j'étais terrifiée dans la voiture, j'avais encore plus peur de le perdre.

Je prends une grande inspiration quand les larmes me montent aux yeux. À côté de moi, Liam lâche ma main assez longtemps pour passer son bras autour de mes épaules et me serrer contre lui. Quand j'y pose ma tête, je manque éclater en sanglots. Je suis à vif, et je ne veux pas gérer toutes les émotions qui m'habitent.

J'ai besoin de me détendre… J'ai besoin de lui.

En ce moment, ce que je veux plus que tout, c'est retourner chez lui.

— Xena, commence-t-il, la voix tendue, mais douce. Tout va bien ?

Je hoche la tête.

— Oui, seulement… J'ai eu peur.

Je croise son regard.

— J'ai déjà connu la peur. J'ai goûté à la terreur. Mais la seule chose qui m'a plus bouleversé que ce soir, c'est la mort de mon père. J'ai perdu mon père et j'ai failli te perdre.

Je me blottis davantage contre lui, contre son corps tendu et nerveux. Je sais qu'il combat ses propres batailles, lui aussi. J'ai appris sa manière de penser et je suis certaine qu'il se sent coupable. Parce que, même si sa mission est de me garder en sécurité, et malgré le fait qu'il passe presque tout son temps avec moi, il a failli me perdre.

Oh, mon Dieu. Il a failli me perdre. Et moi aussi, je l'ai presque perdu.

Je n'arrive pas à saisir tout ce que cela implique dans ma tête, et quand le policier nous escorte jusqu'à la porte de Liam, je n'ai qu'une seule pensée obsédante : j'ai envie de lui. Je veux sentir ses mains sur moi, sa bouche, son corps. Je veux tout de lui, parce qu'il est à moi… et parce qu'il me fera oublier.

Mieux encore, je sais qu'il me veut, lui aussi. Je ne suis pas surprise quand, au moment où la porte se referme derrière nous, Liam me plaque contre le mur et prend possession de ma bouche. Il est fougueux et passionné, et je m'abandonne à lui, sous le charme de ses lèvres, de ses mains, de sa peau.

Notre baiser est explosif. Fabuleux. Nos dents s'entrechoquent, nos langues s'entremêlent comme si c'était notre ultime connexion. Comme si, en m'embrassant, il me possédait, me marquait de son sceau pour toujours.

Oh, mon Dieu, c'est exactement ce que je voulais qu'il fasse. Je gémis, puis j'inspire quand ses mains se referment sur mes seins, jouant avec mes tétons au travers du tissu fin de mon soutien-gorge non rembourré. Puis il défait les quatre petits boutons qui retenaient mon chemisier fermé. Il l'ouvre et me dégrafe le soutien-gorge avant que sa bouche ne se referme sur mon sein, ses dents frôlant le mamelon.

Je me trémousse, incapable de rester sans bouger sous la puissance des sensations qui montent en moi. Je fais glisser mes mains de ses épaules jusqu'à ses fesses pour l'attirer encore plus près.

— Non, dit-il en levant la tête.

Je vois la force dans ses yeux en même temps que le désir et la détermination. Il me fixe du regard.

— Lève les bras, dit-il en me prenant par les poignets, poussant mes bras au-dessus de ma tête.

Il me retient à une main tandis que la seconde m'explore.

— Ferme les yeux, ordonne-t-il.

Je m'exécute. Ses doigts me caressent légèrement, sur les joues pour commencer, avant de descendre. Il prend son temps pour me caresser doucement et jouer avec mon téton, m'embrasant les sens. Bientôt, il atteint l'élastique de la jupe que je porte aujourd'hui, et tout ce que je veux, c'est qu'il me l'arrache.

Il ne le fait pas, cependant. Il la retrousse autour de ma taille, puis pose la main sur mon sexe, insérant trois doigts en moi. Son emprise intime est intense. Sa bouche est sur mon sein et son autre main au-dessus de ma tête, mes poignets prisonniers.

Je me débats pour mieux ressentir à quel point il m'a capturée. Dans le mouvement, son emprise se resserre. Sa bouche revient s'écraser contre la mienne, sa langue me prend sauvagement, réveillant un désir follement érotique.

Lorsqu'il interrompt le baiser, je suis faible, mes jambes flageolent et mon corps est tellement chaud que je me sens sur le point de fondre.

— J'en veux plus, supplié-je.

Il fait un pas en arrière, me relâchant.

— Dans la chambre, chérie. Je t'en promets plus.

Je prends sa main et la fais glisser sous ma jupe sans le quitter des yeux.

— Plus, répété-je.

Il a l'air perplexe.

— Je veux que tu sortes ton sac de jouets.

Cette fois, il recule et me relâche en secouant la tête. On dirait que je lui ai jeté un seau d'eau froide et j'espère sincèrement ne pas avoir tout gâché.

— Je ne sais pas ce que tu demandes, dit-il. Je ne comprends vraiment pas.

La colère éclate en moi… Comment ose-t-il prétendre savoir ce dont j'ai besoin ?

— Tu en as envie, n'essaie même pas de me dire le contraire. Pourquoi tu ne me crois pas quand je dis que je le veux aussi ?

— Tu es blessée. Brisée.

— Oui, c'est vrai. Mais je veux que cette douleur me

vienne de toi.

Je pose les mains sur ses épaules et m'approche de lui. Je crains un peu de franchir une ligne, mais j'ai dépassé le point où je m'en souciais.

— Menotte-moi les poignets, murmuré-je. Donne-moi la fessée. Donne-moi des bleus dont j'ai envie. Donne-moi des courbatures. Merde, Liam, tu le veux aussi et pour les mêmes raisons.

Il penche la tête, les narines dilatées comme s'il luttait contre un besoin primaire. Tant mieux. Je poursuis :

— Tu crois que je ne comprends pas ? Tu penses que je ne comprends pas pourquoi tu fuis les relations ? Il s'est passé quelque chose.

Je remarque un soupçon de douleur sur son visage, mais cela disparaît si vite que je peux presque me convaincre que je l'ai imaginé.

— Le monde est hors de contrôle et tu veux reprendre la main.

— Et toi ?

Sa question est brutale, presque une accusation.

— Tu étais contrôlée. Forcée. Tes choix ne t'appartenaient plus. Pendant des années, tu as été utilisée par ces enfoirés de monstres. Et maintenant, tu veux que je te menotte ?

— Oui.

J'ai envie de crier ce mot, si le volume pouvait le convaincre.

— Oui. Menotte-moi. Bande-moi les yeux. Attache mes jambes. Donne-moi la fessée.

J'inspire, me forçant à diminuer la cadence.

— Tout ce que tu veux, Liam. Parce que je le veux aussi.

Il secoue la tête et je me presse contre lui, sachant que je le pousse probablement trop loin. Je m'en moque. Je vais gagner ou perdre, mais quoi qu'il en soit, je veux terminer avec ça.

— C'est ce que je veux, dis-je doucement, mais seulement de ta part. Tu ne comprends pas ? Ils ont tout pris, merde. Maintenant, je veux donner. Tu es un homme fort, Liam. Puissant. Le genre d'homme capable de provoquer les choses. Je serais idiote de croire que tu n'aimes pas dominer à l'intérieur et à l'extérieur de la chambre.

— Je n'en ai pas besoin. Pas comme ça.

— Bien sûr que non. Le besoin, ce n'est pas la même chose que le désir. Tu ne prendrais jamais quelque chose si tu pensais que ça pouvait me faire du mal.

Je lui prends la main.

— Sache seulement que ta galanterie est déplacée. C'est ce que je veux aussi. Je le désire.

— Xena, tu…

— Écoute-moi, merde ! Tu veux le contrôle ? Contrôle-moi. Non pas parce que tu me forces, mais parce que je veux enfin donner le contrôle plutôt qu'on me l'arrache.

Pendant un moment, il ne fait que me regarder et j'ai peur qu'il ne comprenne pas, ou qu'il ne me croie pas.

Puis il rencontre mon regard et déclare :

— Dans la chambre.

Il y a du pouvoir dans ces paroles. Du pouvoir et une exigence. Je sens la force de ces trois mots à travers tout mon corps.

Mes jambes sont molles alors que j'obéis, m'asseyant au pied du lit. Il me suit et s'arrête pour s'appuyer contre l'encadrement de la porte. Ses yeux me parcourent, d'un regard lent et résolu qui me fait trembler avec impatience.

— Retire tes vêtements, dit-il. Ensuite, rassieds-toi, les jambes écartées.

Le cœur battant, je m'exécute. Je l'imagine déjà qui me regarde, les yeux pleins de chaleur. Une fois que je suis nue sur le lit, les jambes tellement écartées que l'intérieur de mes cuisses me fait mal, je suis récompensée par un gémissement guttural et satisfait. Il a empoigné son sexe, bien dressé.

Il se dirige vers le dressing et en sort le sac. Il prend la peine de croiser mon regard en le vidant de son contenu sur le tapis. Je sens mon corps réagir instantanément. Mes tétons se tendent dès que j'imagine ce qu'il me fera avec tout cet attirail.

— Ça t'excite, dit-il.

En entendant la chaleur dans sa voix, je pense qu'il y a aussi du soulagement, comme s'il était maintenant certain que je pensais ce que je disais dans le couloir.

— Oui, monsieur.

Je m'autorise un petit sourire, appuyant sur le dernier mot.

Son sourire s'épanouit aussitôt et une vague de soulagement me submerge quand je prends conscience qu'en effet, nous sommes sur la même longueur d'onde.

— Quel est ton mot de secours ? demande-t-il en prenant un bandeau et en venant vers moi.

Je secoue la tête.

— Je n'en veux pas.

Il lève un sourcil.

— Je ne pense pas…

— Je n'en veux pas, répété-je. Je ne veux pas de limites avec toi. Je te fais confiance pour ne pas aller trop loin.

Pendant un instant, je pense qu'il va protester, mais il se penche et m'embrasse doucement avant de mettre le bandeau sur mes yeux, l'attachant juste assez pour éviter que la lumière ne puisse s'infiltrer sous les rebords.

J'attends qu'il me demande si ça va, mais heureusement, il ne le fait pas. Je veux qu'il me possède, qu'il me prenne. Je le veux, parce que je le lui donne, et maintenant c'est son tour de profiter de ce que je partage enfin librement.

— À genoux, chérie, dit-il, une main sur mon coude pour m'aider à me baisser.

Je reste agenouillée au sol, à l'écouter se déplacer dans la pièce, puis j'inspire vivement lorsqu'il tire mes bras vers l'arrière, attachant mes poignets avec les menottes à fourrure avant de reporter son attention sur mes tétons. Ses doigts jouent avec eux tour à tour et je lâche un gémissement.

— Je ne te demande pas si tu le veux. Je crois que c'est le cas. De toute façon, je te fais confiance pour me dire si je me trompe.

Je hoche la tête, me mordant la lèvre inférieure dans l'attente de ce qui va se produire et dont je pense connaître la nature. Un moment plus tard, je sens la pression sur mes tétons, l'un après l'autre, confirmant mes soupçons. Il y a une douleur au départ, mais elle s'efface, bien vite remplacée par une profonde intensité qui se propage jusqu'à mon sexe.

— Bien, murmure-t-il.

C'est bête, mais je ressens un élan de fierté.

Je ne peux pas le voir, mais je sais qu'il est juste devant moi. Je peux sentir sa présence, plus grande que nature et merveilleusement autoritaire. Puis, comme pour me le confirmer, j'entends ses mains sur son jean et le bruit métallique de la fermeture éclair, suivie par un froissement de tissu.

J'émets un petit gémissement de désir alors que la chaleur tourbillonne dans mon ventre. Je suis humide, mais incapable de me toucher. Je sens ma moiteur à l'intérieur de mes cuisses, et quand son gland caresse mes lèvres, je serre les jambes, réprimant un intense désir de jouir. J'ouvre alors la bouche pour le prendre.

Avec mes mains attachées derrière le dos, je n'ai aucun contrôle ni équilibre. Liam me tient la tête, me prend, me contrôle alors que je me soumets, que je lui donne tout. De mon plein gré. Ouvertement. Et il ne boude pas son plaisir.

Son corps tressaute et je suis certaine qu'il est sur le point de jouir. Je m'attends à ce qu'il explose, mais il me surprend en abandonnant ma bouche pour me tirer par le bras. Il me retourne, puis il me pousse vers l'avant jusqu'à ce que mes jambes soient appuyées contre le lit. Là, il me penche de sorte que ma poitrine se retrouve plaquée sur le matelas et mes fesses en l'air.

Je ferme les yeux, profitant de la sensation des draps contre mes tétons pincés. De l'air frais sur ma peau surchauffée. Et de ses doigts le long de mon dos, jusqu'à mes fesses où il se glisse en moi, son corps penché sur le mien. Le coton de sa chemise caresse mon dos et son sexe se frotte contre mes fesses. Il me chuchote à l'oreille :

— Tu es incroyablement humide.

Il enfonce ses doigts plus profondément, puis il les retire, effleurant mon périnée. Je me mords la lèvre inférieure, perdue dans un brouillard de désir et de sensualité.

— J'aime ça. Et toi ?

— Oh, oui, murmuré-je.

— Ça se voit, répond-il en riant. Écarte les jambes, chérie.

Je m'exécute et il me soulage, en me donnant une petite fessée avec la paume de sa main. Je lâche un gémissement guttural, mais je garde les lèvres fermées. J'en veux plus, pourtant je ne veux pas supplier. Au contraire, je désire qu'il tienne les rênes, qu'il m'emmène là où il souhaite aller.

Heureusement, je constate rapidement qu'il m'entraîne exactement là où je voulais. Une autre claque, suivie par un gémissement de sa part, puis il frotte sa paume sur ma peau pour m'apaiser avant de glisser sa main entre mes jambes et jouer avec mon clitoris.

Je remue, avide de plus, et il me satisfait avec une autre fessée, puis il me murmure à l'oreille. J'ai une marque rose sur mes fesses claires, dit-il, et il hésite à la laisser ainsi ou à accentuer les rougeurs.

Je me mords la lèvre. Mes seins me font mal contre le matelas et mon sexe palpite de désir alors qu'il me donne deux claques de plus avant de s'exclamer :

— Là, c'est bien rouge.

Je ne peux pas le supporter davantage.

Enfin, heureusement, son sexe m'est offert. Une main

sur ma hanche et l'autre entre le lit et mon corps pour trouver mon clitoris, il me pénètre, me prenant si fort que le lit frappe contre le mur. Tant mieux qu'il n'y ait aucun voisin de ce côté. C'est tout ce qui me traverse l'esprit avant que la passion ne me submerge. Je me retrouve dans l'incapacité de penser. Rien d'autre ne me vient en tête que le plaisir, les sensations et la satisfaction qui monte en spirale, dont l'intensité se propage à toutes les cellules de mon corps, me réchauffant jusqu'à ce que je sois bouillante. Il redouble d'ardeur, et bientôt, je tourne et m'envole, arrachée à mon propre corps pour virevolter dans l'espace où je finis par exploser en une fontaine de pur plaisir, aussi chaude et puissante qu'une supernova.

Je respire péniblement quand je m'écrase à nouveau sur terre. Je remarque à peine qu'il défait doucement les menottes. Il vient sur le lit à côté de moi et c'est alors que je me rends compte qu'il m'a entièrement allongée.

— C'était fou, murmuré-je en me détendant contre lui. Absolument incroyable.

Je sens son doux rire vibrer à travers moi et je me blottis encore plus près, une main contre son torse pour sentir battre son cœur. Pendant un moment, je reste là, à écouter le son de nos respirations et nos cœurs qui battent au même rythme. Je veux dormir, mais je ne suis pas fatiguée. J'ai envie d'en savoir plus, de tout savoir. J'ai beau me dire que Liam ne veut pas en parler, je me redresse sur mon coude et je demande tout simplement :

— Est-ce que tu veux me parler d'elle ?

— Qui ?

— La femme que tu as aimée. La femme pour qui tu ne veux plus de relation. Est-ce qu'elle t'a brisé le cœur ?

Pendant un moment, je crois qu'il va ignorer ma question et le silence plane sur nous. Lorsqu'il parle enfin, sa voix est basse et je l'entends à peine.

— Non, dit-il en roulant sur le côté. Elle est morte. Elle est morte par ma faute.

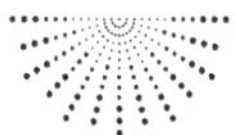

CHAPITRE VINGT-ET-UN

Je laisse ces mots en suspens pendant au moins une minute, puis je roule sur le côté, me blottissant contre son dos.

— Raconte-moi.

— Ce n'est pas quelque chose dont je parle.

— Raison de plus. Ne me le dis pas parce que je te le demande. Parle-moi parce que tu le lui dois.

Il reste silencieux et je pose la main sur son biceps, sentant sa force. Je ne peux m'empêcher d'être saisie par l'ironie de la situation, un homme aussi fort abattu par le poids d'horribles souvenirs. Et pourquoi pas ? Ne suis-je pas une preuve vivante que le passé peut nous affecter ?

— C'était il y a longtemps, dit-il en se tournant vers moi, la tête sur l'oreiller à quelques centimètres de la mienne. Parfois, il me semble que c'était hier.

Un petit sourire apparaît sur ses lèvres et il me réchauffe. Je suis heureuse qu'une partie de son souvenir lui apporte un peu de joie.

— Elle travaillait dans le département maquillage chez

Sykes à Londres. C'était à l'époque où je venais de quitter l'armée. J'y étais incognito pour une mission de renseignement militaire. C'était un travail de couverture, mais je l'exerçais vraiment.

Je hoche la tête en me demandant s'il a la moindre notion de ce qu'il partage avec moi. Il s'ouvre à moi, en cet instant, même s'il prétend ne pas le vouloir. Je ne dis rien. Je ne veux pas qu'il cesse de parler.

Il roule sur le dos, comme s'il s'adressait au plafond.

— Dion était une fille adorable, dit-il. Intelligente, drôle, géniale avec les clients. Tout le monde l'aimait. Elle illuminait la pièce quand elle entrait quelque part et je ne l'ai jamais entendue dire un mot méchant à quiconque. Dès que je l'ai rencontrée, j'ai su que je voulais être dans son entourage. Tout le monde avait envie de la fréquenter. C'était ce type de personne. Je pense que tu l'aurais aimée.

— Je n'en doute pas. Que s'est-il passé ?

— Une tragédie. C'est toujours le cas avec ces histoires, non ? Il y a toujours une tragédie, de la douleur, un cœur brisé, de l'horreur, et tout finit par un beau gâchis.

Cette fois, il s'assied, adossé contre la tête de lit. Je me redresse, moi aussi, les jambes croisées et la couverture sur moi, en face de lui.

— Est-ce que tu es certaine de vouloir entendre tout ça ? demande-t-il.

— Tu sais bien que oui.

Il acquiesce.

— Nous avons commencé à sortir ensemble, au début en tant qu'amis, puis c'est devenu sérieux. Je l'aimais. Ça se résume à ça. Nous avons emménagé ensemble, acheté des meubles. Elle me faisait sourire tous les jours.

Il marque une pause comme s'il s'attendait à ce que je lui pose des questions. C'est à lui de raconter son histoire maintenant.

— Alors que cette vie douce et tranquille se passait dans notre petit chez nous à Londres, au cours de mes journées de congé, je faisais un peu de travail pour les renseignements et je traquais un homme dénommé Anatole Franklin. Ce n'est vraiment pas un type bien. Il te rappellerait certainement beaucoup Noyce.

Je frissonne à la simple mention de ce nom.

— Je me rapprochais de Franklin, et d'une façon ou d'une autre, il l'a su. Je ne sais pas comment. Jusqu'à aujourd'hui, je ne sais toujours pas ce qui l'a énervé ni comment il a su pour Dion, mais il l'a attendue à l'extérieur du magasin, il l'a suivie à la maison et il l'a abattue devant notre porte.

Sa voix était impassible, comme s'il faisait un rapport de police, et je comprends qu'il lutte pour contrôler sa colère et sa douleur.

— Tous ceux qui passaient devant notre immeuble la voyaient étalée sur les marches pendant que les services des urgences essayaient de la ranimer. Ils n'ont pas réussi. Elle était morte avant que j'arrive. Je n'ai même pas eu la chance de lui dire au revoir.

— Oh, mon Dieu, Liam. Je suis vraiment désolée. Comment ont-ils su que c'était lui ?

— Il y avait un message pour moi. Je savais que c'était lui avant même d'en avoir une confirmation. Mais je suppose qu'il voulait s'assurer que j'aie bien compris. Il tenait à être vu et il y a eu beaucoup de témoins. Trois personnes différentes l'ont identifié à partir d'une photo.

Par contre, je savais où trouver le fils de pute. Il n'avait pas pris ça en compte.

— Qu'est-ce que tu veux dire ?

— Je pense que Franklin n'avait pas réalisé à quel point nous étions sur sa trace. Nous savions où il se terrait, nous savions quelle serait sa prochaine étape. Il avait un poste bien placé parmi les responsables américains basés à l'ambassade de Londres, qu'il utilisait comme porte de sortie vers les autres pays avec lesquels nous n'étions pas en bons termes. Il marchandait des secrets gouvernementaux et il était prêt à tuer pour se protéger.

— Tu l'as tué.

— Oui. Le gouvernement le voulait, vraiment. Ils voulaient ce qu'il y avait dans sa tête. Moi, je n'en avais vraiment rien à faire. J'étais fou de rage. J'ai forcé sa porte, j'ai levé mon arme, et je lui ai tiré dans la tête. Je ne le regrette pas.

Il se tourne pour croiser mon regard.

Je m'humecte les lèvres.

— Que s'est-il passé ?

— Puisque je suis ici, je n'ai pas terminé en prison, que ce soit la militaire ou autre. Il vendait de gros secrets d'État, après tout. Le gouvernement n'a pas apprécié que je décide de le supprimer avant qu'ils ne soient prêts, mais ils m'ont seulement renvoyé. Heureusement, avec les honneurs.

— Tu as eu de la chance.

Il acquiesce.

— Mes supérieurs ont plaidé en ma faveur. Ils savaient très bien ce que j'avais traversé. Et rien de ce qu'ils me feraient ne pourrait être pire que ce que Franklin m'avait déjà infligé.

Pendant un moment, je reste silencieuse. Puis je m'assieds plus près, m'appuyant contre lui. J'ai envie de sentir sa chaleur contre mon corps. Je prends sa main et je la tiens, nos doigts entrecroisés.

— Tu sais que ce n'était pas ta faute, hein ? Tu ne l'as pas tuée.

— Si je ne l'avais pas aimée, elle serait toujours en vie. Il l'a tuée parce qu'elle était importante à mes yeux.

Si je ne l'avais pas aimée...

C'est ce qu'il pense, bien sûr, et la raison pour laquelle il ne peut pas avoir de relations. C'est la peur qu'en étant proche de lui, quelqu'un lui soit à nouveau enlevé. Je le comprends. Toute ma vie m'a été volée, et Dieu sait que j'ai peur de m'engager aussi. Cependant, j'espère que l'homme assis près de moi sera capable d'exorciser mes démons et de me préparer à une vie normale, à une relation saine.

Je ne sais pas si je pourrai l'aider, en revanche. Tout ce que je peux faire, c'est lui montrer qu'il a assez de force en lui pour faire face à tout ce que la vie lui oppose.

— Si je ne l'avais pas aimée, répète-t-il.

Puis il se tourne vers moi, les yeux sombres. Si sombres qu'il me fait presque peur.

— S'il te plaît, dit-il, la voix nouée par l'émotion. S'il te plaît, ne me demande pas de t'aimer.

Je reste silencieuse, luttant contre mes larmes. La vérité, c'est que je sais qu'il m'aime déjà.

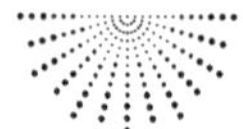

CHAPITRE VINGT-DEUX

Il savait qu'elle ne comprenait pas entièrement. Ils étaient semblables, tous les deux, parce qu'ils évitaient les relations, mais elle les évitait pour elle-même. Lui, il s'était interdit l'amour parce que c'était lui qui mettait les autres en danger. Son travail était toute sa vie, et sa vie était dangereuse.

— Je sais à quoi tu penses, dit-elle.

— Vraiment ?

— Tu penses que tu es un aimant. Que tu n'attires pas seulement les femmes avec ton charme incroyable et ton physique de rêve, mais que tu es aussi un aimant pour la douleur et la souffrance. Après ce qu'il s'est passé avec Dion, qui pourrait te le reprocher ?

Il ne prononça pas un mot. Il avait déjà dit tout ce qu'il voulait dire.

— Pour te dire la vérité, il y a des choses bien pires que d'être en ligne de mire parce que je suis ta petite amie.

Son corps se tendit quand elle employa le terme de

petite amie. Ce n'était pas une direction qu'ils pouvaient se permettre de prendre.

— Des choses plus effrayantes, dit-il pour alléger l'atmosphère. Quoi, par exemple ?

— Être sans toi, idiot.

Elle sourit, comme pour lui montrer qu'elle plaisantait. Elle se mordit la lèvre inférieure ensuite, inspira et annonça :

— Je suis en train de tomber amoureuse de toi, tu sais.

Des mots simples, si communs. Des mots qu'il n'avait pas entendus depuis longtemps et qu'il était persuadé de ne plus jamais vouloir entendre.

Il ne le voulait pas. Il ne le devait pas.

Parce qu'ils étaient dangereux. Ces mots pouvaient faire tuer une femme. Pourtant, en même temps, ces mots doux et merveilleux semblaient l'illuminer de l'intérieur, la rendre encore plus belle qu'elle ne l'était déjà.

— C'est trop tôt pour avoir des mots comme ça, intervint-il.

Il cherchait à atténuer l'intensité du moment, à lui faire perdre son éclat. Surtout, ne pas en faire quelque chose de merveilleux et de précieux qu'il voulait serrer contre son cœur.

Si elle était offensée ou blessée par son rejet d'apparence naturel, elle n'en montra rien. Elle secoua seulement la tête en disant :

— Non, ce n'est pas trop tôt. Ce n'est jamais trop tôt pour la vérité. Si tu as besoin de temps pour pouvoir me le dire en retour, je comprends. En attendant, je veux seulement que tu saches que je t'aime. Et rien que tu puisses dire n'éteindra cette flamme en moi.

Il la dévisagea, cherchant une hésitation. Tout ce qu'il vit dans ses yeux, c'était de l'amour. Et merde, il ne savait pas du tout quoi en faire.

Elle bâilla, puis lui lança un sourire désolé et elle se glissa sous les couvertures pour se blottir contre lui.

— Tu as transformé une journée horrible en une merveilleuse journée, dit-elle. Maintenant, je voudrais seulement dormir et faire semblant que le temps entre le moment où nous avons quitté Ella et celui où nous avons passé la porte de ton appartement n'a jamais eu lieu.

Il ne pouvait pas discuter sur ce point. Après avoir frôlé la mort, il n'avait besoin de rien d'autre que sa présence. Ils avaient fait l'amour fougueusement et avec tant de sentiment qu'il avait l'impression qu'une partie essentielle de son être avait changé à jamais. Pas au point d'avouer quelque chose d'aussi dangereux que l'amour, toutefois.

Rien que savoir ce qu'elle ressentait lui paraissait dangereux. Comme si elle attirait les problèmes. Comme si elle avait ouvert la boîte de Pandore et avait fait sortir tous les maux sur Terre.

En même temps, il ne pouvait nier que c'était une vérité merveilleuse et inattendue. Son aveu l'avait empli d'une sensation de chaleur qu'il n'avait pas éprouvée depuis des années. C'était réconfortant et incroyable. C'était tout ce qu'il voulait, tout ce dont il avait besoin, et également tout ce qu'il redoutait.

Cette fois, il ne fuirait pas. Enfin, pas vraiment. Il se sentait si bien avec cette femme qu'il avait l'impression que c'était un miracle. L'ironie, c'était qu'elle ne pouvait pas être un miracle. Pas maintenant, ni jamais. Même s'il avait une réputation de dur à cuire, il savait que la seule chose qui pouvait le détruire, c'était de la perdre.

Il aurait pu la perdre ce soir et elle n'était pas encore à lui. Pas vraiment. Savoir qu'elle aurait pu passer à travers la voiture, qu'elle aurait pu mourir, qu'elle aurait été perdue à jamais…

Cette pensée le révulsait.

Il la protégerait. C'était sa mission. C'était pour cela qu'il avait été engagé.

Il tomberait amoureux d'elle, parce qu'il ne pouvait pas s'en empêcher.

Et au bout du compte, il la quitterait, parce qu'il le fallait.

Parce qu'il était prêt à tout pour protéger la femme qu'il aimait. Même si elle en souffrait.

À côté de lui, sa respiration s'était ralentie. Elle s'était endormie et il savait qu'il n'allait pas tarder, lui non plus. La journée avait été très longue. Merveilleuse de tant de manières et pénible de tant d'autres. Maintenant, il voulait tout simplement glisser sous les couvertures et laisser le sommeil s'emparer de lui.

Alors que ce doux rideau allait tomber, ses propres pensées lui revinrent… Il ferait n'importe quoi pour elle. N'importe quoi pour la protéger.

Il sauta hors du lit, attrapa son téléphone et se précipita dans l'autre pièce pour ne pas la réveiller. Il composa un numéro et attendit patiemment que Winston décroche.

— J'ai appris pour l'accident, dit le Texan. Ça va ? J'allais appeler plus tôt, mais je me suis dit que tu aurais besoin de repos.

— On est tous les deux un peu secoués, mais pas de dégâts irréversibles. Pourquoi voulais-tu m'appeler ?

— La coïncidence, mon vieux. Ne me dis pas que tu n'y as pas pensé, toi aussi.

— Xena et moi, nous avons été suivis peu après notre arrivée chez Ella. Et notre suspect de New York qui évite son appartement de Manhattan ?

Liam entendit Winston soupirer à l'autre bout du fil.

— Tu as lu dans mes pensées. Je passe mon temps à faire de nouvelles vérifications sur la maison, en pensant que j'ai peut-être oublié un micro, que le téléphone est enregistré, mais je ne trouve rien.

— Je pense que nous devons examiner Rye de plus près, avança Liam.

— Je ne veux pas discuter ta façon de penser, mais je ne le vois pas comme notre suspect. Il est trop investi auprès d'Ella. Ou alors, c'est le meilleur acteur au monde. J'ai vérifié son téléphone, en plus. Ses appels, ses messages et même ses publications sur Facebook. Comment communique-t-il ?

— Je ne sais pas, mais c'est notre homme. J'en suis certain. Je dirais que ses motivations sont sincères, par contre.

— Qu'est-ce que tu veux dire par là ? demanda Winston.

— Il protège Ella. Tu l'as dit toi-même : il ferait n'importe quoi pour elle.

— À un moment donné, ils ont menacé de lui faire du mal s'il ne les aidait pas. Tu penses qu'il les aide depuis la cabane ?

Ce n'était pas une question, Winston savait exactement ce qu'il y avait dans la tête de Liam.

— Tu penses qu'il sait où se trouve Noyce ?

— Ce n'est pas important qu'il sache où il est. Tout ce qui compte, c'est qu'il pourra mener le type à la mâchoire carrée là où je serai. Une fois que je lui mettrai la main dessus, je suis certain que je pourrai le convaincre de contacter Noyce pour moi.

Winston grommela.

— Je suis certain que tu en es capable. Alors, où vas-tu ?

— Je vais à New York et je veux que tu t'assures que Rye le sache. Il communiquera l'information à notre bon ami.

— S'il ne le fait pas ?

— Alors, nous aurons mal jugé notre pote Rye. Mais nous savons tous les deux que ce n'est pas le cas.

— C'est un piège compliqué que tu es en train d'élaborer. Tu es passé par Ryan ? Comment prévois-tu de gérer ça ?

— Ça ira. Je fais intervenir une personne compétente.

— Dallas Sykes, dit Winston.

— Il va travailler avec moi là-dessus. Je pense que Noyce va nous poursuivre de lui-même.

— Tu veux dire si Xena est l'appât ? Est-ce que tu veux la mettre en danger ?

— Je vais lui en parler, bien sûr. Si nous ne prenons pas le risque, elle pourrait ne jamais connaître de vie normale. Je veux en finir avec ça. Je veux qu'elle soit en sécurité.

Il ferait le nécessaire pour s'assurer qu'elle y parvienne.

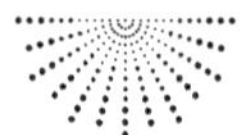

CHAPITRE VINGT-TROIS

Je m'engage sur l'escalier amovible du jet privé. Une femme aux cheveux dorés coupés court est à l'intérieur, vêtue d'un chemisier blanc et d'un pantalon fraîchement repassé. Elle tient un verre à ballon rempli de bourbon, sans doute, et une flûte d'un liquide pétillant et frais avec, au fond, une baie rouge.

— Bonjour, mademoiselle Morgan. Je suis Talia. Je vais m'occuper de vous et de monsieur Foster au cours de ce vol. Puis-je vous offrir un verre d'eau pétillante avec une framboise ? Ou une tranche de citron vert, peut-être ?

Je jette un œil à Liam, émerveillée par tout ce qu'il a dû organiser pour que ce voyage ait lieu si rapidement. Il a même pensé à dire à l'équipage que je ne voudrais pas d'alcool.

— Merci. J'adorerais essayer avec de la framboise.

— Tout le plaisir est pour moi, dit-elle en me tendant la flûte. Asseyez-vous où vous voulez, je vous apporterai des fruits et du fromage après le décollage.

— D'accord. Merci.

Je dois avoir l'air submergée par tout ce qui m'entoure, parce que c'est le cas.

Je m'avance dans la cabine et je m'arrête pour tout admirer. Pendant que Liam parle avec Talia derrière moi, je prends le temps de regarder l'intérieur du jet. J'ignore de quel type d'appareil il s'agit. Pour moi, c'est seulement un véhicule très chic qui vole dans le ciel.

L'intérieur cylindrique exprime le confort, et l'ameublement ferait honte à la première classe de n'importe quel avion de ligne. Cela dit, je n'ai jamais voyagé en première, mais dans les films je n'ai jamais vu d'intérieur de ce genre. On dirait une exposition de luxe, avec des bois riches et chatoyants, ainsi que des cuirs souples.

À l'avant, il y a plusieurs fauteuils individuels et un canapé du même cuir, donnant l'impression d'un salon confortable. Au fond de l'avion, je vois quatre sièges regroupés autour d'une table et je présume que cet espace est utilisé comme zone de travail en plein vol. Je choisis le canapé en espérant que Liam prendra le siège à côté de moi.

Les hublots derrière moi sont petits. C'est dommage, mais ce doit être à cause de la pression atmosphérique. Je n'ai pas le vertige et j'aurais adoré qu'un des murs soit entièrement vitré pour que nous puissions voir le monde disparaître sous nos pieds.

Je me tourne pour regarder vers l'avant. Liam discute toujours avec Talia et un homme en uniforme, le pilote sans doute. Je remarque une porte en accordéon, certainement une barrière entre l'équipage et nous. Puisqu'elle est ouverte, je distingue un espace cuisine, et plus loin, le cockpit où un autre homme en uniforme ajuste des poignées sur un tableau de bord compliqué.

Je croise le regard de Liam qui me sourit, puis il tend un bloc-notes et un stylo à Talia qui le lui échange avec le verre à ballon.

Un moment plus tard, il est à côté de moi.

— Tu partages le canapé ?

— Pas avec n'importe qui, dis-je avec emphase, tout en l'examinant de haut en bas. Tu feras l'affaire.

Il sourit, s'installe près de moi et sirote son bourbon avant de me prendre la main. Je soupire. Les circonstances ne sont pas idéales, nous partons pour piéger un horrible personnage, mais autrement, je pourrais bien m'y habituer.

— Je n'ai pas pensé à te le demander, dit-il. Est-ce que tu es déjà montée dans un jet privé ?

Puisqu'il connaît mon histoire, je comprends qu'il me demande si j'étais l'une des filles sélectionnées pour sortir dans le monde et faire la fête. Les filles que l'on emmène dans des jets privés pour aller sur des îles privées. Les filles qui portent des vêtements élégants et de tout petits bikinis quand elles ont de la chance. Ces filles-là ne revenaient jamais, bien souvent, et ceux qui les abandonnaient prétendaient qu'elles étaient traitées comme des princesses quelque part sur une île tropicale, mais nous savions toutes qu'elles étaient certainement mortes. Ou pire.

— Ils m'ont toujours gardée à New York. En fait, c'est seulement la troisième fois que je prends l'avion. Ellie n'aime pas voler, et avec le groupe et le matériel, c'est plus facile de prendre un bus. Maintenant qu'elle devient importante, je pense qu'elle va devoir emprunter la voie des jets privés. Trop de temps perdu sur la route.

— La troisième fois, dit Liam, pensif. Tu m'as dit que la fausse agence de mannequins de Corbu vous avait payé un billet d'avion, alors c'était déjà la seconde fois ? À quand remonte la première ?

— Ma mère et mon père m'ont emmenée à Disneyland quand j'avais cinq ans. Je sais que nous avons volé, mais je ne me rappelle pas cette partie-là. Ni Disneyland, d'ailleurs.

— Pas du tout ? C'est vraiment triste.

— Enfin, je me rappelle les couleurs et les robes de princesses. Elles ont vraiment dû me faire une forte impression, parce que pendant des années, je me suis imaginée dans une robe de princesse.

Mon imagination me transporte justement dans l'une de ces robes, avec Liam à mes côtés. Il porte un costume noir avec une cravate de la même couleur.

Je lève les yeux, me sentant un peu ridicule, et découvre son sourire énigmatique. Je grimace dans ma tête en me demandant s'il a pu lire mes pensées.

Je n'ai pas le temps de m'en inquiéter, toutefois, parce qu'un instant plus tard, la voix du pilote nous parvient par l'interphone, nous demandant de nous attacher avant le décollage. Talia s'assied dans la cuisine, sur ce que Liam appelle un siège éjectable.

Nous commençons à rouler et j'ai presque l'impression d'être dans une voiture jusqu'à ce que nous soyons sur la piste et que nous prenions de la vitesse. Nous allons de plus en plus vite, et je me dis qu'il ne va rien se passer quand je sens l'angle de l'avion se dresser lentement, une sensation d'écrasement alors que nous prenons de l'altitude, puis enfin, brusquement, une libération cathartique.

Je baisse les yeux et je me rends compte que je serre la main de Liam tellement fort que mes jointures sont blanches. Il me regarde, à la fois tendre et inquiet.

— Tout va bien ?

J'acquiesce en lui lâchant la main.

— Je ne sais pas pourquoi je t'ai cramponné si fort. Je n'ai pas peur du tout. Je te le promets. C'était merveilleux.

— Un peu comme le sexe.

Je baisse la tête, étrangement intimidée, mais je suis bien d'accord, et je suis sûre qu'il le sait.

Un moment plus tard, il m'incline le menton et m'embrasse doucement.

— Merci de faire ça.

— Tu n'as pas à me remercier. Je suis en ligne de mire, tu te souviens ?

— Je sais, mais nous allons plus vite que nous le pensions, et dans une direction dont nous ne sommes pas absolument certains.

Depuis que Winston et Liam suspectent Rye de fournir des informations à Noyce, par le biais de Face de Rat et Mâchoire Carrée, ils ont décidé de tendre un piège qui, avec un peu de chance, nous mènera jusqu'à Noyce. Comme Trevor l'a mentionné au cours de notre réunion d'avant le départ, il est possible que Noyce ait quitté le pays. Le mieux que nous puissions faire, c'est de l'interroger et peut-être de l'utiliser pour remonter jusqu'à son chef. Ce ne serait pas l'issue idéale, mais je sais que c'est possible. Dans ce cas, je resterais une cible plus longtemps, bien sûr, mais au moins, j'aurais toujours Liam auprès de moi.

D'après le plan, Winston va dire à Ella que je suis partie à New York. Il dira que je reste avec Liam dans son appartement à Manhattan pour utiliser certaines de ses anciennes ressources afin de récupérer plus d'informations sur Noyce. Nous espérons ainsi donner l'impression à Rye que je vais passer beaucoup de temps seule dans l'appartement pendant que Liam sera occupé dehors.

Bien sûr, ce ne sera pas vrai. Si l'appât fonctionne pour attirer Mâchoire Carrée, alias Patrice Weil, ou Noyce, alors peut-être – seulement *peut-être* – serai-je enfin capable de mener ma vie sans regarder constamment par-dessus mon épaule.

— Tu es certaine que tu es à l'aise pour faire ça ? me demande Liam.

— Bien sûr, dis-je en riant. En plus, il est trop tard maintenant. Nous sommes déjà en vol.

— Non, je peux toujours demander un détour vers Paris.

Je serre sa main.

— Malheureusement, je n'ai pas pensé à prendre mon passeport, puisque je n'en ai pas. Sérieusement, ça va. Il faut le faire. Nous devons en finir avec ça. J'ai besoin de passer à autre chose.

Tout cela est vrai, bien sûr. Ma plus grande peur, c'est qu'une fois que la menace disparaîtra de ma vie, Liam suive le même chemin. Je n'ai pourtant pas d'autre choix. Je dois être libre, je dois briser ces chaînes pour avoir une vie.

Il me dévisage, puis il semble enfin convaincu que je pense ce que je dis.

— Très bien, alors. Donne-moi quelques minutes, histoire que je vérifie quelques trucs, et nous allons trouver une manière d'occuper le reste du voyage.

Je souris à la perspective de ce qu'il pourrait trouver, puis je m'installe confortablement en pensant à ce qui nous attend. La destination finale est son appartement, mais nous irons d'abord à Long Island pour passer la nuit chez son ami Dallas Sykes et sa femme Jane, apparemment très enceinte et alitée, une partie du programme que Rye ignore.

L'objectif pratique de ce détour est d'avoir l'aide de Dallas, à la fois pour les informations et la formation d'une équipe. Puisque Liam a grandi avec eux, et qu'ils étaient tous les deux ses meilleurs amis, il souhaite que je les rencontre en même temps que sa mère. Je suis flattée et j'ai un peu le cœur qui s'emballe, mais j'essaie de ne pas y voir trop de significations, car ce que j'ai envie d'y voir est un avenir avec Liam, une fois que je serai débarrassée de la menace. Je ne peux pas imaginer une chose pareille, je connais ses peurs et ses inquiétudes. Je sais que je ne peux pas le convaincre d'oublier la peur. Je ne peux qu'espérer qu'il se convaincra lui-même.

Puisque je n'ai pas envie d'y penser, je me distrais en feuilletant un magazine jusqu'à ce que Liam ferme son ordinateur portable et se tourne vers moi.

— Tu as terminé ? demandé-je.

— Terminé, dit-il avant de se lever pour aller dire quelque chose à Talia, refermant la porte entre nous et la cuisine.

Je lève un sourcil quand il se tourne vers moi.

— Alors, tu as dit que tu avais plein d'idées pour occuper le reste du vol, l'incité-je à continuer.

— J'ai plein d'idées. Nous pouvons parler, lire, regarder un film… Ou alors, je pourrais allumer le voyant *Ne pas déranger* et t'envoyer au septième ciel. C'est toi qui décides.

— J'aime les nouvelles expériences, dis-je en profitant de la pointe d'excitation qui s'empare de moi.

— Je suis très heureux de l'entendre.

Il appuie sur le bouton exigeant qu'on nous laisse en toute intimité, puis il revient sur le canapé. Alors que l'avion continue son ascension, je m'abandonne à ce qui, je l'espère, ne sera pas ma dernière fois avec cet homme.

Il y a une voiture qui nous attend quand nous atterrissons dans un aéroport privé, quelque part à Long Island. Une limousine, en fait. Liam me dit que Dallas l'a envoyée pour nous. Le chauffeur, de l'âge de Liam environ, avec les cheveux roux et un bouc, nous accueille par un « Monsieur Foster et Mademoiselle Morgan ». Il ouvre la portière de derrière, nous faisant signe de monter.

Liam m'invite à passer en premier, puis il hésite avant de me rejoindre.

— C'est bon de te revoir, Roger. Mais pourquoi toute cette pompe et ces manières ?

Je me penche en avant, intriguée, et je vois les épaules de l'homme se détendre et son visage s'épanouir en un grand sourire.

— Ah, vieux, je suis heureux que tu sois de retour. Je n'étais pas sûr du protocole avec notre invitée.

Liam se penche en avant pour croiser mon regard.

— Xena, je te présente Roger. Roger, Xena. Elle est…

Il s'attarde un moment avant de dire :

— Elle est avec moi.

Roger fait une petite révérence et quelques mèches de ses cheveux reflètent le soleil.

— Ravi de faire votre connaissance. Le trajet ne devrait pas être trop long. La circulation est fluide.

Il ferme la portière. Liam et moi nous retrouvons seuls à l'arrière de la limousine. La barrière entre le chauffeur et la banquette est levée et je m'attends à ce que Roger l'ouvre, puisqu'à l'évidence, Liam et lui se connaissent, mais il nous laisse tranquilles et je me tourne vers Liam pour lui demander qui c'est.

— Exactement ce qu'il semble être, répond Liam. Un des chauffeurs de Dallas. Il faisait aussi de petits boulots pour Délivrance. C'est un bon gars. Sa famille et lui travaillent pour la famille Sykes depuis l'époque où nous étions à l'école primaire. Alors, je le connais bien.

Nous passons devant des zones commerciales agréables, avec des cafés sur les trottoirs. Tout arbore l'éclat et l'élégance qui accompagnent invariablement l'argent. De là, nous passons dans un quartier résidentiel et nous nous y enfonçons. Les maisons deviennent de plus en plus impressionnantes.

Au cours du trajet, Liam me montre quelques endroits, des restaurants, des clubs et des maisons de personnes qu'il connaît personnellement et d'autres qu'il ne connaît que de réputation.

Cet endroit respire l'argent et toutes les maisons rivalisent de luxe jusqu'à ce que nous tournions dans une allée privée qui mène à un manoir de plusieurs étages. Comparé à ce que j'ai vu dans les quartiers les plus riches de Los Angeles, on dirait la résidence d'un prince étranger.

— C'est là que tu as grandi ?

Je ne peux m'empêcher de rester bouche bée devant cette bâtisse impressionnante, véritable château parmi les châteaux de cette rue.

— C'est somptueux.

— Oui. Mais je ne m'en suis pas rendu compte quand j'étais petit. Ma mère n'en a jamais fait tout un plat. Ni sur cette maison qui surpasse tout, ni sur le fait que la famille Sykes a plus d'argent que le PIB de certains petits pays. Et surtout, elle ne m'a jamais caché que nous ne faisions pas partie de cette fourchette de revenus nous-mêmes. Elle faisait partie du personnel, j'étais son fils, et c'était la raison pour laquelle nous étions là.

— Je suis sûre que c'est une mère géniale. Très lucide et sensée.

Ses yeux brillent avec chaleur.

— Oui. Elle n'a jamais encouragé ni découragé mon amitié avec Dallas. Elle se considérait comme une employée, mais moi, j'étais un invité. La famille le voyait aussi de cette manière.

La maison est encore plus impressionnante quand nous approchons, plus grande que ce que je pensais au départ.

— C'est la gouvernante ? Cet endroit est immense.

— À la tête d'une équipe, précise-t-il. Aujourd'hui, c'est la seule qui vit sur place, par contre. Elle et Archie.

— Archie ?

— Le majordome. De nom, du moins. Il faisait aussi partie du personnel de soutien pour Délivrance. J'aurais aimé que tu le rencontres, mais il a pris ses vacances annuelles plus tôt pour être à la maison quand Jane accouchera.

— Et ta mère ? Est-ce qu'elle savait aussi ? Je pensais que Délivrance était un secret.

— Elle le sait maintenant. Elle ne l'a pas toujours su.

Il soupire quand la voiture s'arrête dans l'allée.

— En tout cas, la voilà. La maison de mon enfance.

— C'est magnifique.

— Je sais.

Je peux entendre une émotion dans sa voix, mais je n'arrive pas à déterminer laquelle. Un peu de mélancolie mêlée à de la fierté, peut-être.

— C'est un endroit spécial, dit-il, mais ce n'est qu'une fois plus vieux et seul que j'ai compris quel cadeau ça a été de faire partie de la famille.

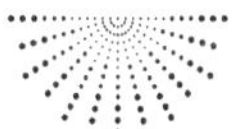

CHAPITRE VINGT-QUATRE

— Waouh, dis-je alors que nous franchissons les doubles portes qui mènent dans l'entrée baignée de lumière naturelle.

— Impressionnant, non ?

Je suis sur le point d'approuver quand j'entends une voix grave et rocailleuse :

— Mon père voulait que cette pièce accueille, impressionnc et intimide ses invités.

Les mots semblent planer dans les airs, comme s'ils descendaient du paradis.

— Des objectifs somme toute contradictoires, je l'admets. Je crois que c'est quand même réussi. En même temps, Eli Sykes est un homme qui tend à faire tout ce que son esprit décide de faire.

La voix est celle d'un homme qui se tient en haut de l'escalier à la rampe ouvragée. Il est grand et mince, et ses épaules larges tendent le t-shirt gris uni qu'il porte. Ses cheveux sont bruns, avec des reflets blonds, comme si le soleil y avait laissé sa marque, et même à cette distance je distingue ses yeux verts saisissants.

Dallas Sykes. J'ai vu des photos sur les réseaux sociaux et dans les magazines pendant des années, mais elles ne lui font pas justice.

— Pas toi ? demande Liam alors que Dallas descend l'escalier avec la démarche d'un homme parfaitement à l'aise avec son environnement.

C'est cohérent. Après tout, il est chez lui dans ce manoir.

— Je n'ai jamais dit le contraire, mais je suis un peu moins subtil quand je vais chercher ce que je veux. Père a construit des manoirs. Moi, je prends une approche moins métaphorique pour ce que je veux accomplir. Là, tout de suite, ajoute-t-il avec l'un de ses fameux sourires, je veux rencontrer Xena.

— Oh, dis-je, un peu émue d'avoir l'attention d'un tel homme.

Je prends sa main tendue. Sa poigne est aussi ferme que l'on peut s'y attendre de la part d'un homme aussi impressionnant.

— Bonjour. Liam m'a beaucoup parlé de toi.

— Oh, dis-je à nouveau, me demandant où mon vocabulaire a bien pu s'envoler.

Je jette un œil vers Liam qui sourit simplement en haussant les épaules.

— Que du positif, m'assure-t-il avec un sourire juste assez chaleureux pour me faire rougir, parce que je suis certaine que Dallas a relevé ce détail, lui aussi.

— Écoute, Jane meurt d'impatience de te rencontrer, mais elle vient tout juste de se réveiller et elle demande si nous pouvons lui laisser environ une demi-heure. Pas de caféine quand on est alité, ajoute-t-il avec un sourire. J'aurai de nombreuses raisons de me réjouir à l'arrivée du bébé. Ça ne sera plus très long, maintenant.

— Ne sois pas trop impatient. Elle sera sûrement fatiguée plus longtemps si elle allaite.

Il répond avec un léger signe de tête.

— J'y ai pensé, mais ça vaut quand même le coup. Je vais devenir père, dit-il avec tant d'émerveillement que ça me fait presque fondre. Tu te rends compte ?

La question s'adresse à Liam.

— Absolument pas, assure-t-il avec une expression pince-sans-rire, à l'exception de ses yeux qui le trahissent.

Un sourire apparaît sur son visage, comme s'il ne pouvait pas se contenir plus longtemps.

— D'un côté, j'ai du mal à croire que tu vas être père, et d'un autre, j'ai du mal à croire que vous ayez attendu aussi longtemps.

— Tu ferais mieux d'y croire. Tu seras le parrain. J'y tiens !

— Vous attendez une fille ou un garçon ? demandé-je.

— C'est une question à poser à notre médecin, dit Dallas. Mais elle ne le dira pas. Elle a des ordres stricts, personne ne le saura avant la naissance. Y compris Jane et moi.

— C'est fabuleux. J'adore cette idée.

— Merci, répond-il d'un air sincère. Tu diras ça à nos parents, ils pensent que nous sommes fous.

Il jette un œil à sa montre.

— J'ai dit à Jane que je lui apporterais du thé aux herbes. Liam, tu sais où nous sommes. Montre la maison à

Xena, présente-la à ta mère avant qu'Hélène retourne à la maisonnette. D'ici là, Jane devrait avoir une apparence un peu plus humaine.

Liam acquiesce.

— Tu peux être sûr que je lui dirai ce que tu as dit !

Dallas me regarde.

— Il la préfère à moi.

— Elle est plus mignonne.

— Je ne peux pas discuter sur ce point. Xena, ajoute-t-il, ce fut un plaisir. Nous reparlerons bientôt.

— Merci. Je suis contente d'avoir fait ta connaissance.

Il s'éloigne et Liam me prend la main pour me conduire derrière l'escalier, vers l'arrière de la maison. Je ne suis pas étrangère au luxe, car le complexe dans lequel je vivais jusqu'à ce que je parvienne à m'échapper était une cage dorée et les manoirs dans lesquels nous étions parfois emmenées pour des fêtes et des événements étaient toujours de haut standing, si l'on peut considérer comme élégants des lieux utilisés pour des raisons aussi perverses.

Cet endroit est différent. Tout est luxueux et haut de gamme, sans l'ombre d'un doute. C'est beau et très chic, mais c'est aussi confortable. C'est une maison, en fait, un vrai foyer, et c'est ce qui la rend encore plus spéciale.

Je l'explique à Liam, essayant de verbaliser mes pensées. J'ai peur de ne pas y arriver, mais il comprend. Peut-être que j'arrive mieux à m'exprimer, ou peut-être qu'il me comprend tout simplement.

Quoi qu'il en soit, il lève nos mains jointes et dépose un baiser sur mes phalanges, un geste si spontané que je ne suis même pas certaine qu'il ait conscience de ce qu'il fait.

Nous serpentons dans les couloirs et je regarde d'un air ébahi tout ce qui nous entoure, essayant de tout admirer pendant que nous marchons.

— C'est quoi ? demandé-je en remarquant des disques de verre placés sous le plafond dans presque tous les coins.

— Le système de sécurité. La maison est équipée d'une alarme silencieuse. Les disques sont discrets, mais quand l'alarme se déclenche, le verre clignote d'une couleur rouge sang. Il devient rouge une fois que le système contacte le 911, ce qui est fait si personne ne le désactive dans les quatre-vingt-dix secondes.

— C'est rapide. Il faut courir jusqu'où pour le désactiver ?

— Pas très loin. Nous avons tous les commandes du système sur nos téléphones. Dallas l'a aussi sur sa montre.

— Alors, si j'entre et ressors de la maison, le bras de Dallas va vibrer ? Ça me semble une manière un peu sadique de s'amuser.

— Tu es une drôle de fille.

— Un peu, c'est vrai.

— Oui, reprend-il, sauf si le système a été désactivé pour cette porte en particulier. Les fenêtres sont toujours actives en cas de bris, et le périmètre du jardin dispose de capteurs qui déclenchent le système de vidéosurveillance. Il n'y a pas que ça. Avec une famille aussi riche, il y en a toujours plus, mais en résumé, ils sont en sécurité ici.

Soutenant mon regard, il ajoute :

— Tu es en sécurité aussi. Je te le promets.

— Je n'en ai jamais douté, dis-je honnêtement. J'étais curieuse, c'est tout.

— Y a-t-il d'autres choses qui piquent ta curiosité ?

— Où m'emmènes-tu ? On marche depuis des kilomètres.

Ce n'est qu'une petite exagération. Nous avons traversé tellement de couloirs que je regrette de ne pas porter de tennis.

— Nous y sommes presque, répond-il quand nous prenons un autre virage et atterrissons dans une aile distincte.

Elle est tout aussi bien aménagée, mais elle semble moins habitée. Je me rends compte que même si la partie principale de la maison est stupéfiante et luxueuse, et que l'on a l'impression d'évoluer dans un musée, on a quand même la sensation d'être chez quelqu'un. Ici, on dirait un hôtel. C'est joli, mais superficiel.

Je n'y pense pas trop jusqu'à ce qu'il dise :

— Ça y est.

Je fronce les sourcils.

— Quoi ?

— C'est ici que j'ai grandi.

— Vraiment ?

Je ne veux pas paraître surprise, ou pire, insensible, mais il a dû entendre quelque chose dans mon intonation, parce qu'il éclate de rire.

— Crois-moi, ce n'était pas comme ça à l'époque. Dallas a donné à maman l'une des maisonnettes sur la propriété et elle a déménagé à peu près à l'époque où j'ai commencé mon service militaire. Sa nouvelle maison est sympa, bien sûr, mais c'est ici chez moi. Enfin, ça ressemblait à chez moi avant que ce soit transformé en aile pour les invités.

D'un geste, il désigne toute l'étendue du couloir.

— Je faisais du vélo ici. Jane, Dallas et moi, nous avons construit des forts incroyables par là. Et cette chambre, ajoute-t-il en ouvrant la porte d'une pièce de taille moyenne avec un lit à baldaquin, c'était la mienne.

Il hausse les épaules.

— Bien sûr, les meubles ont un peu changé. Au départ, j'avais un lit en forme de voiture de course. Une folie de ma mère, à Noël, quand j'avais huit ans. Plus tard, j'ai eu un lit superposé, même si les seuls qui venaient dormir étaient Dallas ou Jane. Les murs étaient couverts de posters de films et d'étagères.

J'essaie d'imaginer la chambre de son enfance et elle prend vie devant mes yeux.

— À quoi ressemblais-tu à l'époque ? Au primaire ? Au collège ?

— Au primaire ? J'étais maigrichon. Sérieusement, tellement fin que tu aurais pu me porter.

Il sourit pour montrer qu'il plaisante.

Je lève les yeux au ciel.

— Laisse-moi deviner, on se moquait de toi, tu as décidé de t'entraîner, et maintenant tu es devenu cet incroyable spécimen de virilité.

Je désigne son corps, absolument parfait à mes yeux.

— Pas exactement, dit-il.

Sa voix devient tendue et je comprends que j'ai touché un point sensible.

— Excuse-moi. Je ne voulais pas…

— C'est l'enlèvement.

Je fronce les sourcils, troublée un instant, puis ça me revient.

— Dallas et Jane. Tu te sentais impuissant.

Il acquiesce.

— Et effrayé. Si j'avais été là, je n'aurais pas pu les aider, et j'aurais certainement été enlevé, moi aussi. Ou tué. Alors, j'ai voulu devenir fort.

Je le regarde pendant un moment et mon cœur se brise pour le petit garçon qu'il était. Je pense à tout ce qu'il a subi et aux choix qu'il a faits pour se protéger, lui et ses amis. Et à tout ce qu'il fait pour me protéger, aujourd'hui.

— Non, lui dis-je. Tu étais déjà fort. Tu t'es seulement entraîné pour que tes muscles rattrapent l'homme que tu étais déjà.

Je l'entends inspirer et un muscle tressaute dans sa joue. Il déglutit, puis il fait un pas vers moi. Lentement, il se penche pour m'embrasser, aussi doux et délicat que les ailes d'un papillon.

— C'est pour ça que je t'adore. Après tout ce que tu as traversé, tu vois toujours le monde avec optimisme.

— Je vois la vérité, dis-je simplement.

Pendant que je parle, mon cœur se réjouit. Il n'a peut-être pas dit qu'il m'aimait, mais c'est tout comme.

— Vous voilà !

La mère de Liam se tient au milieu de la cuisine parfumée, à côté de l'îlot de travail, les bras écartés pour l'accueillir.

Je souris, parce qu'à côté de lui, sa mère paraît toute

petite – elle doit faire deux têtes de moins que lui. Puis il se redresse automatiquement quand elle le relâche, et elle se tourne vers moi.

— Tu dois être Xena.

Elle a le plus grand sourire que j'aie jamais vu, éclatant, chaleureux et sincère. Je lui souris en retour sans y penser, puis je me laisse entraîner dans ses bras, liberté que je prends rarement.

Enfin, elle fait un pas en arrière, mais elle laisse ses mains sur le haut de mes bras, comme pour me retenir le temps de me dévisager. C'est exactement ce qu'elle fait.

— Laisse-moi te regarder, dit-elle.

À mon tour, j'en profite pour la détailler. Elle semble être au début de la soixantaine, sa peau est un peu plus foncée que celle de Liam et ses yeux tout aussi expressifs. Elle porte les cheveux courts, près du crâne. Leur teinte argentée me rend mélancolique contre toute attente quand je me rends compte que mes parents ne vieilliront jamais dans ma mémoire. Ils seront toujours jeunes, mais en de telles circonstances, la jeunesse n'est pas une bénédiction.

Elle porte une robe de travail bleu clair et un tablier blanc, un peu comme Alice dans *La Tribu Brady*. J'en pleurerais presque. Parce que c'est la série que nous avons regardée, Ella et moi, après que je lui ai raconté mes malheurs de Susan Morgan. Elle a décrété que je n'avais pas eu une enfance normale, et le remède était une bonne dose de télévision des années soixante-dix.

Je ne suis pas certaine que ça m'ait aidée, mais en tout cas, ça ne pouvait pas me faire de mal.

Liam m'avait prévenue pour l'uniforme.

— Dallas et Jane lui ont dit qu'elle pouvait porter ce qu'elle voulait, avait-il mentionné, mais maman a répondu que c'était exactement ce qu'elle faisait. Ma mère est un peu vieux jeu.

Certes, j'étais prête pour l'uniforme et les couleurs, mais pas pour l'effet que cela aurait sur moi.

— Tu es aussi jolie que l'a dit Liam, commente madame Foster.

Je jette un œil vers lui en haussant les sourcils, mais il lève les mains en signe de reddition.

— Quoi ? Je suis un homme honnête. J'appelle un chat un chat.

— Alors, merci. À vous aussi, madame Foster.

— Appelle-moi, Helen, chérie. Vous arrivez juste à temps tous les deux. J'ai fait une fournée de cookies et j'étais sur le point d'en apporter à Jane, mais je vais préparer un plateau pour qu'il y en ait assez pour vous quatre, vous pourrez l'emporter, ajoute-t-elle en regardant Liam.

Ensuite, elle reporte son attention sur moi.

— Tu aimes les pépites de chocolat ?

— Plus que ça. J'en ai déjà l'eau à la bouche.

— Bien.

Elle se tourne vers Liam.

— Une question et je n'en dirai pas plus. Est-ce que tu es en sécurité ?

— Encore plus qu'à l'armée.

Elle grommelle.

— Je pense que cette réponse mérite une autre question, mais je te l'épargne parce que je t'aime. Dis à monsieur Hunter de s'assurer qu'on surveille tes arrières.

— Oui, m'dame.

Elle hoche la tête comme si c'était la fin de cette conversation, puis elle se concentre sur moi.

— Et si tu me parlais de toi pendant que je prépare le plateau ?

— Est-ce que je peux aider ?

Elle me fait signe de rester à l'écart en me proposant de m'asseoir, et je monte sur l'un des tabourets autour de l'îlot alors que Liam vient se tenir debout près de moi, une main sur mon épaule.

— Xena est l'assistante personnelle d'une star de la pop, explique-t-il. Tu as entendu parler d'Ellie Love ?

Je suis certaine que la réponse sera non, mais elle m'étonne en disant :

— Bien sûr. *Take Time For Me* est une jolie ballade. J'avoue que ses titres plus rapides ne sont pas trop à mon goût.

— Nous avons été surpris que ce titre remporte un tel succès, mais ravis. C'était une ouverture pour elle. Ça l'a propulsée sur la liste des vraies interprètes.

Elle s'affaire dans la cuisine pendant que je parle, puis elle sort un plateau d'un casier sous un placard. Les cookies sont déjà en train de refroidir et je regarde autour de moi alors qu'elle les dispose dans une assiette.

La pièce est immaculée et confortable. Elle est spacieuse, mais plus petite que je ne l'aurais cru pour une maison de cette taille et je me demande si certaines des pièces adjacentes sont autant d'arrière-cuisines, utilisées pour les préparatifs supplémentaires lors des soirées inévitables qui doivent avoir lieu dans cette maison chaque année.

Dans l'ensemble, c'est une cuisine assez typique, à une exception notable. L'un des murs est couvert d'étagères avec de vieux livres de cuisine, des épices, quelques petits appareils électro-ménagers et de la vaisselle. Toute une section des étagères semble manquer, remplacée par un curieux débarras.

Je suis si intriguée que je m'en approche pour le voir de plus près, avant de me rendre compte que ce n'est pas un débarras. C'est assez grand, en réalité. Si j'étais plus douée en yoga, je pourrais entrer confortablement dans ce qui ressemble à une grande boîte coincée dans le mur. En l'occurrence, je pourrais toujours entrer, mais je serais un peu à l'étroit. Quand je remarque la porte en forme de barrière repliée d'un côté, je me tourne vers Helen.

— Mais qu'est-ce que c'est ?

— Un monte-plats. Tu en as déjà vu ?

J'ai le vague souvenir d'un monte-plats dans l'un de mes livres d'enfance préférés, *Harriet la petite espionne*.

— Un ascenseur pour les objets, c'est ça ? Ça permet de monter des choses à l'étage sans avoir à les transporter soi-même.

Je repense à la barrière.

— Une sorte de monte-charge pour les petites choses.

— Exactement.

— Il y en a plusieurs dans la maison, ajoute Liam. On jouait tout le temps dedans. C'est génial pour cache-cache. Une fois que celui qui cherchait avait quitté une pièce, on utilisait le monte-charge pour aller s'y cacher. Heureusement que je ne suis pas claustrophobe.

Il sourit de toutes ses dents.

Je ris en imaginant sa forte carrure entassée dans la boîte.

— C'est très utile, dit Helen, même si on ne les utilise plus. Je pense que je ne me suis pas servie de celui-là… Oh, depuis que monsieur Eli n'est plus dans la chambre principale.

— Le père de Dallas ?

— C'est ça. Lui et madame Lisa vivent en ville maintenant et c'est Dallas et Jane qui occupent leur chambre. C'est la vie, on va de l'avant.

— Ça, c'est ma maman, dit Liam avec affection. Elle dit toujours des choses profondes.

— Ne te moque pas de ta mère, tu m'entends ?

— Jamais. Je pense chacun de mes mots.

Il s'approche pour lui donner un baiser sur la joue et elle lui répond par un coup amical avec une mimique.

Helen s'approche du rebord de la fenêtre pour prendre une pâquerette dans un vase rempli de fleurs sauvages. Elle enlève les feuilles de la tige, ouvre un placard pour récupérer un petit vase en verre, puis elle l'ajoute au plateau.

— Alors, qu'est-ce que j'allais te demander ? Ah, oui.

Son attention est tournée vers moi.

— Comment as-tu obtenu un travail comme celui-là ? Assistante d'une chanteuse, je veux dire. Est-ce que tu as besoin d'une formation spéciale ? Comment l'as-tu rencontrée ?

Je jette un œil vers Liam par réflexe. Il doit déceler la panique dans mes yeux, parce qu'il commence à répondre. Je ne sais pas ce qu'il a l'intention de dire, mais je suis certaine que ce n'est pas une version de la vérité. Pas celle où j'ai réchappé à un trafic d'esclaves sexuelles ni celle où je me suis enfuie de la vie de prostituée des rues.

Je réalise soudain que je ne veux pas lui mentir. Je ne pense pas qu'elle me jugera sévèrement.

— Ellie m'a sauvée, dis-je avant que Liam ne puisse parler.

Je vois la surprise sur son visage, mais je pense que c'est de la fierté.

— Vraiment ? C'est gentil de sa part. Elle t'a sauvée de quoi ?

— De l'enfer, dis-je simplement.

Ensuite, je lui raconte mon histoire. Toute l'histoire. Elle ne bouge pas tant que je n'ai pas terminé, mais elle me regarde avec des yeux pleins de bonté. Encore une fois, ma mère me manque terriblement.

Quand j'ai terminé, elle hoche la tête et dit à Liam :

— Apporte ce plateau à Dallas et Jane. Je vous envoie Xena dans un moment.

— Maman…

— Ça va aller, dis-je.

Il me fixe du regard pendant un moment, mais il ne réplique pas.

— D'accord.

Il me fait un clin d'œil.

— Ne la laisse pas s'immiscer dans tous tes secrets.

— Je pense que je viens déjà de révéler tous mes secrets.

Il me donne un petit baiser sur la joue avant d'aller chercher le plateau.

— On se voit à l'étage dans quelques minutes.

Dès qu'il est parti, Helen penche la tête et m'observe attentivement.

— Bon, pourquoi m'as-tu raconté tout ça ?

Ce n'est pas la question à laquelle je m'attendais. Je m'attendais à de la compassion. À une tape maternelle sur le dos. Je bégaie un peu et dis :

— Je ne sais pas.

Son sourire aimable est de retour.

— Oh, je pense que tu le sais.

Elle a raison, bien sûr, c'est pour Liam. Je voulais qu'elle sache la vérité parce que je voulais qu'elle voie qui je suis vraiment. La femme qui est tombée amoureuse de son fils. Peu importe ce qu'il se passera entre Liam et moi, je veux que sa mère m'apprécie. Qu'elle me connaisse.

Elle s'assied sur le tabouret à côté de moi, le dos droit et les mains posées sur ses genoux recouverts de polyester.

— On dit qu'on peut connaître des choses sur la vie des gens en regardant leurs paumes. Ou lire leur avenir dans des feuilles de thé. Je ne sais pas si c'est vrai, mais je connais un moyen infaillible de voir le cœur d'une personne et son avenir. Tu sais ce que c'est ?

— Non, madame.

— Tu regardes ce qu'ils ont traversé et les personnes qu'ils gardent auprès d'eux dans leur vie. Ce qu'ils ont surmonté montre leur force. La force est ce qui pave leur chemin. Ce qui illumine ce chemin ? Ce sont les personnes qui les entourent.

Je cligne des paupières, les yeux remplis de larmes.

— Tu as surmonté beaucoup de choses, ma fille. Et tu

as de bonnes personnes qui t'entourent. Cette chanteuse. Mon garçon.

Elle tend la main vers moi et tapote la mienne.

— J'ai vécu dans cette maison longtemps et j'ai vu beaucoup de choses horribles. Des choses formidables, aussi. Toute la merde que la vie te donne, tu sais quoi en faire ?

— De l'engrais ?

Elle éclate de rire.

— En fait, oui. Ce n'est pas très original, je l'admets, mais c'est vrai.

Elle reste silencieuse un moment et j'ai le sentiment qu'elle cherche quelque chose sur mon visage.

— Tu es amoureuse de mon fils.

Mon dos se redresse vivement. On peut dire que le choc me donne une bonne posture.

Je commence à répondre, mais elle pose un doigt sur mes lèvres.

— Tu n'as pas besoin de me le dire. J'ai des yeux, tu sais.

— Oui, on peut dire ça.

— Il t'aime aussi, ajoute-t-elle, un doigt sous son œil.

— Il ne me l'a pas dit.

Les mots m'échappent avant que je puisse les arrêter. Je m'en veux aussitôt de paraître aussi peu sûre de moi, aux abois devant cette femme.

— Est-ce une étape nécessaire ? demande-t-elle.

J'ouvre la bouche pour répondre, mais je me ravise, indécise.

— L'amour est une chose rare, ma fille. Crois-le ou pas, ce n'est pas en le disant qu'on le rend plus réel. Les mots sont là seulement pour rassurer. À mon avis, tu sais déjà qu'il t'aime.

— Je pense qu'il a peur que l'amour ne soit pas suffisant.

Je me demande ce qu'elle sait à propos de Dion et Franklin.

— Il a connu un passage difficile. Il est passé à autre chose, non ? Il a un sentier bien pavé et bien éclairé devant lui. Tout ce qu'il a à faire, c'est de marcher dessus.

Avec moi, pensé-je. Je veux qu'il s'y aventure avec moi, quand nous aurons tué mes vieux démons, mais j'ai terriblement peur qu'il ne suive pas le même sentier.

— Et toi ? demande-t-elle. Crois-tu que l'amour est suffisant ?

— Honnêtement ? Je ne sais pas. Si Liam m'aime et me quitte, alors ça prouverait que ce n'est pas assez. Je ne pense pas que l'amour soit un remède miracle.

— Vraiment ?

Un grand coup de colère me frappe dans les tripes.

— Je sais très bien que l'amour ne peut pas sauver tout le monde, rétorqué-je avant de me reprendre. Je suis désolée, mais l'amour n'est pas une pilule magique. Mon père m'aimait plus que tout et il ne m'a pas sauvée.

— Tu penses ? Peut-être que sans cet amour, tu n'aurais pas eu le courage de survivre après ton évasion. Tu serais peut-être la vraie Susan Morgan, maintenant, morte dans une tombe anonyme, plutôt que cette fille qui s'est battue pour s'en sortir.

Ces foutues larmes sont de retour.

— J'aime beaucoup de qualités chez votre fils, dis-je en reniflant un peu. Maintenant, je sais d'où il les tient.

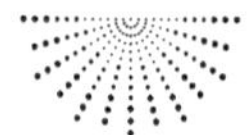

CHAPITRE VINGT-CINQ

Liam posait le plateau sur l'une des tables d'appoint dans la grande salle quand Dallas descendit l'escalier.

— Comment va-t-elle ?

— Frustrée d'être coincée au lit, dit-il. Mais heureuse de le faire si c'est ce qu'il y a de mieux pour le bébé. Elle a hâte de te voir et de rencontrer Xena.

Il fit un signe de tête en direction du plateau de cookies et du lait.

— Je peux monter ça. Si tu attendais Xena pour l'accompagner à l'étage ?

— D'accord.

Dallas fit un pas vers la table, mais il hésita avant de le prendre.

— Je l'aime bien, en passant. Une fille qui a traversé autant d'épreuves devrait être un peu dérangée. Elle ne semble pas l'être.

— Non, c'est vrai.

Dallas regarda le visage de Liam, comme s'il y voyait

plus que son ami ne voulait bien le montrer.

— Alors, tu vas dans ton appartement demain ?

— C'est ce qui est prévu.

— Pourquoi ne pas prendre le petit-déjeuner ensemble avant votre départ ? Tous les quatre. Je vais cuisiner. Jane pourra jouer la maîtresse de maison sur son trône.

— Je suis partant, dit Liam. Mais ma mère va peut-être trouver quelque chose à redire. Elle est très possessive avec sa cuisine.

— Demain, c'est le marché fermier. Elle sera sortie vers six heures et elle ne rentre pas avant onze heures et demie, habituellement.

— C'est vrai. J'avais oublié. Ce doit être un des avantages qu'elle reste alitée. Au moins, c'est toi qui fais la cuisine et pas Jane.

Dallas réprima un ricanement.

— Maintenant, tu m'en dois vraiment une. Parce que j'imagine que tu ne veux pas que je parle de cette remarque à Jane.

— Je te dois plus que ça, admit Liam. J'ai une dette envers toi pour avoir monté cette équipe. Je ne pouvais pas amener quelqu'un de l'Agence. Si l'un des hommes de Noyce nous surveillait, ils sauraient que nous ne sommes pas là uniquement pour des recherches.

— Je suis heureux de vous aider.

— Combien de personnes as-tu pu réunir ? J'en connais certaines ?

— Plusieurs, en fait. J'ai pioché dans nos équipes de soutien pour Délivrance. J'ai prévu une téléconférence aujourd'hui. Nous irons au sous-sol le moment venu.

Liam acquiesça. Le sous-sol était le siège de Délivrance, autrefois. Maintenant, il servait de base quand Dallas replongeait les mains dans le cambouis, comme il disait.

— Et bien sûr, je suis sur le pont aussi.

— Non, dit Liam. Hors de question.

Dallas leva un sourcil.

Liam était prêt à doubler la mise là-dessus.

— Je suis sérieux. Ces types sont dangereux. Tu vas bientôt être père. Si tu insistes pour venir avec ton équipe, alors je refuse de l'utiliser.

— Ce serait une décision stupide. Elle pourrait bien te faire tuer.

— Peut-être, mais je ne vais pas te mettre en ligne de mire. Pas alors que Jane a besoin de toi. Alors que ton bébé a besoin d'un père.

— Merde, Liam, tu sais…

— Je ne sais rien. Non, c'est non. N'essaie pas de me faire changer d'avis. Ce n'est pas Délivrance, Dallas. Tu n'auras pas le dernier mot.

— Bon sang.

Dallas passa la main dans ses cheveux.

— D'accord. Tu as gagné.

— Je préfère ça. Bon, tu veux emporter le plateau ? Je vais attendre Xena, comme tu l'as proposé.

— Ça marche.

— Tu es un mauvais perdant, ajouta Liam en riant.

— Je t'emmerde.

— Preuve A, votre Honneur.

— J'allais te parler d'un bon plan, mais maintenant, je vais te laisser dans l'ignorance. Ne viens pas te plaindre si tu perds des millions sur le marché.

Dallas laissa ses mots en suspens, réprimant un sourire.

Avec tout le monde, sauf Damien Stark, Liam aurait cru que c'était une exagération. Dallas avait la main de Midas et réussissait tout ce qu'il entreprenait. Liam s'en sortait très bien financièrement, mais s'il voulait fonder sa propre famille…

Il se figea, soudain conscient de la direction que prenaient ses pensées.

— Liam ? Tu es toujours avec moi ?

— Désolé. Je viens de me rappeler quelque chose. À propos du travail.

Il se secoua.

— De quoi voulais-tu me parler ?

— Une transaction immobilière. À quelle heure partez-vous demain ?

— Entre dix et onze heures, certainement.

— Parfait. Nous pouvons prendre le petit-déjeuner à huit heures. J'ai une réunion ici à neuf heures. Ce promoteur avec qui je suis en discussion, Norman Erickson, cherche des investisseurs pour quelques projets de rénovation le long de la côte est.

— Tu as vérifié ses antécédents ?

— Je viens de lancer l'enquête. Il est au début du projet, mais ce mec a les mains dans l'immobilier depuis des années et son portefeuille est varié. J'ai encore à fouiner un peu, mais pour le moment, il a réussi mes tests.

— Demain, c'est le test de la poignée de main.

— Tu as tout compris. Il prend l'avion à Macarthur autour de midi et il a proposé de passer à la maison sur le chemin pour que nous puissions parler. Puisque tu es là et que ça pourrait être une bonne occasion, j'ai pensé que tu pourrais te joindre à nous.

— Ça me va. Je serai ton allié.

— Tu as déjà fait ça. À ce propos, dis-moi ce qu'il se passe entre Xena et toi.

Pour n'importe qui d'autre, le changement de sujet drastique aurait pu paraître étrange. Liam et Dallas se connaissaient depuis si longtemps que ce n'était rien de plus qu'une conversation qui dérivait, comme le flot d'une rivière contournant un rocher.

— Je la protège, dit Liam. Je t'ai déjà raconté toute l'histoire.

— L'histoire pour l'Agence. Je veux savoir ce qu'il se passe vraiment. Et ne fais pas mine qu'il n'y a rien. Dis-moi ce qu'elle représente réellement pour toi.

Tout.

— Dallas, écoute, tu sais que je ne peux pas…

— Tu ne peux pas ? fit Dallas en secouant la tête. Je sais que tu ne le feras pas. Je sais aussi que ça t'a vraiment retourné quand Dion a été tuée.

Il passa la main dans son épaisse tignasse.

— J'ai passé des années à ne pas t'en parler… À ne pas y penser, même… Parce que tu m'as demandé de ne jamais l'évoquer. Mais ça, c'était avant.

— Avant quoi ?

— Avant que je voie la façon dont tu regardes cette femme.

Un poing invisible se serra autour du cœur de Liam.

— Dallas, je le pense. Nous n'irons nulle part.

— Merde, Liam. Tu es mon meilleur ami. Mon plus

vieil ami, sans compter ma femme. Je suis là pour te dire que tu dois tourner la page.

Son corps se tendit, luttant contre le désir de se déchaîner.

— Est-ce que tu crois vraiment que ça pourrait être possible ?

— Regarde à qui tu parles, pour l'amour de Dieu. Bien sûr que je le crois. Tu sais ce que j'ai traversé. Tu sais tout ce que j'ai risqué. Tu sais aussi qu'une partie de la raison pour laquelle j'ai pris ces risques, c'est à cause de toi.

Liam tituba, choqué par les mots de son ami.

— À cause de moi ? En quoi suis-je concerné ?

— Tu ne te rappelles pas ce jour-là sur l'île ?

Il devait parler de Barclay Island, une maison de campagne qui appartenait à la famille Sykes depuis des générations. Liam savait à quoi Dallas faisait référence. Un voyage sur l'île pour fêter le centième anniversaire de l'arrière-grand-père de Dallas. Une nuit, Liam avait été un peu brusque dans sa tentative pour faire retrouver à Dallas la raison vis-à-vis de Jane.

— Je m'en souviens bien, dit-il. Ça n'a rien à voir.

— Tu crois ?

— Je suis un risque pour sa sécurité, et nous le savons tous les deux. À quoi est-ce que je joue ? Je pourrais la faire tuer.

— Tu crois que Jane ignore cet aspect de ma vie ?

— Tu t'es retiré de ce métier, lui rappela Liam.

— Nous savons tous les deux que ce n'est pas entière-ment vrai. Jane le sait aussi.

— Et tu veux en accepter les risques. Je respecte ça. Seulement, je ne sais pas si je le peux.

Dallas regarda Liam dans les yeux, cette fois plus sérieusement qu'il ne l'avait jamais fait depuis l'enlèvement.

— Si tu ne te souviens pas exactement de ce que tu m'as dit ce jour-là, moi, oui. Dois-je te le rappeler ?

— Je m'en souviens. Je t'ai dit que Jane était une femme géniale et que si c'était moi qui étais amoureux d'elle, aucun pouvoir sur Terre ne pourrait m'en éloigner.

Il pensait chacun de ces mots. Dallas et Jane étaient faits l'un pour l'autre, et rien, pas même leur relation familiale, ne les aurait séparés, peu importe ce qu'ils auraient à endurer.

C'était ce qu'il s'était dit, mais ça ne s'arrêtait pas là. Parce qu'il y avait du danger dans leurs vies aussi. Dallas exerçait exactement le même métier que Liam maintenant. Aider les gens en mettant son nez dans des dossiers susceptibles de le faire tuer. Ou risquer de mettre en colère des individus méprisables.

— Est-ce que tu es en train de me dire que Xena n'est pas une femme géniale ? insista Dallas. Je pense qu'elle l'est.

Les mots lui venaient avec fluidité, mais Liam était trop perdu dans sa tête. Parce que, contrairement à tout ce que Dallas et Jane avaient traversé en tant que frère et sœur d'adoption – les barrières légales, la honte sociale, la réaction de la famille –, Liam se battait seulement contre l'amour et la peur.

Il avait toujours pensé être un homme courageux. Peut-être repoussait-il les relations parce qu'au fond de son cœur, ce n'était qu'un trouillard.

Ça ne lui plaisait pas du tout.

— Oh, merci mon Dieu ! fit Jane quand Liam, Xena et Dallas entrèrent dans la chambre. Quelqu'un d'autre que mon mari à qui parler !

Elle sourit, ses sourcils biseautés remontant sur son front quand elle tendit la main à Xena.

— Je suis Jane, ce que tu as certainement deviné. Et ça, ajouta-t-elle en posant une main sur son ventre proéminent sous les couvertures, c'est Mystère.

— Dis-moi que le nom ne va pas rester, fit Liam.

— Ça a commencé comme une blague, admit Dallas. Maintenant, ça nous dépasse.

— Je trouve ça génial, répondit Xena. Cela dit, j'ai choisi mon prénom moi-même, et regardez ce que ça donne. Alors, mon avis est à prendre avec des pincettes.

— Moi, j'aime bien, dit Jane en souriant à Liam, avant de glisser un petit clin d'œil à Xena. Plus sérieusement, je suis très heureuse de faire ta connaissance. Je suis désolée de ne pas être l'hôtesse la plus énergique qui soit. Crois-moi quand je te dis que j'aimerais bien. Un peu de maquillage et une brosse à cheveux n'auraient certaine-ment pas été superflus.

— Tu es magnifique, comme toujours, dit Liam en lui embrassant les joues.

Il pensait ce qu'il disait. Ses cheveux brun foncé ondu-laient autour de son visage et sa peau semblait refléter la lumière.

— Elle est radieuse, dit Dallas comme s'il lisait dans les pensées de Liam.

Il semblait aussi fier que s'il était lui-même le soleil qui irradiait de sa personne. D'une certaine manière, c'était le cas.

— Je trouve que tu as bonne mine, dit Xena. J'aime cette pièce.

— Merci ! Elle était à nos parents, puis à Dallas, et maintenant c'est la nôtre. Il n'y a pas grand-chose qui a changé. Les boiseries sous la cimaise sont là depuis toujours, mais nous avons changé les tapisseries. Je ne sais pas à quoi pensait ma mère, ajouta-t-elle en secouant la tête.

— En tout cas, c'est superbe maintenant, fit Xena en remontant son sac à main sur son épaule.

Il y avait son Ruger à l'intérieur. Elle avait facilement pu l'emporter à New York puisqu'ils n'avaient pas pris de vol commercial… Et Liam se réjouissait qu'elle l'ait pris au mot quand il avait dit qu'elle devait le garder avec elle. Même dans la maison, c'était une bonne habitude à conserver.

— Je suis si heureuse d'être ici, reprit-elle. Liam m'a tellement parlé de vous, et j'ai vu le film *La Rançon*. J'ai adoré.

Liam la regarda, surpris. Il ne lui avait pas dit que Jane avait écrit le livre ni le scénario. Elle rencontra son regard et leva une épaule.

— Quoi ? Tu ne crois pas que j'ai appris tout ce que je pouvais sur tes amis ?

Jane croisa le regard de Liam et lui fit un signe de tête avec approbation. Il n'était pas étonné. Ses amis ne pourraient rien trouver de négatif sur Xena. Lui-même ne lui voyait aucun défaut.

En un mot, il était fou amoureux. C'était une expression un peu vieux jeu, mais elle résumait bien la situation. Pourquoi ne le serait-il pas ? Xena Morgan était une femme géniale, après tout.

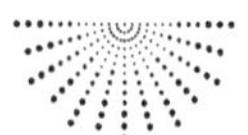

CHAPITRE VINGT-SIX

— Je suis absolument fan de Jane, dis-je à Liam alors que nous montons sur le grand lit qui remplace le lit superposé, dans l'ancienne chambre.

Liam m'a dit tout à l'heure que cette aile était maintenant consacrée aux invités et je pense que c'est une façon pratique et utile d'occuper l'espace, mais je ne peux nier que je regrette de ne pas avoir vu la vraie maison de son enfance.

— Elle est merveilleuse, confirme Liam. Et tous les trois, nous sommes liés comme avec de la colle extra-forte.

— C'est pour ça que ce qui leur est arrivé t'a fait autant de mal, à toi aussi.

Ma remarque n'a rien de profond. Il le sait déjà.

Je n'aurais échangé pour rien au monde les heures passées à rire et à discuter dans la chambre de Dallas et Jane, mais la journée a été infiniment longue et je suis mentalement et physiquement épuisée. Je porte un débardeur et un short de nuit, ce qui fait rire Liam, étant donné que je ne porte rien au lit depuis la première fois où nous avons couché ensemble. Quand même, nous sommes chez quelqu'un et il me semble plus approprié de ne pas dormir en tenue d'Ève.

Maintenant, moi et mes couches de tissu supplémentaires sommes blotties contre lui, ma tête sous son bras. Conformément à mes exigences, il porte un caleçon. En revanche, il est torse nu et je laisse mes doigts vagabonder paresseusement sur ses abdominaux.

— Jane sait que je suis amoureuse de toi, murmuré-je.

Je me demande bien ce qui me pousse à un tel aveu.

— Ah bon ?

Je n'arrive pas à interpréter le ton de sa voix, alors je hoche simplement la tête.

— Je ne le lui ai pas dit. Quand vous êtes partis pour cette téléconférence, on a discuté et… elle a compris, c'est tout.

Je m'étire et je lui parle du moment que j'ai passé avec Jane. Nous avons parlé de nos hommes et comment Jane a appris pour Délivrance, car Dallas ne lui avait rien dit au début.

— Il faut croire que c'est dans notre nature, a-t-elle dit. Garder les choses secrètes. On ne s'est pas avoué notre amour pendant une éternité.

Puis elle s'est tournée vers moi avant d'ajouter :

— Je pense qu'il te le dira bientôt. Mais tu auras toujours la satisfaction de le lui avoir dit la première.

— Comment tu le sais ? ai-je demandé. Est-ce qu'il te l'a dit ?

Elle a haussé les épaules tout en caressant son ventre avec nonchalance.

— C'est comme si tu me l'avais dit. Ça se voit sur ton visage. Tu n'essaies pas du tout de le cacher. Ce qui me fait penser qu'il doit le savoir aussi, sinon tu essaierais d'être plus discrète.

— Il le sait, ai-je alors avoué, mais il ne me l'a pas dit en retour. Pas à haute voix, du moins.

Jane a souri.

— Oui, enfin, il y a le dire et le montrer. Il ne l'a pas prononcé, mais c'est tout comme.

— Peut-être, ai-je admis. Je ne pense pas que le problème ce soit l'amour.

Elle a hoché la tête doucement, et même si je ne la connaissais pas depuis longtemps, j'en savais assez à ce moment-là pour comprendre ce qu'il se passait dans sa tête. Elle savait pour Dion et Franklin, mais elle ne savait pas si j'étais au courant. J'étais à quatre-vingt-dix pour cent convaincue de ne pas m'être trompée quand elle a dit :

— Tout le monde a ses problèmes. Des choses dans le passé qui colorent leur présent. Donne-lui seulement du temps.

Pour moi, la suggestion de Jane est bonne. Après tout, je ne le quitterai pas, et je ne le laisserai pas me repousser. Je n'ai pas non plus de boîte à outils magique qui me permettrait de modifier sa manière de penser. Même si j'en avais une, est-ce que je l'utiliserais vraiment ? Je l'aime comme il est, malgré sa phobie obstinée envers les relations.

Ce qui veut dire que le temps est mon seul allié. Avec

ses amis, aussi.

Je souris en prenant soudain conscience que, même si j'adore Ella et Rye, j'étais vraiment seule. Maintenant, je pense à Jane qui semble m'apprécier, et à toutes les femmes de la soirée pyjama. Je ne crois pas que ce soit une illusion. Elles semblent toutes m'accepter et se faire du souci pour moi. Moi aussi, je me suis attachée à elles, et je sens la piqûre des larmes dans mes yeux à l'idée que je pourrais perdre cette petite bande si Liam sort de ma vie.

Non, je ne le perdrai pas. Je ne peux pas le perdre.

Si cela devait arriver, je survivrais, bien sûr. Parce que survivre semble être l'un de mes super-pouvoirs. Je survis depuis des années.

Pourtant, j'ai changé depuis ce concert à Los Angeles. Survivre ne me suffit plus.

— Eh, dit doucement Liam. Tu es toujours avec moi ?

— Désolée.

J'étais en train de lui parler de Jane quand mon esprit s'est mis à dériver.

— Je suis partie dans la lune. En tout cas, avant que je redescende, je lui ai dit que c'était bizarre qu'elle ait pu le voir sur mon visage. Qu'elle ait su que je t'aime, ajouté-je en le regardant dans les yeux, parce que je veux qu'il sente à quel point c'est vrai et que ça ne s'estompera pas, même s'il me repousse.

Ses yeux sont stables, impassibles, mais indéchiffrables aussi.

— Bizarre ?

— Oui. Je trouve bizarre qu'elle puisse lire si bien en moi. J'ai passé des années à cacher mes émotions. La moindre trace de colère ou de haine aurait pu me faire tuer. Mais Jane et Helen ont toutes les deux pu lire en moi comme dans un livre ouvert.

Il grimace en se raclant la gorge.

— Jane dit que c'est sûrement parce que je ne me sentais pas en sécurité avant. Mais que maintenant, je le suis. Avec toi, je veux dire. Dans ton monde. Alors, merci, ajouté-je en me hissant pour l'embrasser doucement. Ça fait du bien de savoir que je ne suis plus un pantin. Ça fait plaisir de pouvoir dire que je t'aime sans avoir peur.

Sans avoir peur de rien, sauf que ce ne soit pas réciproque, ajouté-je en silence.

Il ne dit rien, mais il me saisit à bras-le-corps et m'attire sur lui avant de ramener ma tête vers la sienne pour un baiser. Il est long, langoureux et plein de promesses d'avenir. Je me perds à son contact, mon corps se réchauffe, fin prêt lorsque ses mains glissent le long de mon dos pour prendre mes fesses et me serrer tout contre lui.

— Maintenant, murmuré-je.

Mais je sursaute brusquement en entendant son téléphone sonner.

— Merde. C'est Ryan.

Je roule sur le côté pendant qu'il s'empresse de récupérer son téléphone, qu'il pose entre nous.

— Qu'est-ce que tu as pour moi ? demande tout de suite Liam en appuyant sur le haut-parleur.

— Il y a aussi Mario et Quincy en ligne, répond Ryan dont la voix nous parvient comme du fond d'un puits. Nous n'avons toujours rien à l'appartement de Weil et aucune de nos sources ne l'a repéré au cours des derniers jours. Il n'utilise pas sa carte de crédit et n'a pas retiré d'argent à un distributeur. Il s'est volatilisé. On ne peut pas confirmer qu'il a appris par Rye que tu es en ville avec Xena.

J'expire, frustrée. L'idée est de piéger Weil quand il viendra me chercher à l'appartement. Ou mieux, quand il retournera se terrer chez lui.

— Nous allons travailler avec ce que nous avons, déclare Liam, même si je sens bien qu'il est frustré aussi. Dans le pire des cas, Xena et moi profiterons d'un peu de temps en ville.

— Dans le pire des cas ? dis-je pour alléger l'atmosphère.

— Oui, en tout cas, pendant que vous vous amusez, n'oubliez pas de surveiller vos arrières, répond Ryan. Nous menons cette opération sans la moindre information et ce n'est pas comme ça que j'aime gérer les choses.

— Je suis d'accord. Vous avez quelque chose sur Noyce ?

— Un peu, dit Quincy. Il est très intelligent, c'est une évidence. Enrique Castille m'a donné un accès complet à Corbu, explique-t-il, et il se montre très coopératif. Ça se comprend. Il est en garde à vue alors que son sous-fifre se balade dans la nature.

— Est-ce que nous avons des informations sur sa localisation ?

— Non, répond Quincy, mais apparemment, il a collectionné les identités pendant des années. Corbu dit qu'il ne les connaît pas toutes, et je le crois.

— Pourquoi ? demandé-je.

Il y a un blanc, puis Quincy dit :

— Je suis très doué dans ce que je fais.

Je croise le regard de Liam et il acquiesce. Je pense à Quincy, un garçon si gentil et si adorable avec Eliza, et j'essaie de l'imaginer dans une salle d'interrogatoire. Les deux ne vont pas ensemble, mais je ne doute pas de sa parole.

— Est-ce que tu connais certains de ses pseudonymes ? demande Liam.

— Plusieurs. Émile Nelly. Éric Nehu. Edgar Norton.

— C'est bien qu'il soit aussi prévisible.

— Je ne peux pas te contredire, mais selon Corbu, il en a tellement en stock qu'il pourrait tout simplement disparaître.

— Alors, je serais en sécurité, non ? S'il disparaît, cela voudrait dire qu'il a abandonné et qu'il va vivre sa vie aux îles Fiji, quelque chose comme ça.

— Peut-être, dit Ryan, mais comment le saurais-tu ? Il ne va pas t'envoyer un recommandé pour te dire : « Salut, je n'essaie plus de te tuer. Je vais me cacher, ils ne me trouveront jamais et tu n'auras jamais à témoigner. »

— Ce qui veut dire que je passerai le reste de ma vie à regarder par-dessus mon épaule.

— Je veux ce connard, déclare Liam. Je veux le faire tomber pour tout ce qu'il a fait à toutes ces femmes, pas seulement à Xena. Je ne veux pas seulement qu'elle se sente en sécurité, je veux qu'elle le soit.

— Comme nous tous, répond Ryan. Nous parcourons tous ses pseudos en espérant que l'un d'eux va ressortir. Le colonel Seagrave a mis le centre sur le coup et Quincy a fait intervenir le MI6. J'ai Ollie McKee qui travaille avec le FBI et nous avons contacté d'autres agences et des organismes privés. Nous allons le coincer. Seulement, ça peut prendre du temps.

Je hoche la tête comme si Ryan pouvait me voir. Je voudrais que ce soit terminé maintenant, mais au moins, nous sommes en bonne voie.

— Quel est son vrai nom ? demande Liam. Edward Noyce ?

— On n'en sait rien, répond Mario. C'est le nom sous lequel Corbu l'a rencontré et celui qu'il utilisait quand il est entré dans le cercle fermé. Selon lui, Noyce a réussi à faire de bons investissements et à transformer un héritage correct en fortune. Qui sait si cette histoire est vraie ? Je peux confirmer qu'Edward Noyce, que ce soit une fausse identité ou pas, a gagné de l'argent avec les marchés, mais cela ne prouve pas que ce soit son véritable nom. Corbu a aussi confirmé que Noyce avait fourni l'immeuble où Xena était enfermée. Il a monté plusieurs compagnies-écrans pour couvrir ceux qui le possédaient. Puisque tout cela n'a pas éclaté au grand jour avant qu'il soit en détention, nous savons que l'homme a de bonnes bases pour rester invisible.

Liam se frotte la nuque, sa frustration manifeste sur son visage.

— En conclusion, cet homme est un caméléon qui sait aussi se transformer en fantôme.

— Au moins, il suit un *modus operandi*, dis-je. C'est quelque chose, non ?

— C'est quelque chose, approuve Quincy, mais pas énorme.

Après quelques échanges d'ordre administratif, Liam raccroche et me regarde avec détermination.

— Tu disais que tu te sentais en sécurité ?

— Oh, non, dis-je en secouant la tête. Mais si je ne suis pas en sécurité, c'est ma faute. Mon passé. Ce n'est pas à cause de ce que tu fais. Toi, au contraire, tu me protèges, et tu le sais.

— Peut-être, mais nous savons tous les deux que ça ne finira jamais. Même quand Noyce sera derrière les barreaux, et nous allons l'attraper, tu seras toujours en danger. Tu seras en danger parce que tu es mon talon d'Achille, et il suffit d'enquêter sur moi pour le savoir.

— Liam, ne dis pas ça. Tu n'es pas obligé de rester seul à cause de ton métier. Est-ce que Dallas est seul ? Ou Quincy ? Ou Ryan ?

Il se redresse en soupirant et porte la main à son front, un pouce et un index sur les tempes.

— Ce que je fais… C'est mettre les gens en danger. Et tu l'as été suffisamment. Je ne sais pas si je veux continuer comme ça. J'ai besoin de toi. Je ferai tout ce qui est en mon pouvoir pour te protéger.

— Je…

Mon cœur bat si fort que je ne suis pas certaine d'avoir bien entendu ce qu'il a dit.

— Liam, est-ce que tu dis…

— Je dis que peut-être, Dallas et toi, vous avez réussi à percer mon épaisse carapace. Je dis que je t'aime. Je dis que je ne supporterais pas qu'il t'arrive quelque chose. Alors, soit je me roule en boule et je me cache de la réalité, soit je plonge à pieds joints, j'accepte de t'aimer… et de te protéger.

Ma gorge est nouée par les larmes qui ne coulent pas.

— Alors, je te laisse une chance, seulement une, de dire

non. Parce que si tu dis oui, si tu restes, je ne te laisserai jamais partir.

J'ai du mal à parler. Cette fois, je suis en pleurs, mais je hoche farouchement la tête et je finis par retrouver l'usage de ma voix.

— Je ne me suis jamais pensée aussi intelligente. Et tu ne l'es pas non plus si tu penses que tu vas te débarrasser de moi facilement.

— Merci, mon Dieu, dit Liam en me serrant contre lui.

Ses lèvres se posent sur les miennes, si incroyablement douces et avec tant d'amour que j'ai envie de pleurer.

Il me touche tendrement, retire lentement mon débardeur et mon short, puis il devient plus avide quand je me retrouve nue près de lui. Il se déshabille à son tour et il m'attire sur son corps. J'enjambe sa taille, mes cuisses serrées contre son torse, et il tend le bras pour me caresser la joue.

— Je suis désolé, dit-il.

— Pourquoi ?

— Pour avoir pensé que je pouvais m'éloigner de toi.

La joie grandit dans mon cœur alors que je glisse le long de son corps, mon sexe caressant le sien en érection. Je croise son regard, puis je le prends lentement en moi. Les yeux dans les siens, je le chevauche.

L'une de ses mains est sur mes fesses, mais il ne me vole jamais le contrôle. Ses doigts jouent avec ma poitrine, et je me mords la lèvre inférieure, perdue dans la douceur de ses mains et la puissance de notre connexion.

— Je veux que ça dure, dit-il.

J'entends la pression dans sa voix. Il est sur le point de jouir, tout comme moi, mais nous restons tous les deux sur le seuil. Aucun de nous ne veut que ce moment prenne fin.

J'appuie mes paumes sur son torse pour sentir les battements de son cœur, pendant que je vais et viens contre lui, dans le mouvement lascif de notre acte d'amour jusqu'à ce que, bon gré mal gré, nous soyons forcés de basculer, nous abandonnant tous les deux alors que nos corps explosent, que le plaisir prend de l'expansion. Bientôt, je n'ai pas d'autre choix que de m'effondrer sur lui, nos cœurs battant à l'unisson pendant que mon corps récupère, au creux de ses bras.

— C'était incroyable, dis-je en me soulevant juste assez pour voir son visage. Tu es incroyable.

— Je t'aime, dit-il d'une voix pleine d'émotion.

Je sens les larmes me monter aux yeux.

— Jamais je ne te laisserai partir, ajoute-t-il.

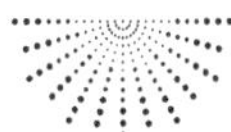

— Alors, quelle est la proposition ?

L'homme mince d'une cinquantaine d'années aux cheveux poivre et sel fit un geste au-dessus de la carte, des plans et des brochures colorées qui jonchaient la table de la salle à manger.

Norman Erickson était arrivé moins d'une heure auparavant. Alors que Xena restait à l'étage avec Jane, toutes les deux plongées dans une conversation sur l'expérience de Jane avec l'écriture du scénario de *La Rançon* et de son amitié avec Lyle Tarpin, la star de Hollywood, Dallas et Liam étaient venus entendre le discours de Norman Erickson.

L'homme avait bien parlé et il était confiant. C'était un commercial dans l'âme. De nombreuses affaires avaient dû être conclues grâce à sa personnalité autant que ses projets. Pour cela, Liam avait dû convenir que le développement de l'investissement proposé par Norman semblait bon.

Bien sûr, les commerciaux avaient l'art de rendre tout

agréable, et malgré la nature affable de Norman, il y avait quelque chose chez cet homme qui ne lui plaisait pas.

Puisqu'il allait quitter la ville avec Xena dans une heure environ, Norman profitait des dernières minutes que Liam passait avec Dallas et Jane. Alors, peut-être était-il seulement agacé parce que cet homme empiétait sur son temps.

— J'ai complété un projet semblable à Dallas, disait-il. Je récupère des infrastructures détériorées dans d'anciennes zones industrielles peu utilisées et je les convertis en véritables communautés, avec des appartements de standing, quelques maisons familiales, des restaurants, des cinémas, des garderies, une variété de magasins de qualité et autres aménagements comme des spas, des salles de sport et des centres de soins. Sans compter les espaces verts.

— C'est très intéressant, dit Dallas, rejoint par Liam. Quel genre d'investisseurs recherchez-vous et combien ?

— Vous êtes curieux de savoir quelle part du gâteau je prévois. Ça dépend entièrement de la qualité des investisseurs. Avec votre implication, peut-être que tout le monde aura une plus grosse part. Si c'est un facteur susceptible de faire pencher votre décision, je suis ouvert à la discussion. Nous en sommes au début, comme je vous l'ai dit.

— Êtes-vous déjà en pourparlers avec des détaillants spécifiques ? Qui est votre architecte ? demanda Liam.

Au même moment, son téléphone annonça un appel de Winston et il ajouta :

— Désolé, je dois répondre.

Il s'éloigna de l'autre côté de la grande salle, tournant le dos à Dallas et à Norman avant de dire :

— Qu'est-ce que tu as pour moi ?

— Rien de bon ! Rye a admis qu'il avait parlé à Weil de la cabane d'Ella, c'est comme ça qu'ils vous ont trouvés dans les montagnes. Et aussi pour votre visite à la maison d'Ella Love, le jour où on vous a presque mis hors de la route.

— Comment ? Tu avais passé en revue son matériel électronique.

— C'est ma faute. Il avait un téléphone prépayé et j'ai raté ça.

— Enfin, tu l'as trouvé.

— Non, intervient Winston. Ils ont eu une révélation ce matin. Bon Dieu, ces deux-là se lèvent aux aurores ! Apparemment, Ellie lui a confié à quel point elle était terrifiée pour vous deux et il ne pouvait plus vivre avec ce poids sur la conscience. J'avais raison sur un point, il est fou amoureux d'elle. C'est pour ça qu'il l'a fait.

— S'il ne les aidait pas, ils la menaçaient, comprit Liam en gardant la voix basse.

— Dans le mille.

— Merde.

— Il avait peut-être de bonnes intentions, mais ses actions étaient mauvaises. Il aurait dû nous le dire et ne pas jouer à ce jeu. Je ne suis pas sûr qu'Ella lui pardonne.

— Pour le moment, je n'ai pas beaucoup de compassion pour cet homme.

— Il y a pire, dit Winston. Hier, Ellie a dit à Rye combien elle était inquiète pour l'appât que tu comptes mettre en place dans ton appartement. Elle a ajouté qu'elle était soulagée que vous passiez chez Dallas en premier, que vous auriez le temps de respirer avant que les emmerdes vous tombent dessus.

Merde.

Avec une soudaine anxiété, Liam leva les yeux vers les disques de sécurité. Habituellement clairs, ils devenaient rouge sang.

— Je suis désolé, mon vieux. Il est trop tard pour ça.

Dallas jetait un œil à son téléphone quand Liam revint d'un pas nonchalant. Il hocha la tête, à peine l'esquisse d'un mouvement, indiquant ainsi à Liam qu'il savait que la menace était réelle.

L'indicateur dans le coin devint complètement rouge.

— Monsieur Erickson, si vous pouviez seulement attendre ici, je viens de recevoir un message du gardien de la propriété. Apparemment, nous avons un petit incendie dans une des dépendances.

— Oh ! Je suis désolé de l'apprendre. Je… Enfin, bien sûr que je peux attendre.

— Liam, ça t'ennuierait de venir m'aider ?

— Pas de souci.

Ils quittèrent la salle à manger en refermant les doubles portes derrière eux.

— Noyce ou Weil ? fit Liam dès qu'il fut certain que Norman ne pouvait plus les entendre.

— Je n'ai pas pu avoir un bon angle de vue. La brèche est dans l'aile des invités. Quelqu'un a brisé une fenêtre et s'est infiltré à l'intérieur.

Il tendit son téléphone à Liam, lui montrant les

caméras de surveillance. L'intrus portait un ensemble noir avec une capuche, mais le placement de sa tête empêchait de voir son visage.

Ils se précipitèrent vers la cuisine et dans l'aile où Liam avait grandi et où seuls trois passages permettaient d'accéder au reste de la maison. Un passage tortueux qui passait près de la cuisine, leur position actuelle. La passerelle du solarium qui longeait la maison et terminait dans le petit salon. Et enfin, la cage d'escalier au milieu du couloir, qui menait au second étage, un peu plus près de leur position que le point d'entrée de l'intrus.

— J'ai fermé par télécommande la porte de l'escalier, annonça Dallas alors qu'ils avançaient vers l'avant-dernier coin.

— Avec de la chance, nous arriverons avant son passage. Tu es armé ?

— Ces jours-ci, toujours.

— Bien.

— Et toi ?

Dallas lui lança un regard noir.

— À la maison, d'habitude non. Mais comme tu es là, j'ai décidé de porter un flingue.

— Tu es un homme intelligent.

Ils étaient près du dernier couloir et Dallas leva une main pour lui demander de ne pas faire de bruit. Ils se déplacèrent en silence, lentement, en prenant soin de ne pas faire de bruit susceptible de les trahir. Liam priait tout bas pour que le criminel soit toujours là. De sa position, une fois au second étage, il serait proche de Xena et Jane. Il espérait de tout cœur que Jane avait vu l'alarme. Dallas avait certainement verrouillé à distance, mais Liam ne se sentirait pas bien tant qu'il ne serrerait pas Xena dans ses bras et qu'il ne se serait pas assuré que Jane et le bébé allaient bien.

Prudemment, ils s'approchèrent du coin. Lorsque Liam se faufila devant Dallas, son ami le laissa faire, comprenant certainement qu'il s'agissait de son combat.

Cet enfoiré était là. Quand il leva la tête, Liam constata que c'était le type à la mâchoire carrée, alias Weil. Dans un seul mouvement, Liam leva son arme, fit un tir de sommation et demanda à l'intrus de poser son arme. Il aurait préféré coller la balle entre les deux yeux de cet enfoiré, mais ils avaient besoin de lui s'ils voulaient avoir une chance de trouver Noyce.

Weil ne coopérait toujours pas. Alors que Dallas approchait, Weil leva son arme, les yeux rivés sur lui. Une vague de froid et de fureur traversa Liam et il se jeta sur Dallas, l'écartant de la trajectoire une fraction de seconde avant que le coup ne parte.

Aussitôt, ses oreilles bourdonnèrent et son épaule gauche l'élança atrocement.

Il était par terre, sur Dallas. Il prit vaguement conscience que son ami le poussait sur le côté pour dégainer son arme et tirer.

Weil s'effondra. Tant bien que mal, Liam parvint à se remettre sur ses pieds. Dallas s'avança prudemment, l'arme pointée en direction de l'homme à terre.

— Mort, annonça-t-il en se retournant vers Liam. Putain !

— La balle est entrée et ressortie, répondit-il alors que Dallas se précipitait vers lui, les sourcils froncés. Je vais m'en tirer.

Il était toujours en état de choc, ses tympans vibraient et le haut de son bras était engourdi. Heureusement, ses doigts fonctionnaient bien, la balle n'avait pas atteint de vaisseaux importants.

Il utilisa sa main valide pour défaire les boutons de sa chemise et la tendit ensuite à Dallas.

— Serre fort, demanda-t-il tout en fouillant pour trouver son téléphone et l'application rarement utilisée de la sécurité de la maison Sykes.

La vidéo surveillance n'était disponible que s'il y avait une brèche de sécurité, et dans ce cas, toutes les pièces étaient visibles. Même s'il pouvait voir le corps de Weil, il voulait s'assurer que les filles étaient en sécurité.

Elles ne l'étaient pas. Ce qu'il vit lui glaça le sang.

— Norman Erickson, fit-il d'une voix rauque. Les initiales sont N et E.

Croisant le regard de Dallas, il vit sa propre peur se refléter dans ses yeux.

— Il m'a étudié. Il a compris que nous étions amis. Il a su que je viendrais ici.

Il s'est rapproché de moi, dit Dallas. Il m'a piégé, il nous a tous les deux piégés. Maintenant, il tient Jane et Xena.

Liam fit taire sa peur et sa douleur, fonctionnant uniquement avec sa fureur brute. C'était ce dont il avait besoin. C'était comme ça qu'il allait détruire cet enfoiré.

Ils commencèrent à gravir les marches quatre à quatre, mais il s'arrêta net.

— Vas-y, dit-il. J'ai une idée.

— Quoi… ?

— Allez, vas-y. Je te rejoins. Et dépêche-toi.

Dallas ne protesta pas et Liam redescendit, espérant que son plan fonctionnerait, espérant qu'il n'était pas fou. Parce qu'il fallait que ça marche. Il ne pouvait pas la perdre.

Il ne la perdrait pas.

Pas maintenant qu'elle était enfin à lui.

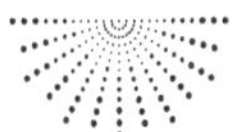

CHAPITRE VINGT-HUIT

— Je suis si contente pour toi, me dit Jane quand je lui raconte ce qu'il s'est passé la nuit dernière.

Ce n'est pas la première chose dont nous avons parlé, bien sûr. Nous avons commencé par discuter ciné, et même si je travaille avec une pop-star et que j'ai rencontré de nombreuses célébrités, je suis quand même émerveillée par les personnes avec qui Jane a travaillé.

Le fait est que je n'arrivais pas à garder cette bonne nouvelle pour moi plus longtemps.

Enfin, je ne lui dis pas tout. Je ne lui ai pas raconté toute la nuit. Seulement la conversation avec Liam, son aveu, et le plus important, qu'il veuille avancer avec moi et cesser de mettre l'amour de côté par simple peur.

— Je te l'avais dit, non ?

Je réponds joyeusement :

— Oui ! J'aimerais que tout ça soit terminé. J'ai l'impression d'être dans un conte de fées et que le prince m'a embrassée, mais que la malédiction n'est pas entièrement levée.

— Elle le sera bientôt, dit Jane. Liam et Dallas forment une bonne équipe, et avec nous à leurs côtés, ils ne pourront pas rater l'objectif. Je veux dire…

Elle s'arrête au milieu de sa phrase.

— Quoi, c'est le bébé ? Jane ? Merde, Jane, qu'est-ce qui se passe ?

— L'alarme, dit-elle.

À mon tour, je vois les disques de verre clignoter en rouge.

— Que se passe-t-il ? demandé-je alors qu'elle cherche son téléphone.

Je me souviens de ce que Liam a dit à propos de l'application.

Ses yeux s'agrandissent et elle pose une main protectrice sur son ventre. Au-dessus de nous, la lumière de l'alarme s'éteint.

— L'aile des invités, explique Jane. Quelqu'un a brisé une fenêtre. Le système a appelé les secours.

Je vois qu'elle essaie de rester calme, mais les trémolos dans sa voix la trahissent et je sais à quoi elle pense : Liam et Dallas.

— Ça va aller, dit-elle en lisant mes pensées. Dallas nous a enfermées.

— Quoi ?

Mon cœur se serre, en proie à la panique.

Elle désigne la porte d'un mouvement de tête.

— Fermeture à distance. Nous sommes enfermées. Personne ne peut entrer d'un côté ou de l'autre, sauf si on la désactive.

— Oh, mon Dieu, dis-je avec angoisse.

Avec Liam à mes côtés, je n'ai pas eu de crise depuis

des jours, pas même dans la voiture. Mais maintenant, en me sachant enfermée à l'écart…

Ma gorge se noue et je lutte contre cette sensation. Je ne peux pas perdre le contrôle. Je dois me battre.

Je pense à Liam. À ses gestes. Son amour.

Je dois me battre pour vivre.

Je prends une grande inspiration.

— Le verrou, dis-je à Jane, dont le visage me montre qu'elle a tout aussi peur que moi. Est-ce que tu peux le désactiver ? Je dois aller les aider.

Je regarde fiévreusement autour de moi pour trouver mon sac, où se trouve mon petit Ruger. Il est sur la table de nuit, près de Jane.

— Non, laisse tomber, dis-je aussitôt, me contredisant toute seule.

Ils n'ont pas besoin de moi. Je ne ferais que les déranger. Mais Jane n'est pas en condition de se défendre toute seule. Elle n'a que moi.

Je prends une grande inspiration en me persuadant que j'ai la situation en main. Nous sommes en sécurité dans cette chambre. Dallas et Liam sont les meilleurs. La police est en route. Il n'y a rien à craindre.

Je fais un pas vers mon sac et je me fige sur place quand un craquement assourdissant se fait entendre. Le cri de Jane se mêle au mien et je regarde automatiquement dans sa direction. Quelqu'un, à l'extérieur de la pièce, a tiré une balle sur le verrou. Le montant de la porte est fissuré. Avant que j'aie le temps de reprendre mon souffle, la porte s'ouvre d'un coup brutal et je me retrouve face à Edward Noyce, l'homme de mon passé et de mes cauchemars.

Je fixe le canon de son arme et la peur me glace les veines.

À ma droite, je vois Jane qui se rapproche lentement de mon sac. Je ne lui ai pas dit que j'avais une arme, mais puisque je le cherchais avant d'annoncer que je devais voler au secours des hommes, je suppose qu'elle a déduit qu'il y avait quelque chose de plus utile que du rouge à lèvres là-dedans.

— Je ne ferais pas ça à ta place, maman, si tu ne veux pas que le petit et toi soyez les prochains à mourir.

— Tu ne sortiras jamais d'ici vivant, lui dit Jane.

— Elle a raison.

Cette voix dure et froide appartient à Dallas. Il vient de surgir derrière Noyce, l'arme pointée sur la nuque de ce connard.

— Je n'en serais pas si sûr. Je suis une véritable anguille. Même si je meurs, au moins j'aurai la satisfaction de l'emmener avec moi.

Je suis pétrifiée. J'ai connu la peur, mais cette fois, c'est différent. Avant, je voulais presque mourir, estimant que c'était le seul moyen d'en finir avec ce cauchemar qu'était ma vie. Non, je n'avais pas de vie à l'époque. Seulement une existence. Alors que je craignais la douleur, la mort aurait été un soulagement.

Maintenant, en revanche…

Maintenant, j'ai Liam, et la terreur que cet homme puisse me prendre cela, nous prendre ce bonheur commun, me transperce comme une pointe de glace. Je n'arrive pas à penser. Je n'arrive pas à bouger. Je ne peux que prier pour un miracle qui n'arrivera pas. Après tout, j'ai déjà fait cette prière par le passé, et j'ai toujours été déçue.

Au même instant, une autre pensée me traverse. Où est Liam ?

J'essaie de ravaler ma peur. J'essaie de ne pas ouvrir la bouche pour poser la question à Dallas. Ça va aller.

Il le faut.

— Nous pouvons trouver une solution, dit Dallas. Témoignez contre Corbu et nous pourrions avoir un arrangement.

— Et me gâcher le plaisir de voir cette chienne mourir ?

Il y a une commode contre le mur, à sa gauche, avec un miroir. Même si Dallas et lui ne peuvent pas le voir, je suis aux premières loges. Ce que je découvre m'apporte à la fois de l'espoir et de la peur. Parce que je vois un panneau de bois coulisser lentement, de l'autre côté de la pièce par rapport à Noyce.

Liam. C'est forcément Liam.

— Dallas a raison, dis-je en essayant d'attirer son attention.

Je m'efforce de grappiller quelques minutes de vie, quelques minutes capables de me donner une longue vie heureuse aux côtés de l'homme que j'aime.

— Témoigne et passe un marché, tu pourrais avoir tout ton casier effacé. Tu penses que j'ai envie d'engager des poursuites ? Non.

— Elle veut seulement récupérer sa vie, renchérit Jane.

Peut-être a-t-elle vu le panneau en bois bouger, elle aussi, et essaie-t-elle de continuer à l'occuper.

— Donne-moi une bonne raison de t'épargner, fait

Noyce en levant son arme alors que le panneau se déplace suffisamment pour révéler le grillage du monte-plats.

Je ne sais pas quelle est son arme, mais on dirait un revolver. Et il a tiré le chien.

Plus que ça, je sais que je suis directement entre le canon et le monte-plats. J'ai beau être terrifiée à l'idée de révéler Liam en me déplaçant, avant qu'il ne soit prêt, je ne pense qu'à m'écarter de la ligne de tir. Je me jette sur le côté en criant :

— Maintenant !

Je plonge sur le sol et roule hors du chemin, une fraction de seconde avant que Noyce tire. Sa balle se plante dans le mur opposé. Liam tire à son tour et sa balle traverse le grillage du monte-plats, atteignant Noyce entre les deux yeux.

Presque au même instant, une autre détonation retentit et la force de la balle tirée par Dallas fait basculer Noyce en avant. Il tombe face contre terre, sur le tapis somptueux, au moment où les sirènes commencent à s'élever autour de nous.

Je n'y prête pas attention et je m'élance à travers la pièce, où Liam s'extirpe du monte-plats.

— On est serré là-dedans, grommelle-t-il en se dépliant avant de m'attirer contre lui, si fort que je peux à peine respirer.

Sur le lit, Dallas serre Jane dans ses bras. Elle sanglote sans bruit, encore plus ébranlée que moi, certainement à cause des hormones.

Pendant un moment, Liam et moi nous cramponnons l'un à l'autre. Puis il m'écarte à bout de bras, m'inspectant pour s'assurer que je ne sois pas blessée.

— Je vais bien. Je vais bien, lui dis-je.

Aussitôt, je me fige en voyant son bras.

— Oh, mon Dieu.

— Non, je vais bien, moi aussi. On va me recoudre. Rien de grave. Tu es en sécurité. C'est terminé.

— Terminé ? Et pour Weil ?

— Il est mort, m'annonce-t-il.

C'est à ce moment précis que mes jambes cèdent.

Liam me retient et m'étreint avec force. Je me laisse aller en essayant de me faire à cette nouvelle réalité.

— Je suis en sécurité, dis-je, goûtant ces mots nouveaux sur ma langue.

Je lève les yeux vers lui, plus heureuse que jamais.

— Je t'ai dit que j'étais en sécurité avec toi.

— C'est vrai, répond-il en souriant. On dirait bien que nous avons gagné. Et notre récompense, c'est nous.

— Dis-moi que tu m'aimes.

J'ai envie de l'entendre.

— Je t'aime. Je passerai volontiers le reste de ma vie à te le prouver.

Je souris, puis je serre sa main quand les policiers et les ambulanciers déboulent dans la pièce.

— Dans ce cas, laisse-les te recoudre et ramène-moi à la maison pour me le montrer.

— Euh, les amis, dit Jane à côté d'un Dallas rayonnant. Je pense que Liam n'est pas le seul à avoir besoin d'aller à l'hôpital.

ÉPILOGUE

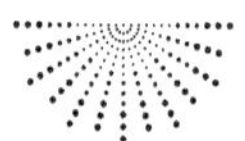

— Tout le monde, est-ce que je peux avoir votre attention, s'il vous plaît ?

Liam est debout au bord du jacuzzi, sur la véranda de Damien Stark. Sa position lui donne au moins une trentaine de centimètres de plus que tous les autres. C'est un endroit merveilleux, avec une piscine à débordement qui surplombe leur propriété de Malibu et l'océan Pacifique.

« Tout le monde » inclut le personnel de Stark Sécurité, ainsi que d'autres amis. Damien et Nikki sont là, avec Jackson et Sylvia, Cass, Emma et quelques autres gars qui travaillaient avec Dallas chez Délivrance.

Surtout, il y a Dallas, Jane et leur fillette de trois mois, la star de cette fête.

— Pour mon plus grand plaisir, je vous présente Lisa Mystère Sykes. Santé, dit-il en levant son verre de champagne.

Nous l'imitons, et chacun prend une gorgée de sa boisson à bulles – de l'eau pétillante avec de la framboise et du citron vert pour moi.

J'attends que Liam vienne me rejoindre, puis j'entrelace mes doigts avec les siens.

— Trois mois, dit-il. C'est notre anniversaire aussi. Celui de notre couple et de ta liberté.

J'incline la tête vers lui pour un baiser.

— Nous devons fêter ça.

— Sans aucun doute.

Il fronce les sourcils comme s'il réfléchissait.

— Mais quel meilleur moyen que…

Je lui lance un sourire diabolique qui le fait éclater de rire.

Eliza et Quincy nous rejoignent. Nous formons une file d'attente pour voir le bébé, discutant joyeusement les uns avec les autres.

— Alors, quand allez-vous rejoindre le club ? demande Liam à Quince.

C'est devenu une blague récurrente entre eux. Eliza et moi échangeons un regard amusé.

— Certainement quand tu feras ta demande à la tienne, répond-il en faisant un signe de tête vers moi.

— Oh, bientôt alors ! répond Liam.

Je m'étouffe presque avec mon verre d'eau. Quince et Eliza échangent un regard, eux aussi, mais Liam sourit avec naturel, comme si c'était le commentaire le plus banal du monde.

— Je n'ai pas dit demain, me murmure-t-il, mais ce sera bientôt au centre de mes préoccupations. Si ça va trop vite, préviens-moi tout de suite.

— Non, dis-je, le cœur battant. Non, bientôt, ça me va.

— Est-ce que tu as vu Emma ? demande Eliza d'une

voix aussi émoustillée que la mienne. Elle parlait à Damien et Ryan tout à l'heure.

J'ai dû attendre quelques semaines après l'événement de Southampton pour enfin rencontrer Damien Stark. Même s'il m'a intimidée au début, beau, riche et plein d'assurance, je commence à me rendre compte que c'est seulement un mec super dans un bel emballage.

— De quoi ont-ils parlé ? demandé-je.

— Emma fait maintenant partie officiellement de l'Agence.

— Je sais. C'est génial, non ?

Elle fait une grimace.

— Tu le savais ? Mais toi, tu ne le savais pas, dit-elle à Quince, sur un ton presque accusateur.

— Je suis désolé de te décevoir, mon amour, mais je me contente d'arrêter les méchants. En tant que responsable administrative, Xena fait tous les papiers. Y compris les fiches de paie.

— Eh bien dans cas, dit Eliza en me regardant. À partir de maintenant, je vais te demander tous les potins.

— Antonio est là, dit Quince à Liam.

— Il était chez Délivrance avec toi, non ? demandé-je quand il s'avance.

Liam acquiesce.

— Un mec génial. Je ne l'ai pas vu beaucoup ces dernières années.

— Moi non plus, dit Quince.

— Il va peut-être intégrer l'équipe Stark.

— Je ne sais pas, dis-je en riant. Je vous le jure.

— Ça m'étonnerait, fait Quince. Il semblait soulagé

quand nous avons dissous l'équipe. J'ai eu l'impression qu'il avait des choses à régler de son côté.

D'après la mine de Liam, je pense qu'il est d'accord, mais je n'ai pas le temps de poser de questions parce que nous sommes arrivés devant le bébé. Dallas semble sur le point d'exploser de fierté, sa fille dans ses bras. Jane, quant à elle, est fatiguée, mais heureuse.

— Je t'ai cherchée, tout à l'heure, lui dis-je.

— Je me suis échappée discrètement pour la changer et la nourrir.

— Je suis contente que tu aies gardé le Mystère, ajouté-je à voix basse.

— Tu nous as inspirés.

Nous rions toutes les deux.

— Alors, comment se passe la maternité ?

— C'est fatigant, dit-elle, et en même temps absolument fantastique.

— J'en suis heureuse.

Je sens une main sur mon épaule, puis j'entends un doux murmure à mon oreille :

— Un jour…

Je me retourne, mais Liam paraît si innocent que je pourrais presque me convaincre que c'était mon imagination. J'espère que ce n'est pas le cas, parce que je veux une famille, et je la veux avec Liam. Je me suis déjà renseignée pour remédier à ma ligature des trompes, même si je sais que c'est un peu précipité.

Derrière nous, Sylvia et Jackson s'avancent pour voir le dernier ajout à la famille Sykes. Jane me promet de passer me voir pour rattraper le temps perdu, puis Liam et moi faisons un pas de côté pour leur laisser le champ libre.

Adossés contre un mur de pierre, main dans la main, nous admirons la vue en silence lorsque Liam me dit :

— Voilà Antonio.

Âgé d'une bonne trentaine d'années, c'est un homme au teint mat et au visage ouvert et amical, rasé de frais.

Liam commence à faire un pas vers lui, mais il s'arrête quand Damien approche, la main tendue. Il les regarde se saluer. Nous sommes en plein air, alors ce n'est pas comme si nous écoutions aux portes, mais j'ai l'impression que c'est un moment privé entre les deux hommes. En même temps, si nous partons, nous risquons de nous faire remarquer et de les déranger.

Comme Liam aimerait parler à son ami, il s'attarde près d'eux, la méthode traditionnelle dans un cocktail pour attirer l'attention.

Ce qui fait que nous entendons parfaitement Antonio dire :

— Merci beaucoup de m'avoir invité. C'est génial d'avoir la chance de voir Dallas, Jane et le bébé. Ainsi que ta maison. Elle est exceptionnelle.

— Merci. C'est uniquement pour ça que tu as accepté mon invitation ?

Antonio sourit.

— Je crois que tu sais très bien que non.

— Qu'est-ce que je peux faire pour toi ?

Damien a les mains dans les poches de son pantalon kaki et le soleil fait briller ses cheveux d'un noir corbeau.

— Tu te souviens de ce que tu m'as dit à Paris ?

— Quand tu as secouru ma femme ? Je ne suis pas du

genre à oublier ces choses-là. J'ai dit que si tu avais besoin d'aide, Stark Sécurité serait là pour toi. Quand tu veux. Pour ce que tu veux.

— Alors, déclare Antonio, il semble que je vais avoir besoin de ton aide. Précisément, j'ai besoin d'une femme.

FIN

Envie de savoir ce qui arrive à Antonio ? N'oubliez pas de pré-commander *En haute voltige* !

Newsletter en français
http://jkenner.com/FR-NL

Newsletter en anglais
http://jkenner.com/JK_NL

Préface

Le monde est un endroit de merde.

C'est peut-être la première leçon que j'ai apprise dans la vie. Une leçon bien inculquée quand il me criait dessus ou me giflait. Ou pire encore.

Il était censé nous aimer. Nous protéger.

Mais « censé » n'est valable que dans un monde de conte de fées. Nous vivions dans le monde réel, ma sœur et moi. Et quand il y avait trop de choses à faire, quand il n'y avait rien ni personne vers qui nous pouvions nous tourner à part l'une l'autre, c'est là que nous avons fui.

J'ai fait des choses dont j'ai honte. Des choses que j'ai dû faire pour survivre. Pour nous garder en sécurité.

Et j'ai appris, il y a longtemps, à ne faire confiance à personne d'autre qu'à moi-même et à ma sœur. Parce que les gens qui sont censés vous protéger vous laisseront toujours tomber. Et les gens qui sont censés vous aimer peuvent tout aussi bien être des monstres.

Ces derniers temps, pourtant, les choses ont commencé à changer. Mon monde s'ouvre et certaines personnes me surprennent. Je baisse ma garde, je laisse les gens entrer.

C'est une erreur, et je le sais. Parce que maintenant, il est entré dans ma vie.

Et même si je suis consciente que je dois garder mes distances, même si je sais très bien qu'il va me briser le cœur, je ne peux pas m'empêcher de glisser vers lui, inexorablement, terrifiée qu'il ne soit pas assez fort pour me rattraper.

Et encore plus terrifiée qu'il le soit.

Chapitre premier

— Du nouveau ?

Les bras croisés, Antonio Santos regardait par-dessus l'épaule de Noah la série absurde de chiffres, de lettres et de symboles qui défilait sur l'écran à mesure des tapotements de ses doigts sur le clavier.

— On y est presque, dit Noah sans détacher son attention de l'écran.

Tony déplaça son poids, puis il recula et s'appuya contre la table en chêne massif qui occupait l'un des trois côtés de l'espace de travail encombré de Noah. Bien que son bureau soit le meilleur de la division de Stark Technologies Appliquées à Austin, on aurait dit le garage où se serait installé un adolescent fan de codage informatique et de jeux vidéo.

Mais Tony ne pouvait pas vraiment le reprocher à son ami. Noah Carter avait des compétences dingues en informatique, en électronique, et tout ce qui touchait à la technologie. Tony aussi en connaissait un rayon, mais ses talents s'exerçaient plutôt sur un terrain dangereux. Des talents pour lesquels il avait été bien payé dans le passé, mais seulement dans des missions qui lui permettaient de garder une conscience tranquille.

Cependant, ces missions rémunérées n'étaient qu'un moyen pour parvenir à une fin. Même le temps que Tony avait passé à travailler avec Noah pour un groupe de miliciens appelé Délivrance n'était pas anodin. Il soutenait pleinement le travail que ce groupe avait accompli pour sauver les victimes d'enlèvement et faire tomber leurs bourreaux, mais il avait également mis à profit les ressources considérables de l'organisme pour ses propres besoins.

Plus précisément, pour la traque d'un homme connu sous le nom de Serpent.

Tony ne pourrait jamais récupérer ce que le Serpent lui avait volé. Sa mère. Son oncle. Toute sa putain de vie. Mais il pouvait se venger.

Et il était à deux doigts de remporter le prix.

Il devait remercier Noah pour une grande part de ses récents progrès. C'était son ami qui avait fourni à Tony une identité secrète sur un forum de discussion tristement célèbre du dark web. Un endroit où, au fil des ans, Tony s'était forgé une réputation de mercenaire malhonnête avec des compétences à louer. Ce n'était pas un mensonge... mais pas exactement la vérité non plus.

Il avait affiché de faux détails pour renforcer sa réputation, acceptant juste ce qu'il fallait de véritables missions pour corroborer sa couverture. Mais seulement des emplois qu'il avait d'abord vérifiés, s'assurant soigneusement que les cibles ne soient pas innocentes. C'était d'ailleurs loin d'être le cas : des meurtriers, des prédateurs sexuels et autres.

Il avait fondé sa réputation lentement, jusqu'à avoir suffisamment de crédit pour poser des questions sur le Serpent sans attirer trop d'attention indésirable.

Pourtant, les progrès avaient été lents. Pendant plus de trois mois, il n'avait obtenu aucune piste. Puis quelques-unes étaient arrivées, sans qu'aucune n'aboutisse.

Les mois étaient passés, et même s'il savait que c'était un jeu de longue haleine, il commençait à perdre espoir.

Enfin, un message privé de la part d'une certaine The-Asst était apparu. C'était une femme, ou du moins, elle le prétendait. Bien qu'elle ne sache pas où se trouvait le Serpent pour le moment, elle avait promis à Tony qu'elle pouvait lui faire connaître sa véritable identité.

Plus important encore, elle avait promis de partager cette information si Tony la rencontrait au Debauchery Resort, une île des Caraïbes complètement débridée en matière de sexe.

Elle lui avait donné une date, dans cinq jours exactement, et c'était un rendez-vous qu'il avait l'intention d'honorer. Tant qu'il ne s'agissait pas d'un piège.

Tout comme sa propre identité sur le dark web, le profil d'Asst n'avait aucune information permettant de l'identifier. Il n'avait donc aucun moyen de vérifier si elle était vraiment une femme, et encore moins de savoir si elle était en mesure de lui fournir des informations sur le Serpent.

C'était précisément pour cette raison que Tony était

venu à Austin pour voir Noah. Parce que si quelqu'un pouvait faire le tri dans les méandres du net pour découvrir qui était The-Asst, c'était bien son ami, le génie des technologies.

Passant les doigts dans ses cheveux courts, il s'avança de nouveau derrière Noah alors que des mots et des symboles défilaient à toute vitesse sur l'écran.

— Qu'est-ce que...

Son ami leva la main, interrompant la question de Tony.

— Presque fini. Encore un... Ça y est ! Je t'ai eu, sale petit fuyard...

Tony se détourna du charabia à l'écran pour fixer Noah du regard, avant de revenir à ce qui l'occupait. S'il n'était pas un pro de l'informatique, c'était pour des raisons évidentes : il n'y avait là absolument rien d'intéressant à ses yeux.

— Je pourrais l'expliquer, dit Noah en regardant Tony par-dessus son épaule. Mais ensuite, il faudrait que je te tue.

— Très drôle.

Tony se laissa tomber sur l'une des chaises, qu'il fit rouler plus près pour mieux voir ces enchaînements énigmatiques à l'écran.

— Pas la peine de m'expliquer. Dis-moi simplement ce que tu as appris.

— Je n'arrive pas à te trouver un nom. Pas encore. Mais je travaille sur un logiciel qui va...

— ... faire quelque chose de magique avec des bits, des octets et de la physique quantique. Ça va, mon vieux, le monde entier sait que tu es un génie. Qu'est-ce que ça veut dire ?

— Il y a 87 % de chances que ton contact soit réellement une femme. Je l'ai déduit de…

— Abrège. Est-ce que je t'ennuie, moi, avec du jargon sur la balistique ?

Noah leva les yeux au ciel.

— Il n'y a absolument rien d'ennuyeux dans la balistique, et je suis un sacré bon tireur, aussi.

— Je suis meilleur, répondit Tony, amusé.

La première fois qu'il avait ri depuis des mois, c'était hier soir, dans la nouvelle maison de Noah et Kiki, en surplomb du lac Travis.

— En ce moment, les seules *cojones* qui comptent, ce sont les miennes. Alors, tu veux l'info ou pas ?

— Tu sais bien que oui.

Il s'adossa dans sa chaise et leva les pieds, prêt à entendre un long discours.

Contre toute attente, Noah laissa de côté les miracles des circuits intégrés et des langages de programmation en vogue ces temps-ci pour en venir directement aux résultats de son logiciel encore en version bêta.

— Je ne peux pas confirmer que ton contact est une femme, mais la probabilité est élevée. Et d'après ce que je peux déduire à partir de ses messages, elle est située en Californie du Sud.

— Je ne pensais pas qu'on pouvait retracer ce genre d'infos sur le dark web.

— La plupart des gens en sont incapables. Mais pas moi. Enfin, à un taux de certitude de 72 %. Comme je l'ai dit, c'est encore en développement.

— Il y a donc de fortes chances qu'elle soit en Californie.

— Ou alors, elle sait aussi bien que moi comment tirer son épingle du jeu en matière de technologies et elle protège délibérément sa position, et aussi ce qu'on appelle son ombre numérique, que je suis en train d'examiner.

— Je suis impressionné.

Noah continua en souriant.

— Puisque tes renseignements suggèrent que le Serpent est basé quelque part aux alentours de Los Angeles, la probabilité en est d'autant plus forte.

— Tout cela signifie que ça vaut la peine d'essayer de rencontrer cette femme.

— Il me semble que c'est la meilleure piste dont tu disposes.

— C'est même la seule piste, ces derniers temps.

Il avait cru tenir le Serpent, des années auparavant, mais le plan avait dramatiquement mal tourné. Tony y avait perdu plus d'une année de préparation.

— Les femmes sont autorisées à venir non accompagnées à Debauchery, reprit Noah.

Tony acquiesça. Il le savait pertinemment.

— Contrairement aux hommes.

— Et elle a l'intention de me rencontrer là-bas. Oui, j'y ai pensé. Ça signifie qu'elle suppose que je trouverai quelqu'un pour m'accompagner. En tout cas, elle n'essaie pas de m'inciter à voyager avec elle. Elle s'y rend certainement à l'avance pour se protéger ou pour me tendre un piège.

— En ce moment, les probabilités sont à peu près égales. Mais j'ai trouvé quelques places individuelles réservées dans les jets privés de Debauchery, la veille du jour où tu dois la rencontrer.

— Des noms ?

— Non. Leur sécurité est stricte. Ce n'est pas surprenant, vu la nature de la station. Je suis sûr que je peux la contourner si tu penses que c'est important. Tu veux que je continue à fouiller ?

Tony secoua la tête.

— Ne te dérange pas. Il y a de fortes chances que je ne puisse pas dire si elle est là pour m'aider ou me tuer à partir d'un simple nom sur un billet.

Son ami soupira.

— C'est vrai. Toute cette mission est un point d'interrogation. C'est peut-être un traquenard. Peut-être pas. Elle pourrait avoir des informations sur le Serpent qu'elle veut partager avec toi, Dieu seul sait pourquoi. Ou alors, elle pourrait être quelqu'un de ton métier, et dans ce cas, elle irait sur l'île pour te tuer. Peut-être que le Serpent lui a causé du tort, à elle aussi, et qu'elle veut le tuer en espérant que tu feras équipe avec elle.

— La seule façon de le savoir, c'est d'y aller, déclara Tony sans hésiter.

Ce voyage était une affaire conclue depuis le moment où Ashton l'avait suggéré. Après tout, il avait risqué sa peau pour des choses bien plus banales que la vendetta de sa propre vie.

— Je pensais bien que tu dirais ça. Tu vas devoir y aller en couple. Tu vois quelqu'un, ces jours-ci ? Quelqu'un que tu serais prêt à accepter en mission ?

— Non aux deux questions, admit Tony, ignorant le coup au cœur que lui causait cet aveu.

Noah le regarda un instant, ses yeux d'un vert profond ne quittant jamais le visage de Tony.

— Ce n'est pas si mal, mon vieux, insista ce dernier. Honnêtement, c'est même sacrément bien.

Ce coup au cœur se transforma en véritable douleur alors qu'il haussait les épaules en silence. Il allait très bien, du moins tant qu'il vivait dans l'instant présent. Ce n'était difficile que lorsque les nuits sombres et solitaires arrivaient, un rappel qu'il ne pouvait jamais véritablement se rapprocher de quelqu'un, car cela reviendrait à peindre une cible dans son dos...

Merde.

Il prit la tasse de café à présent froide et but une longue gorgée, afin de camoufler son humeur aigrie.

— Je suis content pour toi, dit-il à Noah après avoir posé la tasse un peu trop brutalement. Sincèrement.

Il sourit. C'était une expression authentique, provoquée par le souvenir du dîner de la veille, chez eux.

— Kiki et toi, vous allez tellement bien ensemble.

Il le pensait. Tony ne connaissait pas toute l'histoire, mais il savait que Noah avait perdu une femme et un enfant, et que cette tragédie l'avait bouleversé. Kiki l'avait aidé à guérir de ses blessures.

— Oui, dit Noah, souriant si fort que Tony pouvait voir toutes ses dents. Nous sommes vraiment bien ensemble.

Il hésita et Tony se crispa, redoutant que Noah ne lui fasse son traditionnel discours sur le ton de : tu sais, tu devrais songer à t'installer...

Au lieu de ça, Noah s'éclaircit la gorge et dit en toute décontraction :

— Alors, qui vas-tu emmener ? À moins que tu prévoies d'y aller illégalement.

— Je me suis un peu renseigné sur l'endroit. La seule zone habitable est la station balnéaire. Au-delà, il y a une petite jungle dense. Une route conduit jusqu'à l'aéroport, mais c'est à peu près tout. Donc si je vais sur l'île, je dois aller au resort.

— Et tu as besoin d'une femme. Quelqu'un en tête ?

— Non. De toute façon, tout ce que j'ai, je le mets en danger.

Quand bien même, il n'avait personne en tête. S'il était sorti avec quelques femmes ici et là, ce n'était pas le genre de rencontres après lesquelles il gardait leur numéro de téléphone. Quant à avoir les compétences nécessaires pour être une véritable partenaire et non une décoration à son bras ? Eh bien, sa liste de contacts était courte. Il préférait travailler seul et il œuvrait en solitaire depuis la dissolution de Délivrance.

— Tu as besoin de quelqu'un qui puisse se défendre, décréta Noah.

— D'accord. Mais qui ?

Son ami secoua la tête.

— Aucune idée. Je suis assis à un bureau depuis trop longtemps et mes contacts sont plutôt limités. J'aimerais pouvoir te donner un coup de pouce.

— Moi aussi. J'ai besoin de quelqu'un de connecté. Quelqu'un qui disposerait d'un vaste réseau... bien sûr !

Il sourit.

— Stark.

— Stark ? répéta Noah. Tu veux dire, mon patron ? Damien Stark, de Stark Technologies Appliquées ?

— Et l'agence Stark Sécurité, lui rappela Tony.

Après l'enlèvement de sa fille, Damien Stark avait fondé le groupe de sécurité d'élite pour s'attaquer aux malfrats, comme les kidnappeurs et pire encore. Le but de l'agence, d'après ce que Damien lui avait dit, était d'agir dans l'ombre, mener les batailles que les forces de l'ordre ne pouvaient pas – ou ne voulaient pas – mener, et aider ceux qui, autrement, passeraient entre les mailles du filet.

L'agence était relativement nouvelle, mais elle avait déjà acquis une excellente réputation. Et même si Tony avait décliné l'offre de Stark de rejoindre l'équipe, cela ne signifiait pas qu'il ne respectait pas sa mission ou ses agents.

— Bonne idée, dit Noah en hochant lentement la tête. Tu veux que je l'appelle pour voir si une des femmes de l'équipe est dispo pour un travail ? Ou alors... bon sang, Liam et Quincy travaillent tous les deux à l'agence, ajouta-t-il, faisant référence à deux autres anciens membres de Délivrance. Tu pourrais les contacter pour approcher Stark.

— Pas de soucis. Je l'appellerai moi-même.

Les yeux de Noah s'écarquillèrent et Tony partit d'un petit rire. Il savait que Stark était un homme formidable, mais on ne pouvait nier que le milliardaire était terriblement intimidant. Et Noah n'avait aucun moyen de savoir que Tony avait rencontré Stark à plusieurs reprises, ni que Stark avait activement cherché à le recruter.

— Il me doit un service, expliqua Tony.

Noah se pencha en arrière, visiblement intrigué.

— C'est un sacré avantage, ça.

— Oui, eh bien, disons qu'il pense que je le mérite. J'ai

aidé sa femme à sortir d'un pétrin à Paris, il y a quelque temps.

Un agresseur s'en était pris à Nikki et, fort heureusement, Tony s'était trouvé au bon endroit au bon moment.

— Stark m'a dit de l'appeler si jamais j'avais besoin de quelque chose. Le moment est venu de lui demander ce service et de lui dire que j'ai besoin d'une femme.

Chapitre deux

Je suis suspendue à l'envers par la fenêtre de l'un des hôtels Burbank, et je ne peux m'empêcher de penser que le monde est à peu près le même à vingt-quatre étages au-dessus du sol qu'au niveau de la mer.

Cela dit, je ne suis pas du genre couchers de soleil et pétales de rose. Au contraire, j'ai toujours pensé que le monde était un endroit pitoyable, plus souvent sens dessus dessous que sécuritaire et parfaitement compréhensible. La plupart du temps, c'est surtout un monde de merde. Le monde chaleureux et réconfortant que l'on voit dans les pubs à la télé ? Dont toutes les grands-mères prétendent se souvenir ? Il n'existe pas vraiment. Je crois qu'il n'a jamais existé.

C'est dur, peut-être. Mais c'est souvent le cas, avec la vérité.

J'ai appris à connaître la dure réalité lorsque j'étais encore en couches-culottes. Je n'ai pas eu une enfance extraordinaire, c'est le moins qu'on puisse dire, mais ma vision du monde m'a donné un avantage. Et tous les boulots intéressants que j'ai occupés au fil des ans m'ont permis d'acquérir des compétences très particulières. Le genre d'expertise dont une femme a besoin si elle prévoit de recueillir une tonne d'informations compromettantes auprès d'un connard de blanchisseur d'argent qui, à ses heures perdues, ne s'est pas non plus gêné pour négocier la vente de petites filles sur le marché noir.

Malheureusement pour moi, Billy Cane n'est pas un gars facile à approcher. C'est pourquoi je suis suspendue la tête en bas, devant la fenêtre de son hôtel, un câble et un harnais renforcé me maintenant en place. J'essaie de brandir mon appareil photo tout en zoomant sur son ordinateur, où il se déroule des choses pour le moins douteuses.

Mais pas sexuelles.

Je n'aperçois aucune prostituée en petite tenue. Aucune révélation sur les préférences personnelles de Monsieur Billy Cane. De toute façon, je n'essaie pas de le pincer dans ce genre de position compromettante. J'essaie de l'attraper en train de déplacer de l'argent. Beaucoup d'argent, pour beaucoup de clients de la pègre.

Je veux des captures d'écran, les numéros de compte. Je veux tous les détails croustillants. Parce que plus j'aurai d'informations à négocier, moins il y a de risques que l'on s'intéresse au fait que j'ai descendu ce type.

Bien sûr, c'est la véritable raison de ma présence ici.

Un crachotement électrique dans mon oreillette attire mon attention, puis les voyelles prononcées à la britannique par Quincy se font entendre :

— Rapport, Tata ?

C'est un surnom un peu idiot, mais le protocole exige de ne pas employer nos véritables noms à la radio. Le nom de code vient de Tante Em, du *Magicien d'Oz*, l'un de mes films préférés. Et comme je m'appelle Emma, c'est un nom que je choisis souvent dans le cadre de mes missions.

— Cinq sur cinq. Je profite juste de la vue.

— Aussi amusant que ce soit d'attendre de pouvoir te remonter comme un poisson au bout d'une canne à pêche, cette mission est un poil en dessous de mes compétences.

Quincy Radcliffe est non seulement l'une des premières recrues de l'agence Stark Sécurité, mais c'est aussi un ancien agent de Délivrance ainsi que du MI6. Ce qui signifie qu'il a tout à fait raison.

— Tu ne te sens pas à ta place ?

— Tu as dit que tu avais besoin de moi spécifiquement, me rappelle-t-il. Et tu m'as demandé d'apporter du matériel de la société, même si tu ne bosses pas chez nous.

— C'est tout comme.

La société en question est l'agence Stark Sécurité, l'actuel employeur de Quincy.

— Vraiment ? Continue, ça m'intéresse. Quand tu as fait appel à moi, j'ai eu l'impression que tu étais sur le point de signer au bas du contrat d'un jour à l'autre. Et nom d'une pipe, je ne crois pas que tu aies signé quoi que ce soit, pour l'instant.

Je souris presque.

— Tu es tellement british, quand tu t'y mets.

— Je *suis* british, nom d'un chien. Je suis aussi l'homme qui a le pouvoir de décider si, oui ou non, il accepte de te remonter. Alors je veux une réponse claire. As-tu signé chez nous ?

Si je n'étais pas suspendue la tête en bas, je hausserais les épaules.

— Techniquement, non.

Damien Stark me demande de rejoindre son agence de sécurité d'élite depuis que j'ai sauvé une princesse kidnappée et que Quincy m'a aidée à faire tomber le connard qui s'en était pris à elle.

J'admire l'agence, mais j'aime aussi ma liberté. Je travaille selon mes propres conditions. J'ai passé trop d'années en tant qu'agent secret d'une organisation de renseignements gouvernementale. Au vu des circonstances, c'était un contrat très intéressant pour moi. Bien mieux que le couloir de la mort, disons.

Maintenant que je ne suis plus sous le joug du gouvernement, ma liberté est précieuse à mes yeux. Quincy le sait. Ma sœur le sait. Je le sais.

J'essaie toujours de savoir si Stark Sécurité en a conscience.

— Ça veut dire quoi, *techniquement non* ? demande-t-il.

— Eh bien, tu es ici, tu fais partie de l'agence et tu es le petit ami de ma sœur. Ça en fait, des signes, non ? Fais le calcul.

Son lourd soupir souffle à mon oreille et je suis forcée de sourire. En ce moment, aussi à l'envers que je sois, je passe un excellent moment.

— Ce qui pose la question de savoir pourquoi j'ai accepté ta demande absurde.

Dans l'interstice entre les rideaux de la chambre d'hôtel, je vois Cane se déplacer dans son fauteuil, révélant encore plus l'écran de l'ordinateur. Je souris avant de zoomer pour obtenir une bien meilleure image du tableur qu'il est en train de modifier. Il est rempli de noms et de numéros de compte.

— C'est ça, enfoiré. Et merci d'être si bien organisé.

— Tata…

— Bon, j'imagine que tu as accepté parce que tu couches avec ma sœur. En tout cas, c'est en grande partie pour ça que je t'ai demandé.

— Fais-moi confiance. Même si j'adore cette activité particulière, ce ne serait pas suffisant.

— Alors, ce doit être parce que tu aimes ma sœur.

— Oui, c'est plutôt ça.

— Elle a de la chance de t'avoir, lui dis-je. Et je ne dis pas ça seulement parce qu'il te suffirait de pousser un levier pour me faire tomber la tête la première.

— J'ai de la chance de l'avoir, moi aussi.

— Évidemment.

— Et en ce moment, tu as de la chance de m'avoir.

Je ris tout bas.

— Je ne peux pas non plus discuter ce point-là.

— Tu veux bien me donner plus d'informations sur ce que tu fais exactement ? La nature de la mission ? Son objectif ?

— Non.

— Parce que je pourrais le dire à ta sœur ?

— Tout juste.

— Tu sais qu'elle…

— Attends !

Le salaud s'écarte du bureau, et je comprends pourquoi : mon propre reflet est apparu sur son putain d'écran d'ordinateur. *Oh, merde, merde, merde.*

Je voulais plus d'images. Beaucoup plus.

Tant pis, je vais devoir faire avec ce que j'ai, parce que c'est le moment ou jamais. Et je ne suis pas prête à m'arrêter en si bon chemin.

Je fais un saut rapide dans le baudrier pour me remettre à l'endroit, puis j'utilise l'attache en haut du harnais pour m'accrocher dans cette position. Ce ne sont pas des conditions idéales, mais on ne choisit pas !

Je prends le Smith & Wesson .45 à ma hanche, je prie pour que le vent ne tourne pas et je vise rapidement. Je l'ai déjà fait auparavant, mais pas alors que j'étais suspendue dans le vide. Et puis, on m'a toujours assigné un partenaire pour ces missions. L'un de nous était chargé de tirer sur la fenêtre, l'autre de tirer presque simultanément sur la cible, éliminant ainsi le besoin de tenir compte de la déviation du tir mortel au moment où la balle traverse la vitre.

Mais je n'ai pas de partenaire à mes côtés, et je n'ai pas le temps de faire des calculs de cet ordre. Je vais devoir tirer une première fois, puis une seconde dans la foulée. Si ça marche, tant mieux. Sinon, j'espère vraiment que Quincy pourra me hisser sur le toit avant que Cane ne me tire dessus.

Le temps semble s'écouler à une lenteur redoutable, mais c'est une illusion. Le monde bouge au ralenti, maintenant. Mes pensées affluent à une vitesse telle que l'homme n'a même pas eu le temps de se mettre complètement debout. Cependant, mon arme est prête, et dès qu'il est bien campé sur ses jambes, tourné vers moi, je tire. La vitre explose, et il est assez proche pour en être pulvérisé.

Si les éclats de verre peuvent causer des dégâts, je ne veux pas prendre de risque. La fenêtre n'a pas encore fini de se briser que je vise à nouveau et appuie une seconde fois sur la gâchette, envoyant la balle à travers l'ouverture ainsi pratiquée dans la fenêtre... droit dans la tête de ce fils de pute.

Je pousse un juron, non sans ironie. Ironie, car même si j'ai visé sa poitrine, je l'ai touché en pleine tête, ce qui est encore mieux. Je déteste quand les conditions du tir nuisent à ma visée.

Je respire pour me calmer et demande à Quincy de me hisser.

Immédiatement, je commence à monter à un rythme assez rapide. Mais c'est aussi à ce moment-là que je me rends compte qu'il n'a pas dit un seul mot. Oh là, il est furieux.

— Écoute, Bond, dis-je, utilisant ce nom de code parce que... eh bien, parce qu'il est britannique, évidemment. C'était...

— Nom d'une pipe ! grommelle Quincy.

Au début, je pense qu'il est encore plus énervé que je ne l'avais prévu, mais une fraction de seconde plus tard, je commence à dégringoler en chute libre et je me rends compte qu'il s'est heurté à une défaillance de matériel.

L'attache qui me retient n'est pas conçue pour résister à une pression intense, et lorsque je me balance à quelques mètres au-dessus de la chambre de Cane, je pivote brutalement vers l'autre côté. Tout l'air est expulsé de mes poumons. Soudain, je suis de nouveau à l'envers, tournée vers la fenêtre de Cane.

Il est toujours là, toujours mort, et toujours seul. Il n'y a pas de sirènes. Aucun signe que quelqu'un, à trois heures du matin, ait remarqué la pluie de verre qui tombait sur le parking en contrebas. Et rien n'indique que la sécurité de l'hôtel accourt en ce moment même.

Pourtant, j'ai un problème. Quand j'ai basculé, la caméra s'est déplacée. Maintenant, elle est suspendue à mon bras, rattachée seulement par la courroie que je porte autour du corps.

Comme j'ai la tête en bas, ce n'est pas la position la plus sûre.

— Mais qu'est-ce que tu fous, là-haut ?

— J'ai un blocage dans le système de recul. Laisse-moi le... *c'est bon !*

Son dernier mot est inutile, car il est évident que je remonte déjà, le moteur de la manivelle ayant manifestement repris du service.

L'appareil photo commence à glisser, mais il ne peut pas aller bien loin avec la courroie autour de mon corps.

Le problème, c'est que je me trompe. Je me rends compte trop tard que l'attache métallique qui retient la courroie d'un côté de l'appareil s'est desserrée, et maintenant, son poids le fait dégringoler plus vite que je ne peux réagir.

— Fait chier, grogné-je lorsque mes doigts effleurent le bout dc la sangle sans que je parvienne à m'en saisir.

Impuissante, je regarde l'appareil disparaître dans la nuit pour s'écraser sur le parking obscur en dessous.

Il y a une chance infime que la carte SD ait survécu. Mais je ne parierais pas. Je peste dans le micro :

— Dis-moi que le wi-fi fonctionnait. Dis-moi que tu as reçu le transfert d'images.

— Tout va bien, m'assure Quincy. Je confirmerai que les images ont été transférées une fois que tu seras ici. Tu peux voir où il a atterri ?

— Plus ou moins. On le récupérera en quittant les lieux.

Un instant plus tard, mes pieds ont atteint la barrière qui marque le bord du toit. Je me relève et me réoriente, la tête en haut, comme si j'étais une sorte de trapéziste.

Je m'accroche au rebord et me hisse juste à temps pour le voir à côté de la manivelle désormais verrouillée, son attention sur la tablette devant lui.

— Je les ai. Allons-y.

Très professionnel, il ne dit rien d'autre. Nous remballons le matériel en quelques secondes, puis nous utilisons le monte-charge pour descendre au sous-sol. Là, nous sortons par une entrée de service, la tête baissée et protégée par des casquettes de baseball noires.

Ce n'est qu'après avoir récupéré l'appareil cassé et confirmé que les images ont été transférées en toute sécurité sur la tablette à distance, et une fois que nous avons roulé sur plusieurs kilomètres dans la Toyota noire sans plaques d'immatriculation, que Quincy se tourne enfin vers moi et me demande :

— Mais enfin, qu'est-ce qui se passe ?

Il s'arrête dans un parking désert, devant une banque. Je ne fais même pas de grimace. Ce n'est pas comme si je ne m'y attendais pas.

— C'est personnel, lui dis-je. Et autorisé. Ne t'inquiète pas. Il n'y aura pas de retour de bâton.

— Autorisé, répète-t-il. Mais pas par ma société.

Il coupe le moteur et me regarde, son expression dure comme du verre. Puis il jette un coup d'œil à la banquette arrière, où notre matériel, dont l'une des tablettes de Stark Sécurité, est à l'abri dans un sac à dos.

— Je suppose que les photos sont importantes et que tu ne faisais pas que pratiquer tes talents de composition artistique avant de descendre ce type.

Je redresse le menton sans même prendre la peine de répondre.

— Bon, voilà comment ça va se passer, me dit-il. Explique-moi de quoi il s'agit et je te donnerai les images. Si tu me laisses dans l'ignorance, tu devras me voler la tablette et pirater le code d'accès. Et sans vouloir t'offenser, je ne pense pas que tu sois aussi douée avec la technologie. Personne ne l'est. L'agence prend les questions de sécurité très au sérieux. Tu pourrais trouver quelqu'un pour le pirater, mais je ne prendrais pas ce risque si j'étais toi.

— Quincy...

Au fil des ans, j'ai cultivé une voix ferme et intimidante. Malheureusement, le petit ami de ma sœur n'est pas du genre à s'en laisser conter.

— Non.

Sa voix est sèche et franche. Cet homme a résisté à la torture. Il a sauvé ma sœur et il la protège maintenant, tout comme je l'ai fait autrefois.

Je sens que ma résolution vacille.

— Ce n'est pas une mission de l'agence, poursuit-il. Même si tu l'as sous-entendu en me demandant de t'accompagner, tu n'es pas vraiment sur le point de te joindre à nous, n'est-ce pas ?

Je ne dis rien.

— Bon. Explique-moi ce qui se passe, sinon tout cet exercice n'aura servi à rien.

— Eliza m'a dit que tu étais coriace quand il s'agissait

de tes principes.

— Elle me connaît bien. Allez, parle.

— C'est personnel. Ça ne concerne qu'Eliza et moi.

— Alors, ça me concerne aussi.

— Vraiment ? Tu lui as fait ta demande en mariage ?

Sa bouche frémit, et même dans la faible lumière ambiante, je peux voir un soupçon de rouge lui monter aux joues.

— Oh, mon Dieu. Tu as fait ta demande. Je n'en reviens pas qu'elle ne me l'ait pas dit.

— Pas encore. Mais bientôt. J'ai la bague dans ma poche.

— Dans ta poche, répété-je. Ici ? Maintenant ?

Il hausse une épaule.

— Tant qu'elle n'est pas à son doigt, je ne la quitterai pas des yeux. Et même là, je ne la laisserai pas s'éloigner trop loin.

Je sens mon cœur fondre un peu, ce qui n'est pas un sentiment courant pour moi. Certes, il m'est arrivé de pleurer à l'occasion d'un film à l'eau de rose, quand ma sœur m'obligeait à en regarder, mais dans l'ensemble, les relations et le chaos qui les accompagne ne sont pas vraiment mon truc.

Bien sûr, j'ai connu quelques plans cul au fil des ans, mais ce n'était que du sexe, des rires et du bon temps. Rien de sérieux. À quoi bon ? J'ai Eliza. J'ai mon cercle d'amis. C'est déjà bien. Le monde est assez dur comme ça, et plus on s'en approche, plus on devient vulnérable.

Malgré tout, je suis heureuse pour elle. Elle traverse la vie sur un nuage depuis que Quincy et elle se sont retrouvés après une séparation particulièrement difficile, il y a de nombreuses années.

Depuis, il s'est racheté au centuple. Et comme il a largement contribué à me sauver la vie et celle de la princesse, je dois admettre que je suis prédisposée à l'apprécier.

Le plus important, c'est que je sais qu'il l'aime.

— La mission, insiste-t-il.

J'hésite, puis je hoche la tête. Il est venu ce soir pour m'aider sans poser de questions. Bon, j'ai peut-être suggéré que Stark était d'accord, mais je sais très bien qu'il ne l'a pas cru. Pas alors que le briefing consistait à discuter des détails de la mission dans ma Jeep, garée devant un fast-food.

Et il se pourrait que j'aie oublié de mentionner la partie concernant l'assassinat de Cane.

En fin de compte, il mérite de savoir. Je devrais probablement m'habituer au fait que Quincy Radcliffe fait partie de la famille, désormais.

La *famille*. Quel putain de mot bizarre. Quand j'étais petite, je pensais que cela impliquait des liens de sang, de naissance et cette connerie d'arbre généalogique, l'ADN, les gènes et tout le tralala.

Mais c'est n'importe quoi. Le sang n'est pas synonyme de famille. Ce n'est pas le genre de famille qui compte, du moins.

— Notre père avait l'intention de nous vendre, lui dis-je, étonnée que le brouhaha furieux dans ma tête se traduise par un murmure à peine audible, dans l'habitacle obscur.

Je vois la douleur transparaître sur son visage, mais il

n'y a pas de surprise. Je sais déjà qu'Eliza lui a raconté notre histoire. Même si elle n'a jamais eu vent de ce projet en particulier, ce n'est pas vraiment un choc quand on connaît tout le mal dont notre cher papa était capable.

— Je ne l'ai jamais dit à Eliza, mais je comprendrais si tu décidais de lui en parler. Je sais que vous n'aimez pas avoir de secrets, tous les deux, et j'aurais certainement dû le lui dire il y a longtemps.

Il secoue la tête.

— Elle n'avait pas besoin de le savoir, et tu as toujours fait tout ton possible pour prendre soin d'elle.

Il me tend la main et me la serre doucement.

— Ça ne change rien, mais je veux que tu saches que c'est important pour moi.

Je hoche la tête avant de réaliser que je garde les yeux baissés parce qu'ils sont baignés de larmes. Cela n'a aucun sens. À moins que si... Parce qu'il aime une personne que j'aime, et j'en suis heureuse.

— Alors, Cane était l'acheteur ?

Je secoue la tête.

— Non, c'était quelqu'un d'autre. Un connard au bras long, avec la mainmise sur des affaires légales et d'autres un peu moins. Mais il est mort maintenant.

— Et Cane était le suivant sur la liste.

Je hoche la tête.

— C'est lui qui a négocié l'accord. Il a négocié beau-coup de marchés. C'est son rôle.

Il acquiesce lentement.

— Tu aurais dû me le dire avant.

— Tu serais venu avec moi ?

— Bien sûr.

Je hausse les épaules.

— Alors, quelle différence ?

Il se masse les tempes.

— Emma...

Sa voix reste en suspens et il continue à se frotter les côtés de la tête, pensif.

— Bien sûr que je t'aurais aidée. Tu sais bien ce que j'ai fait, pour qui j'ai travaillé.

C'est vrai. Il était avec le MI6 et avec Délivrance, un groupe de miliciens formé pour éliminer les hommes comme Cane et sauver les victimes d'enlèvement.

— Tu n'es pas obligée de toujours travailler seule, dit-il.

— Je ne suis pas seule. Il y a Lorenzo. Il y en a eu d'autres.

Quand je travaillais comme détective privée, je me suis associée avec un ancien flic. Lorenzo nous avait aidées à nous sortir de la rue, Eliza et moi. Mais la vérité, c'est que même lorsque nous travaillions ensemble, nous avions nos propres enquêtes, chacun de son côté. La plupart du temps, comme l'a dit Quincy, je travaille seule. J'aime cette façon de faire.

— Tu sais que ça pourrait être compliqué. Je t'aurais aidée. Mais tu aurais dû me tenir au courant. Quand les flics sont impliqués... si ça nous revient...

— Personne n'en saura rien.

Il fronce les sourcils.

— Le site sera propre dès le matin, précisé-je. Et si le corps est découvert avant, l'affaire sera étouffée. Crois-moi, il n'y aura pas de retour de bâton.

Il garde le silence pendant un moment. Il sait pour qui je travaillais, le genre de relations que j'entretiens.

— Tu voulais descendre Cane. Et le gouvernement voulait savoir pour qui il blanchissait de l'argent.

— Vous êtes un malin, Monsieur Bond.

Il attend que j'en dise plus, mais je reste silencieuse. Il connaît la chanson. Je pense même qu'il comprend ce qui me motive.

Je n'ai pas changé le passé en tuant Cane, mais je pense avoir obtenu justice. Ne serait-ce qu'un peu.

Eliza le mérite. Et moi aussi, je crois.

*Envie d'en découvrir plus ? Voici un extrait du premier tome de
la série de l'Ange déchu*
MON ANGE DÉCHU
MON DOUX PÉCHÉ
MA CRUELLE RÉDEMPTION

**Charismatique. Sûr de lui.
Puissant. Autoritaire.**

Investisseur brillant qui change en or tout ce qu'il touche,
Devlin Saint est parti d'un modeste héritage pour décrocher des milliards. À présent, il est à la tête de l'un des
organismes de bienfaisance les plus en vue sur la scène
internationale. C'est un homme déterminé à aider les plus
démunis, à combattre l'injustice et à rendre le monde
meilleur. C'est du moins une partie de la vérité.

Mais ce n'est pas toute la vérité.

Parce que Devlin Saint cache un secret redoutable. Et il est prêt à tout pour le protéger. Quand Ellie Holmes, journaliste d'investigation, s'intéresse à un meurtre non résolu, elle se retrouve empêtrée dans un nœud d'intrigues et de passion, tandis que Devlin se rapproche dangereusement. Mais alors qu'entre eux, l'intensité et la sensualité montent en flèche, les soupçons d'Ellie suivent la même courbe. Jusqu'à ce qu'elle en vienne à douter de l'authenticité de leur relation torride, craignant qu'il ne s'agisse que d'une façade derrière laquelle il cache des secrets sombres et tortueux.

Chapitre 1

Le vent me cingle le visage et le soleil de l'après-midi m'éblouit alors que je descends le long tronçon de Sunset Canyon Road, à plus de cent soixante à l'heure.

Mon cœur bat la chamade et mes paumes sont moites, mais ce n'est pas à cause de la vitesse. Au contraire, c'est exactement ce dont j'ai besoin. L'adrénaline. Le frisson. Je suis une vraie droguée, et ces sensations m'affectent comme une surconsommation de sucre chez un enfant en bas âge.

Honnêtement, je dois mobiliser toute ma volonté pour ne pas mettre ma Shelby Cobra 1965 à l'épreuve et faire monter son puissant moteur dans les tours.

Cela dit, je ne peux pas. Pas aujourd'hui. Pas ici.

Parce que je suis de retour, et mon retour à la maison a réveillé des papillons dans mon ventre. Chaque virage de cette route me rappelle des souvenirs. Des larmes m'obstruent la gorge et j'ai les entrailles nouées.

Bon sang.

J'écrase la pédale d'embrayage, appuie sur le frein et passe au point mort tout en décrivant une embardée sur la gauche. Les pneus protestent dans un crissement tandis que je fais demi-tour, m'engageant sur la voie inverse. L'arrière de la voiture décroche dans un dérapage, avant de s'arrêter pile en droite ligne. J'ai le souffle court, et honnêtement, je crois que ma Shelby aussi. C'est plus qu'une voiture pour moi, c'est la meilleure amie de toute une vie, et en temps normal, je ne la pousse pas autant.

Maintenant, cependant…

Eh bien, maintenant, elle est dangereusement proche du bord de la falaise, toute son aile du côté passager parallèle avec le vide. De là, j'ai une vue imprenable sur la côte, dans le lointain. Sans parler d'un magnifique aperçu du petit centre-ville en contrebas.

Je tire sur le frein à main, le cœur dans la gorge. Ce n'est qu'une fois certaine que nous n'irons pas dévaler à flanc de falaise que je coupe le moteur de la Shelby, essuie mes paumes moites sur mon jean et autorise mon corps à se détendre.

Bien le bonjour, Laguna Cortez.

Avec un soupir, je retire ma casquette de baseball, laissant mes boucles foncées rebondir librement autour de mon visage, jusque sur mes épaules.

— Ressaisis-toi, Ellie, murmuré-je avant de prendre une profonde inspiration.

Pas tant pour le courage – je n'ai pas peur de cette ville –, mais pour la maîtrise de mes nerfs. Parce que Laguna

Cortez m'a déjà mise à terre, autrefois, et il va me falloir toutes mes forces pour arpenter à nouveau ses rues.

Encore une respiration, puis je sors de la voiture. Je rejoins le bas-côté de la route. Il n'y a pas de parapet, et de la terre ainsi que quelques pierres dévalent le talus lorsque je m'arrête tout au bord, presque en équilibre.

En dessous, des rochers dentelés dépassent des parois du canyon. Plus bas, les arêtes saillantes s'adoucissent pour former une pente douce avec des maisons diverses nichées parmi les rochers et les broussailles. Les toits de tuiles suivent la route sinueuse qui mène au quartier des arts. Lovés dans la vallée, encadrée sur trois côtés par des collines et des gorges, les lieux s'ouvrent sur la plus grande plage de la ville qui attire un flux constant de touristes et de locaux.

Pour tout le monde, Laguna Cortez est l'un des joyaux de la côte Pacifique. Une ville à l'atmosphère décontrac-tée, avec un peu moins de soixante mille habitants et des kilomètres de plages de sable et de galets.

La plupart des gens donneraient leur bras droit pour vivre ici.

En ce qui me concerne, c'est l'enfer.

C'est ici que j'ai perdu mon cœur et ma virginité. Sans parler de tous mes proches. Mes parents. Mon oncle.

Et Alex.

Le garçon que j'aimais. L'homme qui m'a brisée.

Il ne reste plus personne ici, pour moi. Ma famille, tous sont morts. Et Alex est parti depuis longtemps.

Moi aussi, je me suis enfuie, impatiente d'échapper au poids du deuil et à l'aiguillon de la trahison. Je me suis juré de ne jamais remettre les pieds ici.

Et je croyais résolument que rien ne me ferait revenir.

Or à présent, dix ans plus tard, me revoilà, ramenée en enfer par les fantômes de mon passé.

MON ANGE DÉCHU
MON DOUX PÉCHÉ
MA CRUELLE RÉDEMPTION

L'HOMME DU MOIS

Qui sera votre Homme du mois ?

Lorsqu'un groupe d'amis à la détermination farouche apprend que son bar préféré risque de fermer ses portes, ils prennent les choses en mains pour faire revenir les clients séduits par la concurrence. Investis d'une énergie vibrante, ils ripostent sous la forme d'épaules larges, de tablettes de chocolat et de torses nus : ceux d'une douzaine d'hommes du coin qu'ils tentent de convaincre, par la douceur et par la force, de participer au concours de l'Homme du mois pour leur grand calendrier.

Mais le sort de leur bar n'est pas le seul enjeu. Au fur et à mesure que la température monte, chacun des hommes va rencontrer sa moitié dans cette série de douze romances sexy et légères que vous ne pourrez pas lâcher jusqu'à la dernière page, sous la plume de J. Kenner, auteure de best-sellers classés par le New York Times.

— *Chacun de ces tomes aborde une intrigue qu'on adore retrouver dans les romances – la belle et la bête, le bad boy milliardaire, l'amitié transformée en amour, l'histoire de la seconde chance, le bébé secret et bien plus encore – pour une série qui touche au cœur et à l'âme de la romance.* — Carly Phillips, auteure de best-sellers classés par le New York Times

Ne manquez aucun tome de la série pour savoir à quel homme du mois ira votre préférence !

Droit au cœur - Mister Janvier
Vague à l'âme - Mister Février
Raison d'être - Mister Mars
Coup de sang - Mister Avril
État d'âme - Mister Mai
Droit au but - Mister Juin
Au beau fixe - Mister Juillet
Diable au corps - Mister Août
Cri du cœur - Mister Septembre
Corps à corps - Mister Octobre
État d'esprit - Mister Novembre
Force d'âme... - Mister Décembre

Chaque tome de la série est un roman indépendant qui ne laisse pas le lecteur sur sa faim et se termine toujours bien !

J. KENNER

J. Kenner (alias Julie Kenner) est une auteure de best-sellers internationaux figurant aux classements des journaux *New York Times*, *USA Today*, *Publishers Weekly* et *Wall Street Journal*. Elle a écrit plus d'une centaine de romans, de romans courts et de nouvelles dans toutes sortes de genres littéraires.

Selon *Publishers Weekly*, JK est une auteure qui a un « don pour le dialogue et la création de personnages excentriques », et le *RT Bookclub* estime qu'elle a su « répondre aux besoins du marché en créant des antihéros scandaleusement attirants et dominateurs, et des femmes qui fondent pour eux. » Six fois finaliste de la prestigieuse récompense RITA (*Romance Writers of America*), JK a remporté son premier trophée RITA en 2014 pour son roman *Claim Me* (tome 2 de sa trilogie *Stark*) et le second en 2017 pour son roman *Wicked Dirty*. Elle a vendu des millions de livres, publiés dans plus de vingt langues.

Au cours de sa précédente carrière, JK a exercé comme avocate en Californie du Sud et au Texas. Elle vit actuellement dans le centre du Texas, avec son mari, ses deux filles et deux chats plutôt lunatiques.

Visitez son site web pour en savoir plus et pour entrer en contact avec JK sur les réseaux sociaux !

www.jkenner.com

Bulletins d'information de JK
Abonnez-vous à la newsletter de l'édition française de JK pour des informations sur les sorties en français, les apparitions en France, et plus encore. Cliquez ici pour vous abonner afin de ne rien manquer!
Newsletter en français:

https://www.juliekenner.com/nouveaux-livres/